啼笑因緣

紅絲誤繫，移花彌缺憾

青年樊家樹與賣唱女子沈鳳喜的愛情悲劇
黑暗時期的動亂社會，一男三女的複雜糾葛

打破傳統小說中
才子佳人情節的陳舊模式
一段多角戀曲，劇情曲折離奇，
富有濃厚傳奇色彩

張恨水——著

U0087277

目錄

目錄

柳岸感滄桑翩鴻掉影　桐蔭聽夜雨落木驚寒

卻說何麗娜忽然嘆一口氣，陶太太就問她是什麼原因？她笑道：「偶然嘆一口氣，有什麼原因呢？」陶太太笑道：「這話有點不通吧。現在有人忽然大哭起來，或者大笑起來，要說並沒有原因行嗎？嘆氣也是人一種不平之氣，當然有原因，伯和他常常說：不平則鳴。你鳴的是哪一點呢？」何麗娜道：「說出來也不要緊，不過有點孩子氣罷了！我想一個人修到了神仙，總算有福了；可是他們一樣的有別離，那麼，人在世上，更難說了。」家樹忍不住了，便道：「密斯何說的是雙星的故事嗎？這天河乃是無數的恆星……」伯和攔住道：「得了！得了！這又誰不知道，這種神話，管它是真是假，反正在我們這樣乾燥煩悶的人生裡，可以添上一些有趣的材料，我們拿來解解悶也好，這可無所礙於物質文明，何必戳穿它。譬如歐美人家在聖誕節晚上的聖誕老人，未免增加兒童迷信思想；然而至今，小孩兒的長輩，依然假扮著，也無非在個趣字。」家樹笑道：「好吧，我宣告失敗。」陶太太道：「本來嘛，密斯何藉著神仙還有別離一句話來自寬自解，已經是不得已，退一步想了；偏是你還要證明神仙沒有那件事，未免大煞風景。密斯何！你覺我的話對嗎？」何麗娜道：「都對的。」陶太太笑道：「這就怪了，怎麼會都對呢？」何麗娜道：「怎麼不是都對呢！樊先生是給我常識上的指正，陶先生是給我心靈上的體會。」陶太太笑道：「你真會說話，誰也不得罪。」他們在這裡辯論，家樹又默然了。伯和夫婦還不大留意，何麗娜卻早知道了。越是看出他無所可否，就越覺得他是真不快。他這不快，似乎不是從南方帶來的，乃是回北京以後，新感到的。那是什麼事呢？莫非他那個女朋友對他有不滿之處嗎？何麗娜這樣想著，也就沉默起來。這茶座上，反而只剩伯和夫婦兩個人說話了。坐久一點，陶太太也感到他們有些鬱鬱不樂了，就提議著回家。伯和道：「我們的車子在後門，我們不過海去了。」陶太太道：「這樣夜深，讓密斯何一個人到南岸去嗎？」伯和道：「家樹送一送吧。到了前門，正好讓何小姐的車子送你回家。」何麗娜道：「不要緊的，我坐船到漪瀾堂。」陶太太道：「由漪瀾堂到大門口，還有一大截路呢。」她聽說，就默然了。家樹覺得若是完全不作聲，未免故作痴聾，太對不住人。便道：「不必客氣。還是我來送密斯何過去吧！」伯和突然向上一站，將巴掌連鼓了一陣，笑道：「很好很好，就是這樣辦吧。」家樹笑道：「這也用不著鼓掌呀。」伯和未加深辯，和他太太走了。何麗娜慢慢的站起，正想舉著手，要伸一個懶腰，手只略抬了一抬，隨又放下來，望著他微笑道：「又要勞你駕一趟，我們不坐船，還走過去，好嗎？」家樹笑著說了一聲隨便。於是何麗娜會了帳，走出五龍亭來。

再走到東岸時，那槐樹林子，黑鬱鬱的，很遠很遠，有一盞電燈，樹葉子映著，也就放出青光來。這樹林下一條寬而且長的道，越發幽深了，要走許多時間，才有兩三個人相遇，所以非常的沉靜。兩人的腳步，一步一步在道上走著，撲撲的腳踏聲，都能聽得出來。在這靜默的境地裡，便彷彿嗅到何麗娜身上的一種衣香，由晚風吹得蕩漾著，只在空氣裡跟著人盤旋。走到樹蔭下，背著燈光處，就見那露椅上，一雙雙的人影掩藏著，同時唧唧噥噥的有一種談話聲，在這陰沉的空氣裡，特別刺耳。離著那露椅遠些，何麗娜就對他笑道：「你看這些人的行為，有什麼感想？」家樹道：「無所謂感想。」何麗娜道：「一人對於眼前的事情，感想或好或壞都可以，絕不能一點感想都沒有。」家樹道：「你說是眼前的事嗎？越是眼前的事，越是不能發生什麼感想。譬如天天吃飯，我們一定有筷子碗的，你見了筷子碗，會發生什麼感想呢？」何麗娜笑道：「你這話有些不近情理。這種事，怎麼能和吃飯的事成一樣呢？」家樹道：「就怕還夠不上這種程度！若夠得上這種程度，就無論什麼人，看到也不會發生感想了。」何麗娜笑道：「你雖不大說話，說出話來，人家是駁不倒的。你對任何一件事，都是這樣不肯輕易表示態度的嗎？」家樹不覺笑起來了。何麗娜又不便再問，於是二人復沉寂起來，走過這一道東岸，快要出大門了。走上一道長石橋，橋下的荷葉，重重疊疊，鋪成了一片荷堆，卻看不見一點水。何麗娜忽然站住了腳道：「這裡荷葉太茂盛，且慢點走。」於是靠在橋的石欄杆上，向下望時：這時並沒有月光，由橋上往下看，只是烏壓壓的一片，並看不出什麼意思來。家樹不作聲，也就背對了橋欄杆，站立了一會，何麗娜轉過身來道：「走吧，但是……樊先生！你今天好像有什麼心事似的。」家樹嘆了一口長氣，不曾答覆她的話，何麗娜以為他有難言之隱，又不便問了。二人出了大門，同上了汽車，還是靜默著。直等汽車快到陶家門首了，何麗娜道：「我只送你到門口，不進去了。你……你……你若有要我幫忙之處，我願盡量的幫忙。」家樹道：「謝謝。」說著，就和她點了一個頭，車子停住，自作別回家去。

這天晚晌，他心裡想著：我的事，如何能要麗娜幫忙？她對於我總算很有好感，可是她的富貴氣逼人，不能成為同調的。到了次日，想起送何麗娜的東西，因為昨天要去遊北海，匆忙未曾帶走，還放在上房，就叫老媽子搬了出來，僱了一輛人力車，一直就到何宅來，到了門房一問，何小姐還不曾起床；家樹一想，既是不曾起床，也就不必驚動了。因掏出一張電影，和帶來的東西，一齊都放在門房裡。剛一轉身，只覺有一陣香氣，撲鼻而來。看時，有一個短衣漢子，手裡提著白藤小籃子站在身邊。籃子浮面蓋了幾張嫩荷葉，在荷葉下，露出一束一尺多長的花梗來。門房道：「糙花兒！我們這裡天天早上有人上菜市帶回來，沒有花了，誰教你送這個？」那人將荷葉一掀，又是一陣香氣。籃子裡荷葉託著，紅紅白白鮮豔奪目的花朵，那人將一束珊瑚晚香玉，一束玉簪花，拿起來一舉道：「這是送小姐插花瓶的，不算錢。」說畢，卻另提了兩串花起來，一串茉莉花穿的圓珠，一串是白蘭花穿的花排子。門房道：「今天你另外送禮了。這要多少錢？」那人道：「今天算三塊錢吧。」說著向門房一笑。家樹在一邊聽了，倒不覺一驚，因問道：「怎麼這樣貴？」那賣花人將家樹看了看，笑道：「先生！你是南方人，你把北京城裡的茉莉花白蘭花，當南方價錢賣嗎？我是天天上這裡送花，老主僱，不敢多說錢，要在生地方，我還不賣呢！」家樹道：「天天往這裡送花，都是這麼些個價錢嗎？」賣花的道：「大概總差不多呢，這裡大小姐很愛花，一年總做我千兒八百塊錢的生意呢。」家樹聽著點了一點頭，自行回去了。剛一到家，何麗娜就來了電話，說是剛才失迎，非常抱歉。向來不醒得這般晚，只因昨夜回來晚了，三點鐘才睡著，所以今天起床很遲，這可對不住。家樹便答應她，自己也是剛醒過來，就到府上去的。何麗娜問他今天在不在家？家樹就答道回京以後，要去看許多朋友，恐怕有兩天忙。何麗娜也就只好說著再會了。其實這天家樹整日不曾出門，看了幾頁功課，神志還是不能定，就長長的作了一篇日記。日記上有幾句記著是：「從前我看到婦人一年要穿幾百元的跳舞鞋子，我已經驚異了。今天我更看到一個女子，一年的插頭花，要用一千多元，於是我笑以前的事，少見多怪了。不知道再過一些時，我會看到比這更能花錢的婦女不能？或者今天的事，不久也是歸入少見多怪之列了。」寫好之後，還在最後一句旁邊，加上一道雙圈。這天，伯和夫婦以為他已開始考試預備，也就不來驚動他了。

到了次日，已是陰曆的七月七，家樹想起秀姑的約會，吃過午飯，身上揣了一些零錢，就到關家來。老遠的在衚衕口上，就看見秀姑在門外盼望著，及至車子走近時，她又進去了，走了進去，壽峰由屋裡迎到院子裡來，笑道：「不必進去了。要喝茶說話，我們到什剎海說去。」家樹很知道這老頭兒脾氣的，便問道：「大姑娘呢？同走哇！」秀姑在屋子裡咳嗽了兩聲，整著衣襟走了出來，壽峰是不耐等了，已經出門。秀姑便和家樹在後跟著。秀姑自己穿了一件白褂，又繫上一條黑裙，在鞋攤子上昨日新收的一雙舊皮鞋，今天也擦得亮亮的穿了，這和一個學生模樣的青年男子在一處走，越可以襯著自己是個樸素而又文明的女子了。走出衚衕來，壽峰待要僱車，秀姑便道：「路又不遠，我們走了去吧。」她走著路，心裡卻在盤算著，若是遇見熟人，他們看見我今天的情形，豈不會疑心到我……記得我從前曾夢到同遊公園的一回事，而今分明是應了這個夢了……她只管沉沉的想著，忘了一切。及至到了什剎海，眼前忽然開闊起來，這才猛然的醒悟。家樹站在壽峰之後，跟著走到海邊。原來所謂海者，卻是一個空名。只見眼前一片青青，全是些水田；水田中間，斜斜的土堤，由南至北，直穿了過去。這土堤有好幾丈寬，長著七八丈高的大柳樹；這柳樹一棵連著一棵，這上堤倒成了一條柳岸了。水田約莫有四五里路一個圍子，在柳岸上，露出人家屋頂，和城樓宮殿來。雖然這裡並沒有什麼點綴，卻也清爽宜人，所有來遊的遊人，都走上那道土堤。柳樹下臨時支著蘆蓆棚子，有小酒館，有小茶館，還有玩雜耍的。壽峰帶著家樹走了大半截堤，卻回頭笑問道：「你覺得這裡怎麼樣，有點意思嗎？」家樹笑道：「反正比天橋那地方乾淨。」壽峰笑道：「這樣說，你是不大願意這地方。那麼，我們先去找地方坐一坐再說吧。」於是三個人放慢了腳步，兩邊找座。蘆蓆棚裡，便有一個人出來攔住了路，向三人點著頭笑道：「你們三位歇息吧。我們這裡乾淨，還有小花園，雅緻的很！」家樹看時，這棚子三面敞著，向東南遙對著一片水田，水田裡種的荷葉，亂蓬蓬的，直伸到岸上來。在棚外柳樹蔭下，擺了幾張紅漆桌子，便對壽峰道：「就是這裡吧。」壽峰還不曾答言，那夥計已經是嚷著打手巾，事實上也不能不進去了。三人挑選了一副靠水田的座位坐下，夥計送上茶來，家樹首先問道：「你說這裡有小花園，花園在哪裡？」夥計笑著一指說：「那不是？」大家看時，原來在柳蔭下挖大餐桌面大的一塊地，栽了些五色小喇叭花，和西洋馬齒莧，沿著鬆土，插了幾根竹竿木棍，用細粗繩子編了網，上面爬著扁豆絲瓜藤，倒開了幾朵紅的黃的花朵。大家一見都笑了。家樹道：「天下事，都是這樣聞名不如見面。北京的陶然亭，去過了，是城牆下葦塘子裡一所破廟；什剎海現在又到了，是些野田。」壽峰道：「這個你不能埋怨傳說的錯了。這是人事有變遷。陶然亭那地方，從前四處都是水，也有樹林子；一百年前，那裡還能撐船呢，而今水乾了，樹林子沒有了，廟也就破了。再說到什剎海，那是我親眼得見的，這裡全是一片汪洋的大湖；水淺的地方，也有些荷花；而且這裡的水，就是玉泉山來的活水，一直通三海。當年北京城裡，先農壇，社稷壇，都是禁地，更別提三海和頤和園了。住在北京城裡的闊人，整天花天酒地，鬧得膩，要找清閒之地，換換口味，只有這裡和陶然亭了。至於現在的闊人，一動就說上西山。你想，那個時候，可是沒汽車，誰能坐著拖屍的騾車，跑那麼遠去？可是打我眼睛裡看去，我還是樂意在這種蘆蓆棚子下喝一口水，比較的舒服。有一次，我到中央公園去，口渴了，要到茶座上找個座兒，你猜怎麼著？我走過去，簡直沒有人理會。叫了兩聲茶房，走過來一個穿白布長衣的，他對我瞪著眼說：我們這裡茶賣兩毛錢一壺。瞧他那樣子，看我是個窮老頭兒，喝不起茶。我不和他說就走了。你瞧一到了這什剎海，這裡茶房是怎樣，我還是我上次到中央公園去穿著的那件藍布大褂，可是他老遠的就招呼著我請到裡面坐了。」家樹笑道：「那總算好。大叔不曾把公園裡的夥計打上一頓呢。」壽峰道：「他和我一樣，也是個窮小子，犯不著和他計較。好像什剎海這地方，從前也是不招待藍布大褂朋友，而今穿綢衣的不大來，藍布大褂朋友就是上客。也許中央公園，將來也有那樣一天。」家樹道：「桑田變滄海，滄海變桑田，古今的事，本來就說不定。若是這北京三海，改成四海，這什剎海，也把紅牆圍起，造起宮殿來，當然這裡的水田，也就成了花池了。」說著，將手向南角一指，指著那一帶綠柳裡的宮牆。

這一指之間，忽然看見一輛汽車，由南岸直開上柳提來。柳提上的人，紛紛向兩邊讓開。這什剎海雖是自然的公園，可是警廳也有管理的規則。車馬在兩頭停住，不許開進柳堤上來。這一輛汽車，獨能開到人叢中來，大概又是官吏了。壽峰也看見了，便道：「我們剛說要闊人來，闊人這就來了！若是闊人都要這樣騎著老虎橫衝直撞，那就這地方不變成公園也好。因為照著現在這樣子，我們還能到這裡來搖搖擺擺；若一抖起來，我們又少一個可逛的地方了。」家樹聽著微笑。只一回頭，那輛汽車，不前不後，恰恰停在這茶棚對過。只見汽車兩邊，站著四個背大刀掛盒子炮的護兵，跳下車來，將車門一開，家樹這座上三個人，不由得都注意起來，看是怎樣一個闊人？及至那人走下車來，大家都吃一驚。原來不是赳赳武夫，也不是衣冠整肅的老爺，卻是一個穿著渾身綺羅的青年女子。再仔細看時，那女子不是別人，正是鳳喜。家樹身子向上一站，兩手按了桌子，啊了一聲，瞪了眼睛，呆住了作聲不得。鳳喜下車之時，未曾向著這邊看來，及至家樹啊了一聲，她抬頭一看，也不知道和那四個護兵說了一句什麼，立刻身子向後一縮，扶著車門，鑽到車子裡去了。接著那四個護兵，也跟上車去，分兩邊站定，馬上汽車嗚的一聲，就開走了。家樹在鳳喜未曾抬頭之時，還未曾看得真切，不敢斷定；及至看清楚了，鳳喜身子猛然一轉，她腳踏著車門下的踏板，穿的印花亮紗旗衫，衣褶掀動，一陣風過，飄蕩起來，因衣襟飄蕩，家樹連帶的看到她腿上的跳舞襪子。家樹想起從前鳳喜曾要求過買跳舞襪子，因為平常的也要八塊錢一雙，就不曾買，還勸了她一頓，以為不應該那樣奢侈，而今她是如願以償了。在這樣一凝想之間，喇叭嗚嗚聲中，汽車已失所在了。

秀姑坐的所在，正是對著蘆棚外的大道，更看得清楚。知道家樹心中，是一定受了很大的刺激，要安慰他兩句，又不知要怎樣說著才好。家樹臉對著茶棚外呆了，秀姑又向著家樹的臉看呆了。壽峰先是很驚訝，後來一想，明白了，便站起來，拍著家樹的肩膀道：「老弟！你看著什麼了？」家樹點了點頭，坐將下來，微微的嘆了一口氣，臉卻望著秀姑。壽峰問道：「我的眼睛不大好，剛才車上下來的那個人，我沒有十分看清楚，是姓沈的嗎？」秀姑道：「沒有兩天，你還見到呢，怎樣倒問起我來？」壽峰道：「雖然沒有兩天，地方不同呀，穿的衣服也不同呀；這一股子威風，更不同呀！誰想得到呢？」壽峰這幾句話，說得家樹臉上一陣白似一陣，手拿著一滿杯茶，喝一口便放下，放下又端起來喝一口，卻只是不作聲。秀姑一想：今天這一會，你應該死心塌地，對她不再留戀了吧。因對壽峰道：「剛才我倒想向前看看她的，反正我也是個女子，她就是有四個護兵，諒她也不能將我怎樣。」壽峰道：「那才叫多事呢。這種人還去理她作什麼？她有臉見我們，我們還沒有臉見她呢。總算她還知道一點羞恥，避開了我們了。」家樹手摸著那茶杯，搖著頭，又嘆了一口氣。壽峰笑道：「樊家老弟！我知道你心裡有些不好過，可是你剛才還說了呢，桑田變成滄海，滄海變成桑田。那麼大的東西，說變就變，何況一個人呢。我說一句不中聽的話，你就只當這趟南下，她得急病死了，那不也就算了嗎？」秀姑笑道：「你老人家這話有些不妥，何不說是隻當原來就不認識她呢。若是她真得急病死了，樊先生能這樣子嗎？」秀姑把這話剛說完，忽然轉念，我這話更不妥了。我怎麼會知道他不能這樣？我一個女子為什麼批評男子對於女子的態度，這豈不現出輕薄的相來嗎？於是先偷看了看壽峰，再又偷看家樹。見他們並沒有什麼表示，自己的顏色才安定了。家樹沉思了許久，好像省悟了一件什麼事的樣子，然後點點頭對壽峰道：「世上的事，本來難說定。她一個弱女子，上上下下，用四個護兵看守著她，叫她有什麼法子。設若她真和我們打招呼，不但她自己要發生危險，恐怕還不免連累著我們呢。」壽峰笑道：「老弟！你這人太好說話了。我都替你生氣呢，你自己倒以為沒事。」家樹道：「寧人負我吧。」壽峰雖不大懂文學，這句話是明白的。於是用手摸著鬍子，嘆了一口氣。秀姑更不作聲，卻向他微笑了一笑；笑是第一個感覺的命令，當第二個感覺發生時，便想到這笑有點不妥，連忙將手上的小白摺扇開啟，掩在鼻子以下。家樹也覺自己這話，有點過分，就不敢多說了。坐談了一會，壽峰遇到兩個熟人，那朋友一定要拉著過去談談，只得留下家樹和秀姑在這裡，二人默然坐了一會。家樹覺得老不開口又不好，便問道：「我去了南方一個多月，大姑娘的佛學，一定長進了不少了，現在看了些什麼佛經了？」秀姑搖了一搖頭，微笑道：「沒有看什麼佛經。」家樹道：「這又何必相瞞。上次我到府上去，我就看到大姑娘燃好一爐香，正要唸經呢。」秀姑道：「不過是金剛經心經罷了。上次老師傅送一本蓮華經給我，我就看不懂；而且家父說：年輕的人看佛經，未免消磨志氣，有點反對，我也就不勉強了。樊先生是反對學佛的吧？」家樹搖著頭道：「不！我也願意學佛。」秀姑道：「樊先生前程遠大，為了一點小小不如意的事，就要學佛，未免不值。」家樹道：「天下哪有樣樣值得做的事。這也只好看破一點吧！」秀姑道：「樊先生真是一片好心待人，可惜人家偏不知道好歹。」家樹將手指蘸著茶杯子裡的剩茶，在桌上搽抹著，不覺連連寫了好幾個好字。壽峰走回來了，便笑道：「呵！你什麼事想出了神，寫上許多好字。」家樹笑了，站起來道：「我們坐得久了，回去吧。」壽峰看他心神不定，也不強留，就約他參觀這裡的露天遊戲場。

會了茶錢，一直順著大道向南，見柳蔭下漸漸蘆棚相接，除茶酒攤而外，有練把式的，有說相聲的，有唱綳綳兒戲，有拉畫片的，盡頭還有一所蘆棚戲園。家樹看著倒也有趣，把心裡的煩悶，解釋了一小半。又走過去，卻聽到一陣絃索鼓板之聲，順風吹來。看時，原來是柳樹下水邊，有一個老頭子帶著一個女孩子在那兒唱大鼓書，周圍卻也擺了幾條短腳長板凳。家樹一看到這種現象，不由得前塵影事，兜上心來，一陣頭暈，幾乎要摔倒在地。連忙一手按住了頭，站住了不動，壽峰搶上前，攙著他道：「你怎麼了，中了暑嗎？」家樹道：「對了，我聞到一種不大好的氣味，心裡難受得發昏了。」壽峰見路邊有個茶座，扶著他坐下。秀姑道：「樊先生大概坐不住了。我先去僱一輛車來，送樊先生回去吧。」她一人走上前，又遇到一所蘆棚舞臺，這舞臺比較齊整一點，門口網繩攔上，掛著很大的紅紙海報，上面大書特書：今天七月七日應節好戲天河配。秀姑忽然想起，父親約了今天在什剎海相會，不能完全是無意的啊。本來大家談得好好的，又遇見了那個人；但是他見那個人，不但不生氣，反而十分原諒她，那麼，今天那個人沒來，他又能有什麼表示呢。這倒很好，可以把他為人看穿了。她只是這樣想著，忘了去僱車子。壽峰忽然在後面嚷道：「怎麼了？」回頭看時，家樹已經和壽峰一路由後面跟了來。家樹笑道：「大姑娘為什麼對戲報出神，要聽戲嗎？」秀姑笑著搖了一搖頭，卻見他走路已是平常，顏色已平定了，便道：「樊先生好了嗎？剛才可把我嚇了一跳。」說到這個跳字，可又偷眼向壽峰看了一看，接上臉也就紅了。壽峰雖不曾注意，但是這樣一來，就不便說要再玩的話，只得默然著走了。到了南岸，靠了北海的圍牆，已是停著一大排人力車，隨便可僱，家樹站著呆了一呆，因問壽峰道：「大叔！我們分手嗎？」壽峰道：「你身體不大舒服，回去吧。我們也許在這裡還溜一溜彎。」秀姑站在柳樹下，那垂下來的長柳條兒，如垂著綠幔一般，披到她肩上。她伸手拿住了一根柳條，和摺扇一把握著，右手卻將柳條上的綠葉子，一片一片兒的扯將下來，向地下拋去。只是望著壽峰和家樹說話，並不答言，那些停在路旁的人力車伕，都是這樣想著，這三個人站在這裡不曾走，一定是要僱車的了。一陣風似的，有上十個車伕圍了上來，爭問著要車不要？家樹被他們圍困不過，只得坐上一輛車子就拉起走了。只是在車上揭了帽子，和壽峰點點頭說了一聲再會！壽峰對秀姑道：「我們沒事，今天還是個節期，我帶著你還走走吧。」秀姑聽說，這才把手上的柳條放下了，跟著父親走。壽峰道：「怎麼回事？你也是這樣悶悶不樂的樣子。你也是中了暑了！」秀姑笑道：「我中什麼暑？我也沒有那麼大命啦！」壽峰道：「你這是什麼話?中暑不中暑,還論命大命小嗎?」秀姑依舊是默然的跟著壽峰走,並不答覆。壽峰看她是這樣的不高興,也就沒有什麼遊興,於是二人就慢慢開著步伐,走回家去。到了家之後,天色也就慢慢的昏黑了。吃過晚飯,秀姑淨了手臉,定了一定心事,正要拿出一本佛經來看,卻聽得院子裡有人道:「大姑娘!你也不出來瞧瞧嗎?今天天上這天河,多麼明亮呀。」秀姑道:「天天晚上都有的東西,那有什麼可看的。」院子外有人答道:「今天晚上,牛郎會織女。」秀姑正待答應,有人接嘴道:「別向天上看牛郎織女了,讓牛郎看我們吧。他們在天上,一年倒還有一度相會,看著這地下的人。多少在今天生離死別的人,換了一班,又是一班。他們倆是一年一度的相會著,多麼好!我們別替神仙擔憂,替自己擔憂吧。」秀姑聽了這話,就不由得發起呆來,把看佛經的念頭丟開,逕自睡覺了。

自這天起,秀姑覺著有什麼感觸?一會兒很高興,一會兒又很發愁;只是感到心神不寧。但是就自那天起,有三天之久,家樹又不曾再來。秀姑便對壽峰說道:「樊先生這次回來,不像從前,幾天不見,也許他會鬧出什麼意外!我們得瞧他一瞧才好。」壽峰道:「我要是能去瞧他,我早就和他往來了。他們那親戚家裡總看著我們是下流人,我們去就碰上一個釘子,倒不算什麼。可是他們親戚要說上樊先生兩句,人家面子上怎樣擱的下?」秀姑皺了眉道:「這話也是。可是人家要有什麼不如意的話,我們也不去瞧人家一瞧,好像對不住似的。」壽峰道:「好吧,今天晚上我去瞧他一瞧吧。」秀姑便一笑道:「不是我來麻煩你,這實在也應該的事。」父女們這樣的約好,不料到了這天晚上,壽峰有點不舒服。同時屋簷下也滴滴答答有了雨聲,秀姑就不讓她父親去看家樹,以為天晴了再說。壽峰覺得無甚緊要，自睡著了。但是這個時候，家樹確是身體有病。因為學校的考期已近，又要預備功課，人更覺疲倦起來。這天晚上，他只喝了一點稀飯，便勉強的打起精神在電燈下看書。偏是這一天晚上，伯和夫婦，都沒有出門，約了幾位客，在上房裡打麻雀牌。越是心煩的人，聽了這種嘩啦嘩啦的牌聲，十分吵人，先雖充耳不聞，無奈總是安不住神。恍惚之間，有一種涼靜空氣，由紗窗子裡透將進來，加上這屋子裡，只有桌上的一盞銅檠電燈，用綠綢罩了，便更現得這屋子陰沉沉的了。家樹偶然一抬頭，看到掛著的月分牌，已經是陰曆七月十一了。今夜月亮，該有大半圓。一年的月色，是秋天最好，心裡既是煩悶，不如到外面來看看月色消遣。於是熄了電燈，走出屋來，在走廊上走著。向天上看時，這裡正讓院子裡的花架，擋得一點天色都看不見。於是繞了個彎子，彎到左邊一個內跨院來。這院子裡北面，一列三間屋，乃是伯和的書房，布置得很是幽雅的，而且伯和自己，也許整個星期，不到書房來一次，這裡就更覺得幽靜了。這院子裡疊著有一座小小的假山，靠山栽了兩叢小竹子，院子正中，卻一列栽有四棵高大的梧桐，向來這裡就帶著秋氣的，在這陰沉沉的夜色裡，這院子裡就更顯得有一種淒涼蕭瑟的景象。抬頭看天上，烏雲四布，只是雲塊不接頭的地方，露出一點兩點星光來，那大半輪新月，只是在雲裡微透出一團散光，模模糊糊，並不見整個的月影。那雲只管移動，彷彿月亮就在雲裡鑽動一般。後來，月亮在雲裡鑽出來，就照見梧桐葉子綠油油的，階石上也是透溼。原來晚間下了雨，並不知道呢。那月亮正偏偏的照著，掛在梧桐一個橫枝上，大有詩意。心裡原是極煩悶的，心想看看月亮，也可以解解悶。於是也不告訴人，就拿了一張帆布架子床，架在走廊下來看月。不料只一轉身之間，梧桐葉上的月亮不見了，雲塊外的殘星也沒有了，一院漆黑，梧桐樹便是黑暗中幾叢高巍巍的影子。不多久，樹枝上有卜篤卜篤的聲音，落到地上。家樹想：莫不是下雨了？於是走下石階，抬頭觀望，正是下了很細很密的雨絲。黑夜裡雖看不見雨點，覺得這雨絲，由樹縫裡帶著寒氣，向人撲了來；梧桐葉上積得雨絲多，便不時滴下大的水點到地上。家樹正這樣望著，一片梧桐葉子，就隨了積雨，落在家樹臉上。家樹讓這樹葉一打，臉上冰了一下，便也覺得身上有些冷了。就復走到走廊下，仍在帆布床上躺著。這院子裡聽不見那邊院子裡打牌聲了；只有梧桐上的積雨，點點滴滴向下落著，一聲一聲，聽得清楚。這種環境裡，那萬斛閒愁，便一齊湧上心來，人不知在什麼地方了。家樹正這樣凝想著，忽然有一株梧桐樹，無風自動起來了，立時唏哩唏哩，雨點和樹葉，落了滿地。突然有了這種現象，不由得吃了一驚，自己也不知道是何緣故？連忙走回屋子裡去。他將桌燈一開，卻見墨盒下面，壓了一張字條，寫著酒杯大八個字，乃是：「風雨欺人，望君保重。」一看桌上放的小玻璃鐘，已是兩點有餘，這時候，誰在這裡留了字，未免奇怪了！要知道這字條由何而來？下回交代。

託跡權門姑為蜂蝶使　尋盟舊地喜是布衣交

卻說家樹拿了那張字條，仔細看了看，很是疑惑；不知道是誰寫著留下來的。家裡伯和夫婦用不著如此，聽差自然是不敢。看那筆跡，還很秀潤，有點像女子的字。何麗娜是不會來，哪還有第二個女子，能夠在半夜送進這字條來呢？再一看桌上，墨盒不曾蓋得完正，一支毛筆，沒有套筆帽，滾到了桌子犄角上去了。再一思量，剛才跨院裡梧桐樹上那一陣無風自動，更加明白。心裡默唸著，這樣的風雨之夜，要人家跳牆越屋而來，未免擔著幾分危險。她這樣跳牆越屋，只是要看一看我幹什麼，未免隆情可感。要是這樣默受了，良心上過不去；要說對於她去作一種什麼表示；然而這種表示，又怎樣的表示出來呢？自己受了她這種盛情，不由得心上添了一種極深的印象。但是自己和她的性情，卻有些不相同，這是無可如何的事了。睡上床去，輾轉不寐，把平生的事，像翻亂書一般，東一段西一段，只是糊裡糊塗的想著。到了次日清晨，自己忽然頭暈起來，待要起床，彷彿頭上戴著一個鐵帽子，腦袋上重顛顛的抬不起來，只好又躺下了。這一躺下，不料就病起來。一病兩天，不曾出臥室。

第二天下午，何麗娜才知道這個訊息，就專程來看病。她到了陶家，先不向上房去，一直就到家樹的屋子裡來，站在門外，先輕輕咳嗽了兩聲，然後問道：「樊先生在家嗎？」家樹聽得清楚，是何麗娜的聲音，就答道：「對不住，我病了。在床上呢！」何麗娜笑道：「我原知道你病了，特意來看病的。」說著話，她已經走進屋子來了。家樹穿了短衣，赤著雙腳，高高的枕著枕頭，在枕邊亂堆著十幾本書，另外還有些糖果瓶子和丸藥紙包；但是這些東西之中，另有一種可注目的東西，就是幾張相片，背朝外，面朝下，覆在書頁上。何麗娜進得門來，滴溜一雙眼睛的光線，就在那書頁上轉著。家樹先還不知道，後來明白了，就故意整理著書，把那相片夾在書本子裡，一齊放到一邊去了。笑道：「我真是不恭得很，衣服沒有穿，襪子也沒有穿。」說著，兩手扶了床沿，就伸腳下床來踏著鞋。何麗娜突然向前，一伸兩手道：「我們還客氣嗎？」她說這話時，本想就按住了家樹的肩膀，不讓他站起來的，後來忽然想到，這事未免孟浪一點；她這一猶豫，那兩只伸出來的手，也就停頓了，再伸不上前去，只把兩隻手作了一個伸出去的虛勢子，離著床沿有一二尺遠，倒呆住了。家樹若是站起來，便和她面對面的立著了。坐著不動，也是不好，只得笑道：「恭敬不如從命，我就躺下了。何小姐請坐，我叫他們倒茶。」何麗娜笑道：「我是來探病的，你倒要張羅我。」家樹還不曾答話時，外面有人答著話進來了。她道：「你專程來探病，他張羅張羅，還不應該的嗎？你別客氣，你再客氣，人家心裡就更不安了。」何麗娜笑道：「陶太太又該開玩笑了。」說著話，向後退了兩步，陶太太一隻手挽著她的手，一隻手拍著她的肩膀，向她微微一笑，卻不說什麼。何麗娜卻正著顏色道：「樊先生怎麼突然得著病了，找大夫瞧瞧嗎？」陶太太道：「我早就主張他瞧瞧去的，況且快要考學校呢。」何麗娜這才抽開了陶太太兩隻手，又向後退了幾步，搭訕著就翻桌上的書。只翻了兩頁，卻在書頁子裡面翻出一張字條來，乃是：「風雨欺人，望君保重。」大字下面，卻有兩行小字：「落花有意，流水無情，奈何奈何！」這大字和小字，分明是兩種筆跡，而且小字看得出家樹添注的。自己且不作聲，就悄悄的將這字紙握在手心裡，然後慢慢放到衣袋裡去了。因為陶太太在屋子裡，也不便久坐，又勸家樹還是上醫院看看好，不要養成了大病，就和陶太太到上房去了。家樹也想著自己既要趕去考試，不可耽誤，去看看也好；又想著關氏父女對自己很留心，要通知他們一聲才對。這天晚上，人靜了，就起床寫了一封信給壽峰。又想到壽峰在家的時候少，這信封面上就寫了秀姑的名字。信寫完了，人也夠疲倦的了，將信向桌上一本書裡一夾，便上床睡了。

次日早上，還不曾醒過來。何麗娜又來看他的病，見他在床上睡的正酣，未便驚動，就到桌上開啟墨盒，要留上一個字條。忽見昨日夾著字條的書本，還在那裡，心想這書裡或者不止這一張字條，還有可尋的材料也未可知。於是又將書本翻了一翻，只一掀，那一封信就露了出來。信上寫著：後門內鄰佛寺衚衕二十號關秀姑女士收啟。何麗娜看了，不由心裡一跳。回頭一看家樹，依然穩睡，只得心裡將這地址緊緊的記下了，信還夾在書裡，也不留字條，自出房去了。家樹醒來，已是十點鐘，馬上漱洗畢，上醫院看病，中途經過郵局，將帶在身上給秀姑的信，就投寄了。到了醫院裡，仔細檢查，也沒有什麼大病，醫生開了藥單，卻叫他多多的到公園裡去散步，認為非處在良好的環境解放心靈不可。今天吃了這藥，明天再來看。家樹急於要自己的病好，自然是照辦。這醫院，便是上次壽峰養病的所在，那個有點近視的女看護，一見迎了上來，笑道：「樊先生！密斯關好嗎？」家樹點了點頭，女看護道：「密斯關怎樣不陪看來呢？」家樹笑道：「我們也不常見面的。」說著就走開了。

到了次日下午，家樹上醫院來複診。一進門，就見那女看護向這裡指著道：「來了來了。」原來秀姑正站著和她說話，是打聽打聽家樹來沒有來呢。秀姑一見，也不和女看護談話了，自迎上來。她見家樹時，帽子拿在手上，蓬蓬的露出一頭亂髮，臉上伸出兩個高拱的顴骨來，這就覺得上面的眼眶，下面的腮肉，都凹了進去。臉上白得像紙一般，一點血色沒有，只有穿的那件淡青秋羅長衫，飄飄然不著肉，越是現出他骨瘦如柴了。秀姑呦了一聲道：「幾天不見，怎麼病得這樣厲害？你是那晚讓雨打著，受了涼了。」家樹道：「我很感謝大姑娘照顧。」說著，回頭四周看了一看，見沒有人，因低聲道：「我有一件大事，要拜託大叔！今天約大叔來，大叔沒來嗎？」秀姑沉吟了一會道：「是！你有什麼話，告訴我是一樣的。」二人說著話，走到廊上，家樹在一張露椅上坐下了，因道：「我這病是心病……」秀姑站在他面前，臉就是一紅。家樹正著色道：「也不是別的心病，就是每天晚晌，我都會做可怕的夢，夢到鳳喜受人的虐待。咋晚又夢見了，夢見她讓人綁在一根柱子上，頭上的短頭髮披到臉上和口裡，七八個大兵圍著她，一個大兵，拿了藤鞭子，在她身上亂抽；她滿臉都是眼淚，張著嘴叫救命，有一個抽出手槍來，對著她說：你再嚷就把你打死。我嚇醒了，一身的冷汗，將裡衣都溼透了。我想這件事，不見得完全是夢，最好能打聽一點訊息出來才好。這事除了大叔，別人也沒有這大的能耐。」秀姑笑道：「樊先生你這樣一個文明人，怎麼相信起夢來了呢？你要知道她現在很享福，用不著你掛念她的。」家樹道：「雖然這樣說，可是這是猜想的話，究竟在裡面是不是受虐待，我們哪會知道？況且我這種惡夢，不是做了一天，這裡面恐怕總不能沒有一點緣故！」秀姑見他那種憂愁的樣子，兩道眉峰，幾乎緊湊到一處去。他心中的苦悶，絕不是言語可以解釋的。便道：「樊先生！你寬心吧。我回去就可以和家父商量的；好在他是熟路，再會看一趟，也不要緊。」家樹便帶一點笑容道：「那就極好了。什麼時候回我的信呢？」秀姑想了一想，笑道：「你身體不大好，自然是等著回信的，三天之內吧。」家樹站了起來，抱著拳頭，微微的向秀姑拱了拱手，口裡連道：「勞駕！勞駕！」秀姑心裡雖覺得不平，可是見他那可憐的樣子，卻又老大不忍，陪著他掛了複診的號，送著他到了候診室，看到他由診病室又出來了，然後問他醫生怎麼說，要緊不要緊？家樹笑道：「你瞧，我還能老遠的到醫院來治病，有什麼要緊。不過他總說我精神上受了刺激，要好好的靜養，多多上公園。」說著話時，秀姑見他只管喘氣，本擬攙著他出門上車，無如自己不是那種新式的女子，沒有那種勇氣，只是近近的跟在家樹後面走，眼望著他上車而去，自己才一步一步挨著人家牆腳下走路。心裡想著劉將軍家裡，上次讓父親去了一次，已經是冒險，現在哪有再讓他去的道理？但是樊先生救了我父親一條命，現在眼見得他害了這種重病，我又怎能置之不理。我且先到劉家前後去看看，究意是怎麼個樣子。於是決定了主意，向劉家而來。由他前門，繞到屋後，看了一周，不但是大門口有四個背大刀的，另外又加了兩個背快槍的。那條屋邊的長衚衕，丁字拐彎的地方，添了一個警察職位，又添了一個背槍的衛兵，似乎劉家對於上次的事，有點知道；現在加以警戒了。據著這種情形看來，這地方是冒險不得了，但進不去，又從何處打聽鳳喜的訊息？這只有一個辦法，去找鳳喜的母親；然而她的母親在哪裡？又是不知道。一天打聽不出鳳喜的訊息，家樹一天就不安心；他既天天夢到鳳喜，也許鳳喜真受了虐待。看那個女子，不是負心人，她讓姓劉的騙了去，又拿勢力來壓迫一個十幾歲的女孩子，她哪裡抵抗得了？若是她真還有心在樊先生身上，我能把她二人弄得破鏡重圓，她二人應當如何感激我哩。

秀姑一人，只管低頭想著。也不知走到了什麼地方，猛然抬頭看時，卻是由劉家左邊的小巷，轉到右邊的小巷來了。走了半天，只把人家的屋繞了一個大圈圈，自己前面有兩個婦人一同走路，一個約莫有五十多歲，一個只有二十上下。那年老的道：「我看那大人，對你還不怎樣，就是嫌你小腳。」那一個年輕的道：「不成就算了。我看那老爺脾氣大，也難伺候呢！可是那樣大年紀的老爺，怎麼太太那樣小，我還疑心她是小姐呢。」秀姑聽了這話，不由得心裡一動，這所說的，豈不是劉家嗎？那年老的又道：「李姐！你先回店去吧。我還要到街上去買點東西，回頭見。」說著，她就慢慢的走上了前。秀姑這就明白，那老婦是個介紹傭工的，少婦是寄住在介紹傭工的小店裡的。便走緊兩步，跟著那老婦，在後面叫了一聲老太太。這老太太三字，雖是北京對老婦人普通的稱呼，但是下等人聽了，便覺得叫者十分客氣。所以那老婦立刻掉轉身子來問道：「你這位姑娘面生啦，有什麼事？」秀姑見旁邊有個僻靜的小衚衕，將她引到裡面，笑問道：「剛才我聽到你和那位大嫂說的話，是說劉將軍家裡嗎？」老婦道：「是的，你打聽作什麼？」秀姑笑道：「那位大嫂既是沒有說上，老太太！你就介紹我去怎麼樣？」那老婦將秀姑渾身上下，打量了一番，笑道：「姑娘！你別和我開玩笑。憑你這樣子，會要去幫工？況且我們店裡來找事的人，都要告訴我們底細，或者找一個保人，我們才敢引出去。」秀姑在身上一摸，掏出兩塊錢來，笑道：「我不是要去幫工，老實告訴你吧，我有一個親戚的女孩子，讓楞子拐去了，我在四處打聽，聽說賣在劉家，我想看看，又沒法子進去。你若是假說我是找事的，把我引進去看看，我這兩塊錢，就送你去買一件衣服穿。」說時，將三個指頭，箝住兩塊光滑溜著的洋錢，搓著嘎嘎作響，老婦眼睛望了洋錢，掀起一隻衣角，擦著手道：「去一趟得兩塊錢，敢情好！可是你真遇到了那孩子，那孩子一嚷起來，怎麼辦呢？那劉將軍脾氣可不好惹呀。」秀姑笑道：「這個不要緊。那孩子三歲讓人拐走，現在有八九歲了。哪裡會認得我，我去看看，不過是記個大五形兒，我也不認得她呀。」老婦將手一伸，就要來取那洋錢，笑道：

「好事都是人作的，聽你說得怪可憐兒的，我帶你去一趟吧。」秀姑將手向懷裡一縮，笑道：「設若他們說我不像當老媽子的，那怎麼辦呢？」老婦笑道：「大宅門裡出來的老姐妹們，手上帶著金溜子的，還多著呢。不過沒有你年輕罷了。可是劉家他正要找年輕的。這倒對勁兒，要去我們就去，別讓店裡人知道。」秀姑見她答應了，就把兩塊錢交給她。那老婦又叫秀姑進門之後少說話，只看她的眼色行事。於是就引著秀姑向劉宅來。秀姑只低了頭，跟著她進門，由門房通報以後，一路走進上房。遠遠的就見走廊下，擺了一張湘妃榻，鳳喜穿著粉紅綢短衣，踏著白緞子拖鞋，斜靠在那榻上。榻前一張紫檀小茶几，上面放了兩個大瓷盤子，堆上堆下，放著雪藕、玫瑰、葡萄、蘋果、玉芽梨，淺紅嫩綠，不吃也好看。湘妃榻四圍，羅列著許多盆景。這晚半天，那晚香玉珍珠蘭之屬，正放出香氣來。老婦看見鳳喜，遠遠的蹲下去請了一個安，笑道：「太太！你不是嫌小腳的嗎？我給你找一個大腳的來了。」鳳喜一抬頭，不料來的是秀姑，臉色立刻一紅。秀姑望了她，站在老婦身後，搖了一搖手，又將嘴微微向老婦一努，鳳喜本由湘妃榻上站了起來，一看秀姑的情形，又鎮定著坐了下去。

恰是巧，一句話不曾問，劉將軍出來了。秀姑偷眼看他時，粗黑的面孔上，那短鬍子尖向上豎起，那麻黃眼睛，如放電光一般的看著人。身上穿著紡綢短衫褲，衫袖捲著肘彎以外，一手叉著腰，一手拿了一個大梨，夾著皮亂咬。秀姑不敢看他，就低了頭。他將梨指著秀姑道：「她也是來作工的嗎？」老婦蹲著向劉將軍請了一個安，笑道：「可不是嗎？她媽是在一個總長家裡作工的，她跟著她媽作細活，現在想自己出來找一點事。她可是個大姑娘，你瞧成不成？」劉將軍笑著點了頭道：

「怎麼不成，今天就上工吧。我們太太年輕，就要找個年輕的人伺候她才對。這個姑娘倒也不錯，你瞧怎麼樣？」當劉將軍走出來了的時候，鳳喜站了起來，拿了一串葡萄，只管一顆一顆的摘了下來，向口裡吸著蜜瓤，吸了一顆，又摘一顆，眼睛只望著果盤子裡，不敢看秀姑，等到劉將軍問起她的話來，她才答道：「我隨便你。」劉將軍張著嘴哈哈大笑起來，走了過來，將右手一伸，托住鳳喜的下巴頰，讓鳳喜揚著臉，左手一個指頭，點著鳳喜道：「找一個漂亮的人兒，你不樂意嗎？去年我到上海去，看見人家有僱大姑娘作事的，叫做大姐，我就羡慕的了不得。回北京來，找了一年，也沒找著，今天真找著了，我為什麼不用？別說她是一個人，就是一個狐狸精變的，我也就得用下。」說著抽了手回來，自己一陣亂鼓掌，又道：「那不行！你有生氣的樣子，你得樂。」說時，橫了眼睛望著鳳喜；鳳喜果然對他嘻嘻的笑了。秀姑看了這樣子，嘴裡說不出什麼，可是兩只腳站在地上，恨不得將地站下一個窟窿去。劉將軍道：「呔！那姑娘你在我這裡幹下去吧。我給你三十塊錢一個月，你嫌不嫌少？」秀姑一看他那樣子，便微微一笑，低著聲音道：「今天我得回去取鋪蓋，明天來上工吧。」劉將軍走近一步，向她道：「你別害臊，有話對我說呀。好吧，我明天上天津去，後天就回來的，你別因為沒看見我就不幹，也別聽我這小太太的話，她作不了主的。」鳳喜手裡拿著一個雪梨，背過臉用小刀子削皮，對秀姑以目示意。秀姑領悟了，便扯了一扯老婦的衣襟，一同出來了。老婦走到僻巷裡，將衣襟扯起來，揩著額角上的冷汗道：「我的媽！我的魂都嚇掉了。這真不是可以鬧著玩的。」秀姑一笑，轉身回自家了。到了家裡，將話告訴了壽峰，壽峰笑道：「使倒使得，可是將來你一溜，那姓劉的和老婆子要起人來，她要受累了。」秀姑見父親答應了，很是歡喜。

次日上午就先到醫院裡見家樹，將詳細的經過，都告訴了他，家樹忘其所以，不覺深深的對秀姑作了三個揖。秀姑向後退了兩步，笑著低了聲音道：「你這樣多禮。」家樹道：「我也來不及寫信了，請你今天，仔細的問她一問，她若是不忘記我，我請她趁著今明天這個機會，找個地方和我談兩句話。」說著，又想了一想道：「不吧，我還是寫幾個字給她。」於是向醫院裡要了一張紙，用身上的自來水筆，就在候診室裡，伏在長椅的椅靠上寫。可是提起筆先寫了「鳳兮」兩字，就呆住了。以下寫什麼呢？候診室裡人很多。深恐自己只管出神會引起人家注意，於是接著寫了八個字：「我對於你依然如舊。」寫完，搖了一搖頭，把筆收起，將紙捏成一團，對秀姑道：「我沒法寫，還是你告訴她的好。」秀姑也只好點了點頭，起身便走。家樹又追到候診室外來，對秀姑道：「信還是帶去吧。她總看得出是我的親筆。」於是又把紙團展開，找了一個西式視窗，添上一行字：「傷心人白。」秀姑看他寫這四個字的時候，臉色慘白，秀姑也覺得他實可傷心，心裡有點忍不住淒楚，手裡拿過字紙就閃開一邊。因道：「我有了機會，再打電話告訴你吧！」秀姑匆匆的離開了醫院，就到劉將軍家來，向門房裡說明瞭是來試工的，一直就奔上房。上房另有女僕，再引她到鳳喜臥室裡去。鳳喜一見，便說道：「將軍到天津去了，我也不知道他有什麼事分配你做。今天你先在我屋子裡陪著我，作點小事吧。」秀姑會意，答應了一聲是，等到屋子裡無人，鳳喜才皺了眉道：「大姐！你的膽子真大，怎麼敢冒充找事，混到這裡來。若是識破了，恐怕你的性命難保，就是我也不得了。」秀姑笑道：「是呀！這是將軍家裡不是鬧著玩的。可是還有個人，性命也難保呢！我拼了我這條命，也只好來一趟，為什麼呢？因為人家救過我父親的命，我不能不救他的命。」秀姑說著話，臉色慢慢的不好看，最後就板著臉，兩手一抱膝蓋，坐到一邊椅子上。鳳喜道：「大姐！你這話是說我忘恩負義嗎？我也是沒有法子呀！現在樊大爺怎麼樣了，他叫你來有什麼意思？」秀姑便在身上掏出字條，交給鳳喜道：「這是他讓我帶給你的信。」於是把那天什剎海見面，以至現在的情形，說了一遍。鳳喜將字條看了一看，連忙捏成一個紙團，塞在衣袋裡，因道：「他忘不了我，我知道。可是我現在已經嫁了人，我還有什麼法子。就請你告訴他，多謝他惦記；至於他待我的好處，我也忘不了。不瞞你說，現在我手上倒也方便，拿個一萬八千兒的，還不值什麼，我有點東西謝他，請你給我拿了去。」秀姑笑道：「一萬八千？就是十萬八萬，你也拿得出來，這個我早知道了。但是他不望你謝他，只要你治他的病。」鳳喜道：「我又不是大夫，我怎麼能治他的病？」秀姑道：「你想，他害病，無非是想你。現在你有兩個藥方可以治他的病：其一，你是趁了這個機會，跟他逃去；其二，你當面對他說明，你不愛他了，現在日子過得很好。這樣，他就死心塌地不再想你了，病也就好了。我跟人家傳信，只得說到這種樣子。你要怎麼辦？那就聽憑於你。」鳳喜聽了秀姑的話，低頭坐著想了一想，因點點頭道：「好吧，我就見見他也不要緊。這兩天我媽不大舒服，明天起個早吧，我回家去看我母親，我就由後門溜出去找個地方和他見見。不過要碰到了人，那禍不小。還是先農壇地方，早上僻靜，叫他一早就在那裡等著我吧。」秀姑道：「你答應的話，可不能失信。不去不要緊，約了不去，你是更害了他。」鳳喜道：「我絕不失信。你若不放心，你就在我這裡假作兩天工，等我明天去會著了他，或者你不願意作，或者我辭你。」秀姑站立起來，將胸一拍道：「好吧，就是你們將軍回來了，我也不怕。」於是讓鳳喜看守住了家中下人，趁著機會，打了一個電話給家樹，約他明天一早，在先農壇柏樹林下等著。家樹正在床上臥著揣想，秀姑這個人，秉著兒女心腸，卻有英雄氣概，一個姑娘，居然能夠假扮女僕，去探訪侯門似海的路子，義氣和膽略，都不可及，這種人固然是天賦的俠性，但若非對我有特別好的感情，又哪裡肯做這種既冒險又犯嫌疑的事？可是她對我這樣的好，我對她總是淡淡的，未免不合。這種人心地忠厚，行為爽快，都有可取；雖然缺少一些新式女子的態度，而也就在這上面可以顯出她的長處來，我還是丟了鳳喜去迎合她吧。正是這樣想著，秀姑的電話來了，說鳳喜約了明日一早到先農壇去會面。家樹得了這個訊息，把剛才所想的一切事情，又完全推翻了。心想鳳喜受了武力的監視，還約我到先農壇去會面，可想那天什剎海會面，她躲了開去，乃是出於不得已。先農壇這地方，本是和鳳喜定情之所，鳳喜而今又約著在先農壇會面，這裡面很含有深情。這樣一早就約我去，莫非她有意思言歸於好嗎？說好了，也許她明天就跟著我回來，那麼，我向哪一方面逃去為是呢？若是真有這樣的機會，我不在北京讀書了，馬上帶了她回杭州去。據這種情形看來，恐怕雖有武力壓迫她，她也未必屈服的。越想越對，連次日怎樣僱汽車，怎樣到火車站，怎樣由火車上寫信通知伯和夫婦，都計劃好了。

這一晚晌，就完全計劃著明日逃走的事，知道明天要起早的，一到十二點鐘，就早早的睡覺，以便明日好起一個早。誰知上床之後，只管想著心事，反而是延到了兩點鐘才算睡著。一覺醒來，天色大亮，不免吃了一驚，趕快披衣起床，扭了電燈一看，卻原來是兩點三刻，自己還只睡了四十五分鐘的覺，並不曾多睡。低著頭，隔著玻璃窗向外看時，原來是月亮的光，到天亮還早呢。重新睡下，迷迷糊糊的，彷彿是在先農壇，彷彿又是在火車上，彷彿又是在西湖邊。猛然一驚，醒了過來，還只四點鐘。自己為什麼這樣容易醒？倒也莫名其妙。想著不必睡覺，坐著養神吧。秋初依然是日長夜短，五點鐘，天也就亮了。這時候，什麼人都是不會起來的。家樹自己到廚房裡舀了一點涼水洗臉，就悄悄的走到門房裡，將聽差叫醒，只說依了醫生的話，要天亮就上公園去吸新鮮空氣，叫他開了門，僱了人力車，直向先農壇來。這個時候，太陽是剛出土，由東邊天壇的柏樹林子頂上，發著黃黃的顏色，照到一片青蘆地上。記得上次到這裡來的時候，這裡的青蘆，不過是幾寸長，一望平疇草綠，倒有些像江南春草。現在的青蘆，都長得有四五尺深，外壇幾條大道，陷入青蘆叢中，風颳著那成片的長蘆，前僕後繼，成著一層一層的綠浪。那零落的老柏，都在綠浪中站立，這和上次在這裡和鳳喜的情形，有點不同了。下車進了內壇門，太陽還在樹梢，不曾射到地上來。柏林下大路，特別陰沉沉的。這裡的聲音，是特別沉寂。在樹外看藏在樹裡的古殿紅牆，似乎越把這裡的空氣襯託的幽靜下來。有隻喜鵲飛到家樹頂上，踏下一枝枯枝，卜的一聲，落了下來，打破了這柏林裡的沉寂。家樹順著路，繞過了一帶未曾開門的茶棚，走到古殿另一旁，一個石凳邊。這正是上次說明幫鳳喜的忙，鳳喜樂極生悲，忽然啜泣的地方；一切都是一樣，只是殿西角映著太陽的陰影，略略傾斜著向北，這是表示時序不同了。家樹想著，鳳喜來到這裡，一定會想起那天早上定情的事。記得那天早上的事，當然會找到這裡來的。因之就在石凳上坐下，靜等鳳喜自來。但是心裡雖主張在這裡靜等，然而自己的眼睛，可忍耐不住，早是四處張望。張望之後，身子也忍耐不住，就站起來不住的徘徊。這柏林子裡，地下的草，亂蓬蓬的，都長有一兩尺深。夏日的草蟲，現在都長老了，在深草裡唧唧的叫著。這周圍哪裡有點人影和人聲，正是這樣躊躇著，忽然聽到身後有一陣窸窣之聲，只見草叢裡走出一個人來，手中拿著一把花紙傘，將頭蓋了半截，身上穿的是藍竹布旗衫，腳由草裡踏出來，是白襪白布鞋，家樹雖知道這是一個女子，然而這種服飾不像是現在的鳳喜，不敢上前說話。及至她將傘一收，臉上雖然還戴著一副墨晶眼鏡，然而這是鳳喜無疑。他連忙搶步上前，握著她的手道：「我真不料我回南一趟，有這樣的慘變！」鳳喜默然，只嘆了一口氣。家樹接過她的傘放在石桌上，讓她在石凳上坐下，因問道：「你還記得這地方嗎？」鳳喜點點頭。家樹道：「你不要傷心，我對你的事，完全諒解的。不看別的，只看你現在所穿的衣服，還是從前我們在一處用的，可見你並不是那種人，只圖眼前富貴的；你對舊時的布衣服還忘不了，穿布衣服時候交的朋友，當然忘不了的。你從前在這裡樂極生悲，好好的哭了出來，現在我看到你這種樣子，我喜歡到也要哭出來了。」說著，就拿出手絹擦了一擦眼睛。鳳喜本有兩句話要說，因他這一陣誇獎，把要說的話又忍回去了。家樹道：「人家都說你變了心了，只是我不相信。今日一見，我猜的果然不錯，足見我們的交情，究竟不同呀。你怎麼不作聲？你趕快說呀！我什麼都預備了，只要你馬上能走，我們馬上就上車站。今天十點鐘正有一班到浦口的通車，我們走吧！」家樹說了這幾句話，才把鳳喜的話逼了出來。所說是什麼，下回交代。

裂券飛蚨絕交還大笑　揮鞭當藥忍痛且長歌

卻說家樹見到鳳喜，以為她還像從前一樣，很有感情，所以說要她一路同去。鳳喜聽到這話，不由得嚇了一嚇，便道：「大爺！你這是什麼話？難道我這樣敗柳殘花的人，你還願意嗎？」家樹也道：「你這是什麼話？」鳳喜道：「事到如今，什麼話都不用說了。只怪我命不好，做了一個唱大鼓書的孩子，所以自己不能作主，有勢力的要怎麼辦，我就怎麼辦。像你樊大爺，還愁討不到一頭好親事嗎？把我丟了吧。可是你待我的好處，我也絕不能忘了，我自然要報答你。」家樹搶著道：「怎麼樣？你就從此和我分手了嗎？我知道，你的意思說，以為讓姓劉的把你搶去了，這是一件可恥的事情，不好意思再嫁我；其實是不要緊的。在從前，女子失身於人，無論是願意，或者被強迫的，就像一塊白布染黑了一樣，不能再算白布的。可是現在的年頭兒，不是那樣說；只要丈夫真愛他妻子，妻子真愛她丈夫，身體上受了一點侮辱，卻與彼此的愛情，一點沒有關係。因為我們的愛情，都是在精神上，不是在形式上，只要精神上是一樣的，……」家樹這樣絮絮叨叨的向下說著，鳳喜卻是低著頭看著自己的白皮鞋尖，去踢那石凳前的亂草。看那意思，這些話，似乎都沒有聽得清楚。家樹一伸手，攜著她一隻手臂，微微的搖撼了兩下，因問道：「鳳喜！怎麼樣，你心裡還有什麼說不出來的苦處嗎？」鳳喜的頭，益發的低著了。半晌，說了一句道：「我對不起你！」家樹放了她的手，拿了草帽子在手，當著扇子搖了幾搖道：「這樣說，你是決計不能和我相合了。也罷，我也不勉強你，那姓劉的待你怎麼樣，能永不變心嗎？」鳳喜仍舊低著頭，卻搖了兩搖，家樹道：「你既然保不住他不會變心，設若將來他真變了心，他是有勢力的，你是沒有勢力的，那怎麼辦？你還不如跟著我走吧。人生在世，富貴固然是要的，愛情也是要的。你是個很聰明的人，難道這一點，你還看不出來？而況我的家裡雖不是十分有錢，不瞞你說，兩三萬塊錢的家財，那是有的；我又沒有三兄四弟，有了這些個錢，還不夠養活我們一輩子的嗎？」鳳喜本來將頭抬起來了。家樹說上這一大串，她又把頭低將下去了。家樹道：「你不要不作聲呀。你要知道，我望你跟著我走，雖然一半是自己的私心，一半也是救你。」鳳喜忽然抬起頭來，揚著臉問家樹道：「一半是救我嗎？我在姓劉的家裡，料他也不會吃了我，這個你倒可以放心。」家樹聽到這話，不由得他的臉色不為之一變，站在一邊，只管發愣。停了一會，點了一點頭道：「好！這算我完全誤會了。你既是決定跟姓劉的，你今天來此地是什麼意思？是不是和我告別，今生今世，永不見面了吧？」鳳喜道：「你別生氣，讓我慢慢的和你說。人心都是肉做的，你樊大爺待我那一番好處，我哪裡忘得了；可是我只有這個身子，我讓人家強占了去了，不能分開一半來伺候你。」家樹皺了眉，將腳一頓道：「你還不明白，只要你肯回來，……」鳳喜道：「我明白，你雖然那樣說不要緊，可是我心裡總過不去的。乾脆一句話，我們是無緣了。我今天是偷出來的，你不見我還穿著這樣一身舊衣服嗎？若是讓他們看見了，放了好衣服不穿，弄成這種樣子，他們是要大大疑心的。我自己私下，也猜想了一下子，大概用你樊大爺的錢，總快到兩千吧！我也沒有別個法子，來報你這個恩，不瞞你說，那姓劉的，一把就撥了五萬塊錢，讓我存在銀行裡。這個錢，隨便我怎麼樣用，他不過問。現在我自己，也會開支票，拿錢很便。」說到這裡，鳳喜在身上掏出一個粉鏡盒子來。開啟盒子，卻露出一張支票，她將支票遞給家樹道：「不敢說是謝你，反正我不敢白用大爺的錢。」

當她開啟粉鏡，露出支票的時候，家樹心裡已是卜突卜突，跳了幾下，及至鳳喜將支票送過來，不由得渾身的肌肉顫動，面色如土。她將支票遞過來，也就不知所以的將支票接著，一句話說不出來。停了一停，醒悟過來了。將支票一看，填的是四千元整，簽字的地方，印著小小的紅章，那四個篆字，清清楚楚，可以看得出，乃是「劉沈鳳兮」。家樹鎮定了自己的態度，向著鳳喜微笑道：「這是你賞我的錢嗎？」風喜道：「你幹嘛這樣說呀？這也無非聊表寸心，我送你這一點款子。」家樹笑道：「這的確是你的好心，我應該領受的。你說花了我的錢，差不多快到兩千，所以現在送我四千，總算是來了個對倍了。哈哈！我這事算做得不錯，有個對本對利了。」越說越覺得笑容滿面，說完了笑聲大作，昂著頭，張著口，只管哈哈哈笑個不絕。鳳喜先還以為他真歡喜了，後來看到他的態度不同，也不知道他是發了狂，也不知道他是故意如此，靠了石桌站住，呆呆的向他望著。家樹兩手張開，向天空一伸，大笑道：「好！我發了財了。我沒有見過錢，我沒有見過四千塊錢一張的支票，今天算我開了眼了，我怎麼不笑。天哪！天哪！四千塊一張的支票，我沒有見過呀。」說著，兩手垂了下來，又合到一處，望了那張支票笑道：「你的魔力大，能買人家的身子，也能買人家的良心；但是我不在乎呢。」兩手比齊，拿了支票，嗤的一聲，撕成兩半邊，接上將支票一陣亂撕，撕成了許多碎塊，然後兩手握著向空中一拋，被風一吹，這四千元就變成一二十隻小白蝴蝶，在日光裡飛舞。家樹昂著頭笑道：「哈哈！這很好看哪。錢啦錢啦，有時候你也會讓人看不起吧。」風喜到了這時，才知道他是恨極了這件事，特意撕了支票來出這一口氣的。頃刻之間，既是慚羞，又是後悔，不知道如何是好？待要分說兩句，家樹是連蹦帶跳，連嚷帶笑，簡直不讓人有分說的餘地。就是這佯，鳳喜是越羞越急，越急越說不出話，兩眼眶子一熱，卻有兩行眼淚，直流下來。家樹往日見到她流淚，一定百般安慰的；今天見到她流淚，遠遠的彎了身子，卻是笑嘻嘻的看著她。鳳喜見他如此，越是哭得厲害，索性坐在石凳上伏在石桌上哭將起來。家樹站立一邊，慢慢的止住了笑聲，就呆望著她，見她哭著，兩只肩膀只管聳動，雖然她沒有大大的發出哭聲，然而看見這背影，知道她哭得傷心極了。心想她究竟是個意志薄弱的青年女子，剛才那樣羞辱她，未免過分。愛情是相互的，既是她貪圖富貴，就讓她去貪圖富貴，何必強人所難？就是她拿錢出來，未嘗不是好意！她哪裡有那樣高超的思想，知道這是侮辱人的行為。思想一變遷，就很想過去賠兩句不是。這裡剛一遷腳，鳳喜忽然站了起來，將手揩著眼淚，向家樹一面哭一面說道：「你為什麼這樣子對待我？我的身子，是我自己的，我要嫁給誰，就嫁給誰，你有什麼法子來干涉我？」說著，她一隻手伸到衣袋裡，掏出一個金戒指來，將腳一頓道：「我們並沒有訂婚的，這是你留著我做紀念的，我不要了，你拿回去吧。」說時，將戒指向家樹腳下一丟，恰好這裡是磚地，金戒指落在地上，叮鈴鈴一陣響，家樹不料她一反臉，卻有此一著，彎著腰將戒指撿起，便帶在指頭上，自說道：「為什麼不要，我自己還留著紀念吧。」說畢，取了帽子，和鳳喜深深的一鞠躬，笑嘻嘻的道：「劉將軍夫人！願你前途幸福無量。我們再見了！」說畢，戴著草帽，掉轉身子便走，一路打著哈哈，大笑而去。鳳喜站在那裡，望著家樹轉入柏林，就不見了。自己呆了一陣子，只見東邊的太陽，已慢慢升到臨頭，時候不早了，不敢多停留，又怕追上了家樹，卻是慢慢的走出內壇。她的母親沈大娘，由旁邊小樹叢裡，一個小亭上走下來，迎著她道：「怎麼去這半天，把我急壞了。我看見樊大爺，一路笑著，大概他得了四千塊錢，心裡也就滿足了。」鳳喜微笑，點著頭道：「他心裡滿足了。」沈大娘道：「呀！你眼睛還有些兒紅，哭著啦吧。傻孩子！」鳳喜道：「我哭什麼？我才犯不上哭呢。」說著，掏出一條潮溼的手絹，將眼睛擦了一擦。沈大娘一路陪著行走，一路問道：「樊大爺接了那四千塊錢的支票，他說了些什麼啦？」鳳喜道：「他有什麼可說的，他把支票撕了。」沈大娘道：「什麼，把支票撕了？」於是就追著鳳喜，問這件事的究竟。鳳喜把家樹的情形一說，沈大娘冷笑道：「生氣！

活該他生氣。這倒好，一下說破了，斷了他的念頭，以後就不會和我們來麻煩了。」鳳喜也不作聲，出了外壇僱了車子，同回母親家裡，仍然由後門進去，急急的換了衣服，坐上大門口的汽車，就向劉將軍家來。因為她出去得早，這時候回來，還只有八點鐘。回到房裡，秀姑便是不住的向她打量。鳳喜怕老媽子看出破綻來，對屋子裡的老媽子道：「你們都出去，我起來得早了，還得睡睡呢。」大家聽她如此說，都走開了。鳳喜睡是不要睡，只是滿腔心事，坐立不安，也就倒在床上躺下，便想著家樹今日那種大笑，一定是傷心已極。雖然他的行為不對，然而他今日還痴心妄想，打算邀我一同逃走，可見他的心，的確是沒有變的。但是你不要錢，也不要緊，為什麼當面把支票扯碎來呢？這不是太讓我下不去嗎！糊裡糊塗的想著，便昏昏沉沉的睡去。及至醒來，不覺已是十一點多鐘了。坐在床上一睜眼，就見秀姑在外面探頭望了一望，鳳喜對她招招手，讓她走了進來。秀姑輕輕的問道：「你見到他沒有？」鳳喜只說了一聲見到了，就聽到外面老媽子叫道：「將軍回來了。」秀姑趕快閃到一邊站住，那劉將軍一走進門，也不管屋子裡有人沒人，搶著上前，走到床邊，兩手按了鳳喜兩只肩膀，輕輕拍了兩下，笑道：「好傢伙！我都由天津回到北京了，你還沒有起來。」說著，兩手捧了鳳喜的臉，將頭一低，鳳喜微微一笑，將眼睛向秀姑站的地方一瞟，又把嘴一努，劉將軍放了手掉轉身來，向秀姑先打了一個哈哈，然後笑道：「你昨天就來了嗎？」秀姑正著臉色，答應了一聲是。劉將軍回頭向鳳喜道：「這孩子模樣兒有個上中等，就是太板一點兒。」又和秀姑點著頭笑道：「你出去吧，有事我再來叫你。」秀姑巴不得一聲，剛要出去，劉將軍忽然向鳳喜的臉上注視著道：「你又哭了嗎？我走了，準是你想著姓樊的那個小王八蛋。」兩手扶了鳳喜的肩膀向前一推，鳳喜支援不住，便倒在床上了。鳳喜一點也不生氣，坐了起來，用手理著臉上的亂髮，向他笑道：「你幹嘛總是這樣多心？我憑什麼想他？我是起了一個早，回去看了看我媽。我媽昨晚晌幾乎病得要死。你想想看，我有個不著急的嗎？」劉將軍笑道：「我猜你哭了不是？你媽病了，怎麼不早對我說，我也好找個大夫給她瞧瞧去。小寶貝兒咧！你要什麼，我總給你什麼。」說著，一伸手，又將鳳喜的小臉泡兒撅了一下。秀姑一低頭，就避出屋外去。她心想著：這種地方，怎樣可以長住？但是鳳喜是不是有什麼話要自己轉達，卻又不敢斷定，總得等一個機會，和她暢談暢談，然後才可以知道她和家樹兩方面，究竟是誰的錯誤。因此一想，便忍耐著住下了。

劉將軍在屋子裡麻煩了一陣子，已到開午飯的時候，就和鳳喜一路出來吃午飯去了。一會子工夫，伺候吃飯的老媽子來說：「將軍不喜歡年紀大的，還是你去吧。」秀姑走到樓下堂屋裡，只見他二人，對面坐著。劉將軍手上拿了一個空碗向秀姑照了 照，望著她一笑，那意思就是要秀姑盛飯。秀姑既在這裡，不能不上前，只得走到他面前，接了碗過來。他左手上的空碗，先不放著，卻將右手的筷子倒過來，在秀姑的臉上，輕輕的戳了一下，笑道：「你在那張總長家裡也鬧著玩嗎？」

秀姑望了他一眼，卻不作聲，接過碗給他盛了飯，站到一邊，鳳喜笑道：「人家初來，又是個姑娘，別和人家鬧，人家怪不好意思的。」劉將軍道：「有什麼怪不好意思，要不好意思，就別到人家家裡來。我瞧你這樣子，倒是有點兒吃醋。」鳳喜見他臉上並沒有笑容，卻不敢作聲。劉將軍回過頭來，向秀姑笑道：「別信你太太的話，我要鬧著玩，誰也攔阻不了我。你聽見說過沒有？北京有種老媽子，叫做……叫做……哈哈，叫做上炕的。」秀姑正在一張茶几邊，茶几上有一套茶杯茶壺，手摸著茶壺，恨不得拿了起來，就向他頭上劈了過去。鳳喜眼睛望了她，又望了一望門外院子裡，看那院子裡，正有幾個武裝兵士，走來走去，秀姑只得默然無語，將手縮了回來。他二人吃完了飯，另一個老媽子打了手巾把過去。劉將軍卻向鳳喜笑道：「剛才我說了你一句吃醋，大概你又生氣了。這裡又沒有外人，我說了一句，又要什麼緊呢？小寶貝兒！別生氣，我來給你擦一把臉。」說著，他也不管這裡有人無人，左手一抱，將鳳喜摟在懷裡，右手拿了洗臉手巾，向她滿臉一陣亂擦。鳳喜兩手將毛巾拉了下來，見劉將軍滿臉都是笑容，便撅了嘴，向旁邊一閃道：「謝謝！別這樣親熱，少罵我兩句就是了。」劉將軍笑道：「我是有口無心的，你還有什麼不知道，以後我不生你的氣就是了。」鳳喜也不說什麼，轉身自上樓去了。秀姑不敢多在他面前停留，也跟著她走上樓去，便和大家在樓廊上搭的一張桌子上吃飯。吃到半中間，只見劉將軍穿著短衣，袖子捲得高高的，手上拿了一根細藤的馬鞭子，氣勢洶洶的走了上來。大家看了他這種情形，都是為之一怔。他也不管，腳步走著咚咚的響，掀開簾子，直到屋子裡去。在外面就聽到他大喝一聲道：「我今天打死你這賤東西！」只這一句話說完，就聽見鞭子刷的響了一聲，接上又是一聲哎喲，嚎啕大哭起來。頃刻之間，鞭子聲，哭聲，嚷聲，罵聲，東西撞打的聲，鬧成一片。秀姑和三個老媽子吃飯，先還怔怔的聽著，後來鳳喜只嚷「救命哪！救命哪！」秀姑實在忍耐不住，放下碗來就跑進房去，其餘三個老媽子見到這種情形，也跟了進去。只見鳳喜蹲著身子，躲在桌子底下，頭髮蓬成一團，滿面都是淚痕，口裡不住的嚷，人是不住左閃右避。劉將軍手上拿了鞭子向著桌子腿與人，只管亂打亂抽，秀姑搶了上前，兩手抱住他拿鞭子的一隻手，連叫道：「將軍！請你慢慢說，可別這樣。」劉將軍讓秀姑抱住了手，鞭子就垂將下來，人不住的喘著氣，望了桌子底下。那三個老媽子，見秀姑已是勸解下來了，便有人上前，接過了鞭子，又有人打了手巾把，給他擦臉；又有人斟了一杯熱茶，送到他手上。秀姑看他不會打了，閃開一邊。只看屋裡的東西，七零八亂，滿地是衣襪瓷片碎玻璃。就是這一刻兒工夫，倒不料屋子裡鬧得如此的厲害。再看桌子底下的鳳喜，一隻腳穿了鞋，一隻腳是光穿了絲襪，身上一件藍綢旗衫，撕著垂下來好幾塊，一大半都染了黑灰，她簡直不像人樣子。秀姑走上前，向桌子下道：「太太！你起來洗洗臉吧。」劉將軍聽到這一聲太太，將手上的茶杯，連著一滿杯茶，噹啷一聲，摔了在樓板上，突然站了起來喝著道：「什麼太太？她配嗎？她媽的臭窯姐兒！好不識抬舉，我這樣的待她，你會送一頂綠帽子給我戴。」說著，他又撿起了樓板上那根鞭子。秀姑便搶了他拿鞭的手，向他微笑道：「將軍！你怎麼啦？她有什麼不對，儘管慢慢的問她，動手就打，你把她打死了，也是分不出青紅皂白的，你瞧我吧。」說著，又向他更作了一個長時間的微笑，他手上的鞭子，自然的落在地下。秀姑將一張椅子，移了一移。因道：「你坐下！等她起來，你有什麼話再和她說，反正她也飛不了。你瞧，你氣得這個樣兒。」說著，又斟了一杯茶，送到劉將軍手裡，笑道：「你喝一點兒，先解解渴。」劉將軍看看秀姑道：「你這話倒也有理。讓她起來，等我來慢慢的審問她，我也不怕她飛上天去。」接過那一杯茶，一仰脖子喝了，秀姑接過空杯子，由桌子底下，將鳳喜牽出來。暗暗向她使了一個眼色，然後把她牽到隔壁的屋子裡去，給她洗臉梳頭。別的老媽子要來，秀姑故意將嘴向外面一努，教她們伺候男主人。老媽子信以為真，也就不進來了。

秀姑細看鳳喜身上，左一條紅痕，右一條紅痕，身上猶如畫的紅網一樣。秀姑輕輕的道：「我的天！怎麼下這樣的毒手。」鳳喜本來止住了哭，不過是不斷的嘆著冷氣。秀姑這一驚訝，她又哭將起來。緊緊的拉住了秀姑的手，好像有無限的心事，都由這一拉手之中，要傳說出來。秀姑也很了解她的意思，因道：「這或者是他一時的誤會，你從從容容的對他說破也就是了。不過你要想法子，把我的事遮掩過去，我倒不要緊，別為了這不相干的事，又連累著我的父親。」鳳喜道：「你放心，我不能那樣不知好歹，你為了我們的事這樣的失身分，我還能把你拉下水來嗎？」秀姑安頓了她，不敢多說話。怕劉將軍疑心，就先閃到外邊屋子裡來。劉將軍見秀姑出來，就向她一笑，笑得他那雙麻黃眼睛，合成了一條小縫，用一個小蘿蔔似的食指指著她道：「你別害怕。我就是這個脾氣，受不得委屈；可是人家要待我好呢，把我這腦袋割了給他，我也樂意。你若是像今天這樣做事，我就會一天一天的，更加歡喜你的。」劉將軍說著話，一手伸了過來，將秀姑的手臂一撈，就把她拉到懷裡。秀姑心中如火燒一般，恨不得回手一拳，就把他打倒，只得輕輕的道：「這些個人在這裡，別這樣呀。你不是還生著氣嗎？」劉將軍聽她如此說，才放了手，笑道：「我就依著你，回頭我們再說吧。」說到這裡，鳳喜已是換了一件衣服走了出來，劉將軍立刻將臉一板，用手指著她道：「你說，你今天早上，為什麼打你媽家裡後門溜出去了，我可有人跟著你。你不是到先農壇去了嗎？你說那是為什麼？你還瞞著我，說瞧你媽的病嗎？那老幫子就不是好東西，她帶著你為非作歹，可和你巡風，你以為我到了天津去了，你就可以胡來了。可是我有耳報神，我全知道呢。你好好的說，說明白了，我不難為你；要不然，你這條小八字兒，就在我手掌心裡。」說著，將左手的五指一伸，咬著牙捏成了拳頭，翻了兩個大眼睛望著她。鳳喜一想這事大概瞞不了，不如實說了吧。因道：「你不問青紅皂白，動手就打，叫我說什麼？現在你已經打了我一頓，也出了氣，可以讓我說了。我現在不是決計跟著你過嗎？可是我從前也得過姓樊的好處不少，叫我就這樣把他扔了，我心裡也過不去。我聽到我媽說，他常去找我媽。我想我是姓劉的人啦，常要他到我家裡去走著，那算怎麼一回事呢？所以我就對媽說，趁你上天津，約他會一面，一來呢，絕了他的念頭，不再找我家了。二來呢，我也報他一點兒恩，所以我開了一張四千塊錢的支票給他。他一聽說我跟定了你，把支票就撕了，一句話不說，就走了。你想，我要是還和他來往，我約著他在家裡會面，那多方便。我不肯讓他到我家裡去，就是為了不讓他沾著。你信不信，可以再打聽去。」劉將軍聽了她這話，不覺得氣先平了一半，因道：「果然是這樣嗎？好！我把人叫你媽去了，回頭一對口供，對得相符，我就饒了你，要不然，你別想活著。」說到這裡，恰好聽差進來說：外老太太來了。劉將軍喝道：「什麼外老太太，她配嗎？叫她在樓下等著。」秀姑就笑著向他道：「你要打算問她的話，最好別生氣，慢慢的和她商量著，我先去安頓著她，你再消消氣，慢慢的下來，看好不好呢？」劉將軍點頭道：「行！你是為著我的，就依著你。」秀姑連忙下樓，到外面將沈大娘引進樓下。匆匆的對她道：「你只別提我，說是姓樊的常到你家，你和姑娘約著到先農壇見面，其餘說實話，就沒事了。」沈大娘也猜著今天突然的派人去叫來，而且不讓在家裡片刻停留，料著今日就有事，馬上到了劉家。及至一聽秀姑的話，心裡不住的慌亂。秀姑只引她到屋子裡來就走開了，又不敢多問。

不多一會，劉將軍已換了一件長衣，一面扣鈕釦，一面走進屋來。沈大娘因他臉上一點笑容都沒有，就老遠的迎著他，請了個雙腿安。劉將軍點了點頭道：「你姑娘太欺負我了。對不住，我教訓了她一頓，你知道嗎？」沈大娘笑道：「她年輕，什麼不懂，全靠你指教，怎樣說是對不住啊！」劉將軍道：「你坐下，我有話要和你慢慢說。」他說畢，一抬腿，就坐在正中的紫檀方桌上，指著旁邊的椅子，沈大娘坐下了。劉將軍道：「你娘兒倆今天早晌做的事，我早知道了。你說出來，怎麼回事。若是和你姑娘口供對了，那算我錯了；若是不對，我老劉是不好惹的。」沈大娘一聽，果然有事，料著秀姑招呼的話沒有錯，就照著她的意思把話說了。劉將軍聽著口供相同，伸手抓了抓耳朵，笑道：「他媽的！我真糟糕，這可錯怪了好人。其實這樣辦，我也很贊成，明明告訴我，我也許可的，反正你姑娘是一死心兒跟著我啊。你上樓給我勸勸她去，我還有事呢。」沈大娘不料這大一個問題，隨便幾句話就說開了。身上先幹了一把汗。到了樓上，只見鳳喜眼睛紅紅的，靠了桌子，手指上夾了一支煙卷，放在嘴裡抽著，就在她抬著手臂的當兒，遠遠看見她手脈以下，有三條手指粗細的紅痕。鳳喜看見母親，只叫了一聲媽！哇的一聲就哭出來了。秀姑在旁看到，倒替她們著急。因道：「這禍事剛過去，你又哭。」沈大娘一看這樣子，就知道她受了不小的委屈，連忙上前，拉著她的手臂，問道：「這都是打的嗎？」鳳喜道：「你瞧瞧我身上吧。」說著，掉過背去，對了她的媽，沈大娘將衣襟一掀，倒退兩步，拖著聲音道：「我的娘呀！這都是什麼打的，打得這個樣子厲害？我的……兒。」只這一個兒字，她也哭了。鳳喜轉過身，握著她母親的手，便道：「你別哭，哭著讓他聽到了，他一生氣，那藤鞭子我可受不了。」秀姑道：「這話對。只要說明白了，把這事揭過去了，大家樂得省點事，幹嘛還鬧不休。」沈大娘道：「大姑娘！你哪裡知道，我這丫頭長這麼大，重巴掌也沒有上過她的頭；不料她現在跟著將軍做太太，一呼百諾的，倒會打的她滿身是傷。你瞧，我有個不心痛的呀！」這幾句話說著，正兜動了鳳喜一腔苦水，也哽哽咽咽，哭了起來。秀姑正待勸止她們不要哭，那劉將軍卻放開大步，走將進來。秀姑嚇了一跳，她母女兩人正哭得厲害，他一不高興，恐怕要打在一處，心裡一橫，他果然那樣做，今天我要拼他一下，非讓他受一番教訓不可。不料那劉將軍進來，卻換了一副和藹可親的樣子，對沈大娘笑道：「剛才你說的話，我聽到了，你說你捨不得你姑娘，我哪裡又捨得打她？可是你要知道我們這樣有面子的人，什麼也不怕，就怕戴綠帽子。無論怎麼說，你們瞞著我去瞧個小爺們，總是真的。憑了這一點，我就可以拿起槍來打死了她。」劉將軍說到這裡，右手捏了拳頭，在左拳心裡，擊了一下，又將腳一頓，同時這屋子裡三個女人，都不由得吃了一驚。劉將軍又接著道：「這話可又說回來了，她雖然是瞞著我作的事，心眼兒裡可是為著我。我抽了她一頓鞭子，算是教訓她以後不要冒失，我都不生氣，你們還生氣嗎？」沈氏母女本就有三分怕他，加上他又叮囑了不許生氣，娘兒倆只好掏出手絹，揩了一揩眼睛，將淚容收了。劉將軍對沈大娘道：「現在沒事，你可以回去了。你在這裡，又要引著她傷心起來的。」沈大娘見女兒受了這樣的委屈，正要仔仔細細和她談一談，現在劉將軍要她回家，心裡未免有點不以為然，因笑道：「我不惹她傷心就是了。你瞧，這屋子裡弄得亂七八糟，我給她歸拾歸拾吧。」劉將軍道：「我這裡有的是伺候她的人，這個用不著擔心，你回去吧。你若不回去，那就是存心和我搗亂。」鳳喜道：「媽！你回去吧！我不生氣就是了。」沈大娘看了看劉將軍的顏色，不敢多說，只得低著頭回去了。劉將軍叫人來收拾屋子，卻帶鳳喜到樓下臥室裡去燒鴉片煙，並吩咐秀姑跟著。到了臥室裡，銅床上的煙家具是整日整夜擺著，並不收拾的。鳳喜點了煙燈，和劉將軍隔著煙盤子，橫躺在床上。劉將軍歪了頭，高枕在白緞子軟枕上，含著微笑，看看鳳喜，又看看秀姑，一隻手先撫弄著煙扦子，然後向她點了一點，笑道：「燒煙非要你們這種人陪著，不能有趣味。」又指著秀姑道：「有了你，那些老幫子我就看不慣了。你好好的巴結差使，將來有你的好處，我只要痛快，花錢是不在乎的。」秀姑不作聲，揚了頭只看壁上鏡框中的西洋畫。鳳喜只把煙扦子拈著煙膏子燒煙，卻當不知道。

原來她本不會燒煙，因為到了劉家來，劉將軍非逼著她燒煙不可，她只得勉強從事。好在這也並非什麼難事，自然一學自會。劉將軍因她不作聲，便問道：「幹嘛不言語，還恨我嗎？」鳳喜道：「說都說明白了，我還恨你作什麼呢。況且我作的事，本也不對，你教訓我，是應該的。」說著，拿起煙槍，在煙斗上裝好了煙泡，便遞了過來，在劉將軍嘴上碰了一碰，同時笑著向他道：「你先抽一口。」劉將軍笑著捧了煙槍抽起來，因笑道：「你現在不恨我了嗎？」鳳喜笑道：「我不是說了嗎，你教訓我也是應該的，怎麼你還說這話呢！」劉將軍笑道：「你嘴裡雖然這樣說，可是你究竟恨我不恨，是藏在你心裡，我哪裡會知道？」鳳喜道：「這可難了。你若是不相信，自然我嘴裡怎麼說也不成；我又沒有那樣的本領，可以把心掏給你看。」劉將軍笑道：「我自然不能那樣不講理，要你掏出心來，可是要看出你的心來，也不算什麼，只要你好好兒的唱上一段給我聽，我就會看出你的心來了。你果然不恨我，你就會唱得像平常一樣，若是你心裡不樂意，你就唱不好的。你唱不唱？」鳳喜笑道：「我為什麼不唱？你要唱什麼，我就唱什麼。」劉將軍噴著煙，突然坐了起來，將大腿一拍道：「若是這樣，我就一點不疑心了。你隨便唱吧，越唱得多，越是我不疑心。你別燒煙，我自己會來。」說著又倒在床上，斜著眼睛，望了鳳喜道：「你唱你唱。」鳳喜看那樣子，大概是不唱不行，自己只輕輕將身子一轉，坐了起來，只在這一轉身之間，身上的皮膚，和衣褲，互相磨擦，痛入肺腑，兩行眼淚，幾乎要由眼睛眶子裡搶了出來。但是這眼淚真要流出來，又是禍事。連忙低了頭咳嗽不住，笑道：「煙嗆了嗓子，找一杯茶喝吧。」於是將手絹擦了眼睛，自己起身倒了一杯茶喝。劉將軍道：「這兩天你老是咳嗽，大概傷了風了，可是我這一頓鞭子，當了一劑良藥，一定給你出了不少的汗。傷風的毛病，只要多出一點兒汗，那就自然會好的。」鳳喜笑道：「這樣的藥，好是好，可是吃藥的人，有些受不了呢。」她說時，用眼睛斜看著劉將軍微笑。劉將軍笑道：「你這小東西！倒會說俏皮話。你就唱吧！這個時候，我心裡樂著呢。」鳳喜將一杯茶喝完了，就端了一張方凳子，斜對床前坐著，問道：「唱大鼓書，還是唱戲呢？」劉將軍道：「大鼓書我都聽得膩了，戲是清唱沒有味，你給我唱個小調兒聽聽吧。」鳳喜沒有法子，只得從從容容的唱起來。唱完了一支，劉將軍點頭道：「唱得不錯。」因見秀姑貼近房門口一張茶几站著，便笑問道：「這曲子唱得很好聽嗎？你會不會？」秀姑用冷眼看著他，牙齒對咬著，幾乎都要碎開。這時他問起來了，也不好說什麼，只微笑了一笑。劉將軍對鳳喜道：「唱得好，你再唱一個吧。」鳳喜不敢違拗，又唱了一個。劉將軍聽出味來了，只管要她唱，一直唱了四個，劉將軍還要聽。鳳喜肚子裡的小調，向來有限，現在就只剩一個四季相思了。這個老曲子，是家樹教了唱的，一唱起來就會想著他，因之躊躇著一會，才淡淡一笑道：「有是還有一支曲子，很難唱，怕唱不好呢。」劉將軍道：「越是難唱的，越是好聽，更要唱，非唱不行。」說著，一頭坐了起來，望著鳳喜。鳳喜看了看他，又回頭看了看秀姑，便唱起來。但是口裡在唱，腦筋裡人就彷彿在騰雲駕霧一般，眼面前的東西，都覺有點轉動。唱到一半，頭重過幾十斤；身子向旁邊一歪，便連著方凳，一齊倒了下來。劉將軍連連喝問道：「怎麼了？」要知她生氣也無？下回交代。

驚疾成狂墜樓傷往事
因疑入幻避席謝新知

卻說劉將軍逼著鳳喜唱曲，鳳喜唱了一支，又要她唱一支，最後把鳳喜不願唱的一支曲子，也逼得唱了出來，鳳喜一難受，就暈倒在地下。秀姑看到，連忙上前，將她攙起時，只見她臉色灰白，兩手冰冷，人是軟綿綿的，一點也站立不定。秀姑就兩手一抄，將她橫抱著，輕輕的放在一張長沙發上。劉將軍已是放了煙槍，站立在地板上，看到秀姑毫不吃力的樣子，便微笑道：「你這人長的這樣，倒有這樣大力氣。」說著，一伸手就握住了秀姑的右手臂，笑道：「肉長的挺結實，真不含糊。」秀姑將手一縮，沉著臉道：「這裡有個人都快要死了，你還有心開玩笑。」劉將軍笑道：「她不過頭暈罷了，躺一會兒就好了的。」說著，也就摸了摸鳳喜的手。呀了一聲道：「這孩子真病了，快找大夫吧。」便按著鈴將聽差叫進來，吩咐打電話找大夫，自己將鳳喜身上撫摸了一會，自言自語的道：「劉德柱！你也下的手太毒了，怎麼會把人家打的渾身是傷呢？這樣子還要她唱曲子，也難怪她受不了的了。」他這樣說著，倒又拿起鳳喜一隻手臂，不住的嗅著。

這時，屋子裡的人，已擠滿了，都是來伺候太太的。隨著一位西醫，也跟進來了，將鳳喜身上看了一看，就明白了一半。又診察了一會子病象，便道：「這個並不是什麼重症，不過是受了一點刺激，好好的休養兩天就行了。」說著，向屋子四周看了一看，劉將軍便用手向大家一揮道：「誰要你們在這裡？你們都會治病，我倒省了錢，用不著找大夫來瞧了。走走走！」說著，手只管推，腳只管踢，把屋子裡的男僕女僕，一齊都轟了出去。秀姑讓劉將軍管束住了，正是脫身不得，趁著這個機會，就正好躲出房來，因之人家被轟，她也就一塊兒躲出來。心裡本想著今天晚上，就溜回家去的；但是一看鳳喜這種情形，恐怕是生死莫卜，若是走了，重來不得，這以後的種種訊息，又從何處打聽出來呢？於是悄悄的到了樓上，給家樹通了一個電話，說是這裡發生了很重大的事，只好在這裡再看守一宿，請他和父親通個信。秀姑把話說完，也不等家樹再問，就把電話掛上了。這一天晚上，果然鳳喜病得很重。大家將她搬到樓上寢室裡。一個上半夜，她都是昏迷不醒，劉將軍聽了醫生的話，讓她靜養，卻邀了幾個朋友到飯店裡開房間找樂去了。兩點鐘以後，女僕們都去睡覺了，只剩下秀姑和一個老年的楊媽，同坐在屋子裡，伺候著鳳喜的茶水。秀姑無事，卻和楊媽談著話來消磨時間，說到了鳳喜的傷，楊媽將頭一伸，輕輕的說道：「唉！這就算厲害嗎？真厲害的，你還沒有看見過呢。從前，我們這裡也是一個正太太，一個姨太太；不用提，正太太是上了年紀的人，整天的受氣，她受氣不過，回老家去了。不多時，就在老家故了。太太一死，姨太太可抖啦。整天的坐著汽車出去聽戲遊公園。據說，她在外面認識了男朋友了。有一天晚晌，姨太太聽夜戲，十二點多鐘才回來，我們將軍偏是那天沒有出門，抽著大煙等著，看看錶，又抽抽菸；抽抽菸，又坐起來。一打過十二點，他就要了一杯子白蘭地酒喝了，一個人在屋子裡，又跳又罵。一會子工夫，姨太太回來了。只剛上這樓，將軍走上前就是一腳，把她踢在地下，左手一把揪著她的頭髮，右手在懷兜裡掏出一管手槍，指著她的臉，逼問她在哪裡來？姨太太嚇慌了，告著饒，哭著說：沒有別的，就是和表哥吃了兩回館子，聽戲是假的。我們老遠的站著，哪敢上前。只聽到那手槍拍拍兩下響，將軍抓著人，隔了欄杆，就向樓下一扔……」楊媽不曾說完，只聽到床上「啊呀」一聲，回頭看時，鳳喜在床上一個翻身，由床上滾到樓板上來。秀姑和楊媽都嚇了一跳，連忙走上前，將她抱到床上去。她原來並不曾睡著，伸了手拉住秀姑的衣襟，哭著道：「嚇死我了！你們得救我一救呀。」楊媽也嚇慌了，呆呆的在一邊站著望了她，作聲不得。秀姑卻用手拍著鳳喜道：「你不要害怕！楊媽只當你睡著了，和我說了鬧著玩的，哪裡有這一回事？」鳳喜道：「假是假不了的，我也不害怕了，害怕我又怎麼樣呢？」說時又嘆了一口氣。秀姑待要再安慰她兩句，便聽到樓下一陣喧譁，大概是劉將軍回來了。楊媽就顫巍巍的對鳳喜道：「我的太太！剛才的話，你可千萬別說出來。說出來了，我這小八字，有點靠不住。」鳳喜笑道：「你放心，我絕不說的。」這就聽到劉將軍在窗子外嚷道：「現在怎麼樣，比以前好些了嗎？」鳳喜在床上一個翻身面朝裡，秀姑和楊媽也連忙掉轉身來，迎到房門口，劉將軍進了房，便笑著向秀姑道：「她怎麼樣？」秀姑道：「睡著沒有醒呢，我們走開別吵了她吧。」說畢，便匆匆走開了。她的行李用物，都不曾帶來，劉將軍卻是體貼得到，早是給了她一張小鐵床和一副被縟；而且不要和那些老媽子同住，就在樓下廊子邊一間很乾淨的西廂房裡住。

秀姑下得樓來，那楊媽又似乎忘了她的恐懼，在電燈光下，向秀姑微微一笑。而這一笑時，她便望著秀姑住的那間屋子。秀姑也明白她的意思，鼻子一哼，也冷笑了一聲。她悄悄的進房去，將門關緊，熄了電燈，便和衣而睡。一覺醒來時，太陽已由屋簷下，照下大半截白光來，只聽得劉將軍的聲音，在樓上罵罵咧咧的道：「搗他媽的什麼亂，鬧了我一宿也沒有睡著。家裡可受不了，把她送到醫院裡去吧。」秀姑聽了這話，逆料是鳳喜的病沒有好，趕忙開了門出來，一直上樓，只見鳳喜的頭髮，亂得像一團敗草一般，披了滿臉，只穿了一件對襟的粉紅小褂子，卻有兩個鈕釦是錯扣著，將褂子斜穿在身上。她一言不發，直挺著胸脯，坐在一把硬木椅子上，兩隻眼睛，在亂頭髮裡看人；一條短褲，露出膝蓋以下的白腿與腳，只是如打鞦韆一樣，搖擺不定。她看到秀姑進來，露著白牙齒向秀姑一笑，那樣子真有幾分慘厲怕人。秀姑站在門口頓了一頓，然後才進房去，向她問道：「太太！你是怎麼了？」鳳喜笑道：「我不怎麼樣。他說我瘋了，拿手槍嚇我，不讓我言語，我就不言語；我也沒犯那麼大罪，該槍斃，你說是不是？我沒有陪人去聽戲，也沒有表哥，不能把我槍斃了往樓下扔；我銀行裡還有五萬塊錢，首飾也值好幾千，年輕輕兒的，我可捨不得死。大姊！你說我這話對不對？」秀姑一手握著她手，一手卻掩住了她的嘴，復又連連和她搖手。這時，進來兩個馬弁，對鳳喜道：「太太你不舒服，請你……」他們還沒有說完，鳳喜哇的一聲哭了起來，赤著腳一蹦，兩手抱了秀姑的脖子，爬在秀姑身上，嚷道：「了不得！了不得！他們要拖我去槍斃了。」馬弁笑道：「太太！你別多心，我們是陪你上醫院去的。」鳳喜跳著腳道：「我不去，我不去，你們是騙我的。」兩個馬弁看到這種樣子，呆呆的望著，一點沒有辦法。劉將軍在樓廊子上正等著她出去啦！見她不肯走，就跳了腳走進來道：「你這兩個飯桶！她說不走，就讓她不走嗎？你不會把她拖了去嗎？」馬弁究竟是怕將軍的，將軍都生了氣了，只得大膽上前，一人拖了鳳喜一隻手臂就走。鳳喜哪裡肯去，又哭又嚷，又踢又倒，鬧了一陣，便躺在地下亂滾。秀姑看了，心裡老大不忍，正想和劉將軍說，暫時不送她到醫院去，可是又進來兩個馬弁，一共四個人，硬把鳳喜抬下樓去了。鳳喜在人叢中伸出一隻手來，向後亂招，直嚷大姊救命！一直抬出內院去了，還聽見嚷聲呢。

秀姑自從鳳喜變了心以後，本來就十分恨她，現在見她這樣瘋魔了，又覺她年輕輕的人，受了人家的欺騙，受了人家的壓迫，未免可憐。因此伏在樓邊欄杆上，灑了幾點淚。劉將軍在她身後看見，便笑道：「你怎麼了？女人的心總是慈的。你瞧，我都不哭，你倒哭了。」秀姑趁了這個機會，便揩著眼淚，向劉將軍微微一笑道：「可不是，我就是這樣容易掉淚。太太在哪個醫院裡？回頭讓我去看看，行不行？」劉將軍笑道：「行！這是你的好心，為什麼不行？你們老是這樣有照應，不吃醋，那就好辦了，我也不知道哪個醫院好，我讓他們把她送到普救醫院去了。那個醫院很貴的，大概壞不了；回頭我讓汽車送你去吧。今天上午，你陪我一塊兒吃飯，好不好？」秀姑道：「那怎樣可以？一個下人，和將軍坐在一處，那不是笑話嗎？」劉將軍笑道：「有什麼笑話？我愛怎樣抬舉你，就怎樣抬舉你。就是你的太太，她出身還不如你呢。」秀姑道：「究竟不大方便，將來再說吧。」說畢，下樓去了。劉將軍看了她害臊的情形，得意之極，手拍著欄杆，哈哈大笑。到了正午吃飯的時候，劉將軍一個人吃飯，卻擺了一桌的菜，他卻把伺候聽差老媽，一齊轟出了飯廳，只要秀姑一個人盛飯。那些男女僕役們，都不免替她捏了一把汗，她卻處之泰然。劉將軍的飯盛好了，放在桌上，然後向後倒退兩步，正著顏色說道：「將軍！你待我這一番好心，我明白了。誰有不願意作將軍太太的嗎？可是我有句話要先說明，您若是依得了我，我做三房四房都肯；要不然，我在這裡，工也不敢作了。」劉將軍手上捧了筷子碗，只呆望著秀姑發笑道：「這孩子乾脆，倒和我對勁兒。」秀姑站定，兩隻手臂，環抱在胸前，斜斜的對了劉將軍說道：「我雖是一個當下人的，可是我還是個姑娘，糊裡糊塗的陪你玩，那是害了我一生，就是說您不嫌我寒磣，收我做個二房，也要正正噹噹的辦喜事，一來我家裡還有父母呢，二來，你有太太，還有這些個底下人，也讓人家瞧我不起，我是千肯萬肯的，可不知道你是真喜歡我，是假喜歡我？您若是真喜歡我，必能體諒我這一點苦心。」說著說著，手放下來了，頭也低下去了，聲音也微細了，現出十二分不好意思的形狀來。劉將軍放下碗筷，用手摸著臉，躊躇笑道：「你的話是對的。可是你別拿話來騙我！」秀姑道：「這就不對了。我一個窮人家的孩子，像你這樣的人不跟，還打算跟誰呢？你瞧我是騙人的孩子嗎？」劉將軍笑道：「得！就是這樣辦。可是日子要快一點子才好。」秀姑道：「只要不是今天，你辦得及，明天都成。可是您先別和我鬧著玩，省得下人看見了，說我不正經。」劉將軍笑道：「算你說得有理，也不急在明天一天，後天就是好日子，就是後天吧。今天你不是到醫院裡去嗎？順便你就回家對你父母說一聲兒，大概他們不能不答應吧。」秀姑道：「這是我的終身大事，他們怎麼樣管得了。再說，他們做夢也想不到呢，哪有不答應的道理。」這一套話，說得劉將軍滿心搔不著癢處，便道：「你別和老媽子那些人在一處吃飯了。我吃完了就走的，你就在這桌上吃吧。」秀姑噗嗤一笑，點著頭答應了。劉將軍心想：無論哪一個女子，沒有不喜歡人家恭維的，你瞧這姑娘，我就只給她這一點面子，她就樂了。他想著高興，也笑了。只是為了鳳喜，耽誤了一早晌沒有辦事，這就坐了汽車出門了。

秀姑知道他走遠了，就叫幾個老媽子，一同到桌上來，大家吃了一個痛快。秀姑吃得飽了，說是將軍吩咐的，就坐了家裡的公用汽車，到普救醫院來看鳳喜。鳳喜住的是頭等病室，一個人住了一間很精緻乾淨的屋子。她躺在一張鐵床上，將白色的被縟，包圍了身子，只有披著亂蓬蓬散髮的頭，露出外面，深深的陷入軟枕裡。一進房門，就聽到她口裡絮絮叨叨什麼用手槍打人，把我扔下樓去，說個不絕。她說的話，有時候聽得很清楚，有時卻有音無字；不過她嘴裡，總不斷的叫著樊大爺。床前一張矮的沙發，她母親沈大娘卻斜坐在那裡掩面垂淚。一抬頭看見秀姑，站起來點著頭道：「關大姐！你瞧，這是怎麼好？」只說了這一句，兩行眼淚，如拋沙一般，直湧了出來。秀姑看床上的鳳喜時，兩頰上，現出很深的紅色，眼睛緊緊的閉著，口裡含糊著只管說：扔下樓去，扔下樓去！秀姑道：「這樣子她是迷糊了。大夫怎麼說呢？」沈大娘道：「我初來的時候，真是怕人啦。她又能嚷，又能哭，現在大概是累了，就這樣的躺下兩個鐘頭啦。我看人是不成的了。」說著，就伏在沙發靠背上窸窸窣窣的抬著肩膀哭。秀姑正待勸她兩句，只見鳳喜在床上將身子一扭，格格的笑將起來。越笑越高聲，閉著眼睛道：「你冤我，一百多萬傢伙，全給我管嗎？只要你再不打我就成；你瞧，打的我這一身傷。」說畢，又哭起來了。沈大娘伸著兩手，顛了幾顛道：「她就是這樣子笑一陣子，哭一陣子，你瞧是怎麼好？」鳳喜卻在床上答道：「這件事，你別讓人家知道，傳到樊大爺耳朵裡去了，你們是多麼寒磣哪。」說著，她就睜開眼了。看見了秀姑，便由被裡伸出一隻手來，搖了一搖，笑道：「你不是關大姐？見到樊大爺給我問好。你說我對不住他，我快死了，他原諒我年輕不懂事吧。」說著，放聲大哭。秀姑連忙上前，握了她的手，她就將秀姑的手背去擦眼淚。秀姑另用一隻手，隔了被去拍她的脊樑，只說：「樊大爺一定原諒你的，也許來看你呢。」這裡哭著，驚動了女看護，連忙走進來道：「你這位姑娘，快出去吧！病人見了客是會受刺激的。」秀姑知道醫院裡規矩，是不應當違抗看護的，就走出病室來了。這一來，她心裡又受一種感動，覺得人生的緣法，真是有一定的。鳳喜和家樹決裂到這種地步，彼此還有一線牽連，看鳳喜睡在床上，不斷的唸著樊大爺，樊大爺哪裡會知道，我給他傳一個信吧。當下就在醫院裡打了一個電話給家樹，請他到中央公園去，有話和他說。家樹接了電話，喜不自勝，約了馬上就來。

於是秀姑吩咐汽車回劉宅，自僱人力車到公園來。到了公園門口，她心裡猛可的想起一樁事。記得在醫院裡伺候父親的時候，曾作了一個夢，夢到和家樹挽了手臂，同在公園裡遊玩，不料今日居然有和他同遊的機會，天下事就是這樣。真事，好像是夢。作夢也有日子會真起來的，我這不是一個例子嗎？只是電話打得太匆促了，只說了到公園來相會，卻忘了說在公園裡一個什麼地方相會。公園裡是這樣的大，到哪裡去找他呢？心裡想著，剛走上大門內的遊廊，這個啞迷，就給人揭破了。原來家樹就在遊廊總口的矮欄上坐了，他是早在這裡等候呢。他一見秀姑便迎上前來，笑道：「我接了電話，馬上僱了車子就搶著來了。據我猜，你一定還是沒有到的，所以我就在這裡坐著等候；不然，公園裡是這樣大，你找我，我又找你，怎麼樣子會面呢？大姑娘真為我受了屈，我十二分不過意。我得請請你，表示一番謝意。」秀姑道：「不瞞你說，我們爺兒倆，就是這個脾氣，喜歡管閒事。只要事情辦得痛快，謝不謝，倒是不在乎的。」說著話，兩人順著遊廊向東走，經過了資產階級聚合的來今雨軒，復經過了地僻少人行的故宮外牆，秀姑單獨和一個少年走著，是生平破題兒第一次事情。在許多人面前，不覺是要低了頭；在不見什麼人的地方，更是要低了頭。自己從來不懂得怕見人，卻不解為了什麼，今天只是心神不寧起來。同走到公園的後身，一片柏樹林子下，家樹道：「在這裡找個地方坐坐，看一看荷花吧。」秀姑便應了一個好字。

柏林的西犄角上，便是一列茶座，茶座外是皇城的寬濠，濠那邊一列蕭疏的宮柳，掩映著一列城牆，尤其是西方城牆轉角處，城下四五棵高柳，簇擁著一角箭樓，真個如圖畫一般。但是家樹只叫秀姑看荷花，卻沒有叫秀姑看箭樓。秀姑找了一個茶座，在椅子上坐下，看看城濠裡的荷葉，一半都焦沒了，東倒西歪，橫臥在水面，高高兒的挺著一些蓮蓬，伸出荷葉上來，哪裡有朵荷花？家樹也坐下了，就在她對面。茶座上的夥計，送過了茶壺瓜子，家樹斟過了茶，敬過了瓜子，既不知道秀姑有什麼事要商量？自己又不敢亂問，便笑了一笑，秀姑看了一看四周，微笑道：「這地方景緻很好。」家樹道：「景緻很好。」秀姑道：「前幾天我們在什剎海，荷葉還綠著呢！只幾天工夫，這荷葉就殘敗了。」說到這裡，秀姑心裡忽然一驚，這是個敷衍話，不要他疑心我有所指吧。便正色道：「樊先生！我今天和你通電話，並不是我自己有什麼事要和你商量，就是那沈家姑娘，她也很可憐。」家樹哈哈一笑道：「大姑娘！你還提她什麼？可憐不可憐與我有什麼相干！」秀姑道：「她從前作的事，本來有些不對，可是……」家樹將手連搖了幾搖道：「大姑娘既然知道她有些不對，那就行了。自那天先農壇分手以後，我就決定了，再不提到她了，士各有志，何必相強。大姑娘是個很爽快的人，所以我也不要多話。乾脆，今生今世，我不願意再提到她。」秀姑聽他說得如此決絕，本不便再告訴鳳喜的事，只是他願意提鳳喜不提鳳喜是一事，鳳喜現在的痛苦，要不要家樹知道又是一事。因笑道：「設若她現在死了，樊先生作何感想？」家樹冷笑道：「那是她自作自受，我能有什麼感想？大姑娘你不要提她，一提她，我心裡就難過得很。」秀姑道：「既然如此，我暫時就不提她，將來再說吧。」家樹道：「將來再說這四個字，我非常贊成。無論什麼事，就眼前來說，絕不能認為就是一定圓滿的。古人說：『疾風知勁草，板蕩識忠臣。』所以必定要到危難的時候，才看得出好人來的。不過那個時候，就知道也未免遲了。而且真是好人，他也絕不為了要現出自己的真面目，倒願人有災有難。譬如令尊大人，他是相信古往今來那些俠客的，但俠客所為，是除暴安良，鋤強扶弱，沒有強暴之人，作出不平的事來，就用不著俠客。難道說作俠客的為了自己要顯一顯本領，還希望生出不平的事情來不成？所以到了現在，我又算受了一番教訓，增長了一番知識。我現在知道從前不認識好人了。」秀姑聽他這種口音，分明是句句暗射著自己。一想自認識家樹以來，這一顆心，早就獻給了他，無如殷勤也罷，疏淡也罷，他總是漠不關心；所以索性跳出圈子外去，用第三者的資格，來給他們圓場。不料自己已經跳出圈子外來了，偏是又突然有這樣向來不曾有的懇切表示，這真是意料所不及了。因笑道：「樊先生說得很透澈。就是像我這樣肚子裡沒有一點墨水的人，我也明白了。」家樹笑著只管嗑瓜子，又自己斟了一杯茶喝了，問道：「大叔從前很相信我的，現在大概知道我有點胡鬧吧。」秀姑道：「不！他老人家有什麼話，都會當面說的。」家樹道：「自然，他老人家是很爽快的，不過也有件事很讓我納悶。兩個月前，彷彿他老人家有一件事要和我說，又不好說似的，我又不便問，究竟不知道是一件什麼事？」秀姑這時正看著濠裡的荷葉，見有一個很大的紅色蜻蜓，在一片小荷葉邊飛著，卻把它的尾巴，在水上一點一起；經過很久的時間，不曾飛開。她也看出了神，所以家樹說的這些話，秀姑是不是聽清楚了。或者聽得越清楚，反不肯回答，這都讓家樹無法揣測，隨話答話，也沒有可以重敘之理，這也就默然了。秀姑看了城牆，笑道：「我家衚衕口上，也有一堵城牆，出來就讓它抵住，覺得非常討厭，這裡也是一堵城牆，看了去，就是很好的風景了。」家樹道：「可不是，我也覺得這裡的城牆有意思。」兩個人說來說去，只是就風景上討論。

正說到很有興趣的時候，樹林子裡忽有茶房嚷著有樊先生沒有？家樹點著頭只問了一聲哪裡找？一個茶房走上前來，便遞了一張名片給秀姑道：「你貴姓樊嗎？我是來今雨軒的茶房，有一位何小姐請過去說話。」秀姑接著那名片一看，卻是何麗娜三個字，猶疑著道：「我並不認得這個人。是樊先生的朋友嗎？」家樹道：「是的是的。這個人你不能不見，待一會我給你介紹。」因對茶房道：「你對何小姐說我們就來。」茶房答應去了，家樹道：「大姑娘！我們到來今雨軒去坐坐吧。那何小姐是我表嫂的朋友，人倒很和氣的。」秀姑笑道：「我這樣子，和人家小姐坐在一處，不但自己難為情，人家也會怪不好意思的。」家樹笑道：「大姑娘是極爽快的人，難道還拘那種俗套嗎？」秀姑就怕人家說她不大方，便點點頭道：「見了也好。可是我坐不了多大一會兒就要走的。」家樹道：「那隨便你，只要介紹你和她見一見面，那就行了。」於是家樹會了茶帳，就和秀姑一路到來今雨軒來。家樹引她到了露臺欄杆邊，只見茶座上，一個時裝女郎笑盈盈的站了起來，向著這邊點頭。秀姑猛然看到她，不由得嚇了一大跳。鳳喜明明病在醫院裡，怎麼到這裡來了？老遠的站著，只是發愣。家樹明白，連忙搶上前介紹，說明這是何女士，這是關女士。何麗娜見秀姑只穿了一件寬大的藍布大褂，而且沒有剪髮，挽著一雙細辮如意髻，骨肉停勻，臉如滿月，是一個很健康樸素的姑娘，就伸著手握了秀姑的手，笑道：「請坐請坐。我就聽見樊先生說過關女士，是一個豪爽的人，今天幸會。」秀姑等她說出話來，這才證明她的確不是鳳喜。家樹向來沒有提到認識一個何小姐，怎麼倒在何小姐面前會提起我，大概他們的交情，也非同泛泛吧。她既是一見面這樣的親熱，也就不能不客氣一點。因笑道：「剛才何小姐去請樊先生，我是不好意思來高攀，樊先生一定要給我介紹，我只好來了。」何麗娜笑道：「不要那樣客氣，交朋友只要彼此性情相投，是不應該在形跡上有什麼分別的啊。」於是挪了一挪椅子，讓秀姑坐下。家樹也在何麗娜對面坐下了。秀姑這時將何麗娜仔細看了一看，見她的面孔，和鳳喜的面孔，大體上簡直沒有多大的分別；只是何麗娜的面孔略為豐潤一點，在她的舉動和說話上，處處持重一點，不像鳳喜那樣任性。這兩個人若是在一處走著，無論是誰，也會說她們是姊妹一對兒。她模樣兒既然是這樣的好，身分更不必提，學問自然是好的；除了年歲而外，恐怕鳳喜沒有一樣賽得過她的呢。那麼，家樹丟了一個鳳喜，有這一個何小姐抵缺，他也沒有什麼遺憾的了，又何怪對於鳳喜的事淡然置之哩。心裡想著事，何小姐春風滿面的招待，就沒有心去理會，只是含著微笑，隨便去答應她的話。何麗娜道：「我早就在這裡坐著的。我看見關女士和樊先生走過去，我就猜中了一半。」家樹道：「哦！你看見我們走過去的，我們在那邊喝茶，你也是猜中的嗎？」何麗娜道：「那倒不是，剛才我在園裡兜了一個圈子，我在林子外邊看見你二位呢。」家樹聽了默然不語。何麗娜道：「難得遇到關女士的，我打算請關女士喝一杯酒，肯賞光嗎？」秀姑道：「今天實在有點事，不能叨擾，請何小姐另約一個日子，我沒有不到的。」何麗娜笑道：「莫不是關女士嫌我們有點富貴氣吧。若說是有事，何以今天又有工夫到公園裡來哩。」家樹道：「她的確是有事，不是我說要介紹她和密斯何見面，她早就走了。」何麗娜看著二人笑了一笑，便道：「既是如此，我就不必到公園外去找館子。這裡的西餐，倒也不錯，就在這裡吃一點東西，好不好？」秀姑這時只覺心神不安貼起來，哪有心吃飯，便將椅子一挪，站立起來，笑道：「真對不住，我有事要走了。」何麗娜和家樹都站起來，因道：「就是不肯吃東西，再坐一會兒也不要緊。」秀姑笑道：「實在不是不肯，老實說，我今天到公園裡來，就是有要緊的事，和樊先生商量。雖然沒有商量出一個結果來，我也應該去回人家的信了。」她說了這話，就離開了茶座。何麗娜見她不肯再坐，也不強留，握著她的手，直送到人行路上來，笑嘻嘻的道：「今天真對不住，改天我一定再奉邀的。樊先生和我差不多天天見面，有話請樊先生轉達吧。」說著，又握著秀姑的手搖撼了幾下，然後告別回座去了。

秀姑低著頭，一路走去，心想：我們先由來今雨軒過，她就注意了；我們到柏樹林子裡去喝茶，她又在林子外偵查，這樣子，她倒很疑心我。其實我今天是為了鳳喜來的，與我自己什麼相干呢？她說：她天天和樊先生見面，這話不假，不但如此，樊先生到來今雨軒去，那麼些茶座，並不要尋找，一直就把她找著了，一定他們是常在這裡相會的。沈鳳喜本是出山之水，人家又有了情人，你還戀她則甚？至於我呢，更用不著為別人操心了。心裡想著，也不知是往哪裡走去了，見路旁有一張露椅，就隨意坐下了，一人靜坐著。忽又想到：家樹今天說的疾風知勁草那番話，不能無因，莫非我錯疑了。自己斜靠在露椅上，只是靜靜的想，遠看那走廊上的人，來來往往，有一半是男女成對的。於是又聯想到從前在醫院裡作的那個夢，又想到家樹所說父親要提未提的一個問題。由此種種，前途似乎是依然樂觀的呢。想到此地，心裡一舒暢，猛然抬起頭來，忽然見家樹和何麗娜並肩而行，由走廊上向外走去；同時身邊有兩個男子，一個指道：「那不是家樹？女的是誰？」一個道：「我知道，那是他的未婚妻沈女士，他還正式給我介紹過呢。」這個沈字，秀姑恰未聽得清楚，心裡這就恍然大悟，自己一人微笑了一笑，起身出園而去，這一去，卻做了一番驚天動地的事。要知如何驚天動地？下回分解。

慷慨棄寒家酒樓作別　模糊留血影山寺鋤奸

卻說秀姑在公園裡看到家樹和何麗娜並肩而行，恰又聽到人說，他們是一對未婚夫婦；這才心中恍然，無論如何，男子對於女子的愛情，總是以容貌為先決條件的。自己本來毫無牽掛的了，何必又捲入漩渦。剛才一陣胡思亂想，未免太沒有經驗了。想到這裡，自己倒笑將起來。劉將軍也罷，樊大爺也罷，沈大姑娘也罷，我一概都不必問了，我還是回家去，陪著我的父親。意思決定了，便走出公園來，也不僱車了。出了公園，便是天安門外的石板舊御道，御道兩旁的綠槐，在清朗的日光裡，留下兩道清涼的濃蔭。便緩著腳步，一步一步的在濃蔭下面走。自己只管這樣走著，不料已走到了離普救醫院不遠的地方來，心想既是到了這地方來，何不順便再去看看鳳喜，從此以後，我和這可憐的孩子，也是永不見面了。如此想著，掉轉身就向醫院這條路上來。剛剛要進醫院門，卻看到劉將軍坐的那輛汽車橫攔在大門口。自己一愣，待要縮著腳轉去，劉將軍開了車門，笑著連連招手道：「你不是來了一次嗎？還去看她作什麼，我們一塊兒回家去吧！」他說著話已經走下車來，就要來攙住秀姑，秀姑想著，若是不去，在街上拉拉扯扯，未免不成樣子，好在自己是拿定了主意的了，就是和他去，憑著自己這一點本領，也不怕他。於是微微笑著，就和劉將軍一路坐上汽車去。

到了劉家。劉將軍讓她一路上樓，笑著握了她的手道：「醫院裡那個人，恐怕是不行了，你若是跟著我，也許就把你扶正。」秀姑聽了這話，一腔熱血沸騰，簇湧到臉上來，彷彿身上的肌肉，都有些顫動。劉將軍看她臉上泛著紅色，笑道：「這裡又沒有外人，你害什麼臊。你說，你究竟願不願意這樣？」秀姑微笑道：「我怎麼不願意，就怕沒有那種福氣。」劉將軍將她的手握著搖了兩搖，笑道：「你這孩子看去老實，可是也很會說話。我們的喜事，就定的是後天，你看怎麼樣？你把話對你父親說過沒有？」秀姑道：「說了，他十分願意。他還說喜事之後，還要來見見你，請你給他個差事辦辦呢。」劉將軍一拍手笑道：「這還要說嗎？有差事不給老丈人辦，倒應該給誰去辦呢？今天晚上，你無論如何，得陪著我吃飯，先讓底下人看看，我已經把你抬起來了，也省得後天辦喜事，他們說是突然而來。」秀姑道：「你左一句辦喜事，右一句辦喜事，這喜事你打算是怎樣的辦法呢？」劉將軍聽說，又伸手搔了一搔頭髮，笑道：「這件事，我覺得有點為難的。就是辦大了，先娶的那一個，我都很隨便，娶你更加熱鬧起來，有點說不過去；再說日子也太急一點，似乎辦不過來。若是隨便呢，我又怕你不願意。」秀姑道：「我倒不在乎這個，就是底下人看不起，我倒有個法子，一來你可以省事一點，二來我也可以免得底下人看不起。」劉將軍笑道：「有這一個好法子，我還有不樂意的嗎？你說，要怎樣的辦？」秀姑道：「若是叫我想這個法子，我也想不出來。我想起從前有個人也是為了省事，就是新郎和新娘同跑到西山去等著，回來之後，他們就說辦完了喜事，連客都沒有請，我們要是這樣的辦才好。」劉將軍拉了她的手，笑得跳了起來道：「我的小寶貝！你要是肯這樣辦，我省了不少的事。我又是個急性子的人，說要辦，巴不得馬上就辦，要一鋪張的話，兩天總會來不及的。現在只要上西山一走，那費什麼事？有的是汽車，什麼時候都成，反正趕出城去，就用不著回來的，今天我們就去，你看好不好？」秀姑笑道：「你不是說了，不忙在一兩天嗎？」劉將軍肩膀聳了一聳，又偏了頭對秀姑的臉色看了一看，笑道：「也不知道怎麼回事，我對你是越看越愛，恨不得馬上……」說著，只管格格的笑。秀姑道：「今天太晚了。明天吧！」劉將軍笑道：「得啦！

我的新太太！就是今天吧，你要些什麼，你快說。我這就叫人去辦，辦來了，我們一塊兒出城。」說時，又來抓住秀姑的手，秀姑笑道：「婚姻大事，你這人有這樣子急。」劉將軍笑道：「你不知道，我一見就想你。等到今天，已經是等夠了。喜期多延誤一天，我是多急一天；要不然，我們同住著一個院子，我在樓上，你在樓下，那也是不便當不是？」說著又把肩膀抬了一抬，秀姑眉毛一動，眼睛望著劉將軍，用牙咬著下唇，向他點了一點頭。在秀姑這一點頭之間，似乎鼻子微微的哼了一聲。可是劉將軍並沒有聽見，他笑道：「怎麼樣，你答應了嗎？」秀姑笑道：「好吧，就是今天，你乾脆，我也給你一個痛快。」劉將軍笑得渾身肌肉都顫起來，向秀姑行了一個舉手禮道：「謝謝你答應了，你要些什麼東西？我好預備著。」秀姑道：「除非你自己要什麼，我是一點也不要。此外我還有一件事，和你要求一下，請你派四個護兵，一輛汽車，送我回家對父親辭別。你若是有零碎現款的錢，送我一點，我也好交給父親，辦點喜酒，請請親戚朋友，也是他養我一場。」劉將軍道：「成成成！這是小事，本來我也應該下一點聘禮。現款家裡怕不多，我記得有兩千多塊錢，你全拿去吧。反正你父親要短什麼，我都給他辦。」秀姑將手指頭掐著算了一算，笑道：「要不了許多。窮人家裡多了錢，那是要招禍的，你就給我一千四百塊錢吧。」劉將軍道：「你這是個什麼演算法？」秀姑道：「你不必問，過了些時候，你或者就明白了。」說畢，格格的笑將起來，笑得厲害，把腰都笑彎了。劉將軍也笑道：「這孩子淘氣，打了一個啞謎，我沒有猜著，就笑的這樣。好吧，我就照辦。」於是在箱子裡取出一千二百元鈔票，二百元現洋來，交給秀姑道：「我知道你父親一定喜歡看白花花的洋錢的，所以多給他找些現洋。」秀姑笑道：「算你能辦事，我正這樣想著，話還沒有說出來呢。」劉將軍笑道：「我就是你小心眼兒裡的一條混世蟲，你的心事，我還有猜不透的嗎？」秀姑聽了這話，真個哈哈大笑，笑得伏在桌上。劉將軍拍著她的肩膀道：「別淘氣了！汽車早預備好了，快回去吧。我還等著你回來出城呢。」秀姑抬頭一看壁上的鐘，已經四點多，真也不敢耽誤，馬上出門，坐了汽車回家。汽車兩邊，各站兩個衛兵，圍個風雨不透，秀姑看了，得意之極，只是微笑。

不多一會，汽車到了家門口。恰好關壽峰在門口盼望，秀姑下了車，拉著父親的手進屋去，笑道：「還好！您在家，要不然我還得去找師兄，那可費事了。」說著，將手上夾的一個大手巾包，放在桌上。壽峰看了，先是莫名其妙，後來秀姑詳詳細細一說，他就摸著鬍子點點頭道：「你這辦法對，我教把式，教的有點膩了，藉著劉將軍找個出頭之日也好。別讓人家盡等，你就快去吧。」秀姑含著微笑，走出屋來，和同院的三家院鄰，都告了辭，說是已經有了出身之所，不回來了，大家再見吧。院鄰見她數日不回，現在又坐了帶兵的汽車回來告別，都十分詫異，可是知道他爺兒倆脾氣，他們作事，是不樂意人家問的，也就不便問，只猜秀姑是必涉及婚姻問題罷了。秀姑出門，大家打算要送上車，壽峰卻在院子裡攔住了，說道：「那裡有大兵，你們犯不上和他們見面。」院鄰知道壽峰的脾氣大，不敢違拗，只得站住了。壽峰聽得汽車嗚嗚的一陣響，已經走遠了，然後對院鄰拱拱手道：「我們相處這久，我有一件事，要拜託諸位。不知道肯不肯？」院鄰都說只要辦得到，總幫忙。壽峰道：「我的大姑娘，現在有了人家了，今天晚上就得出京，我有點捨不得，要送她一送，可是我身邊又新得了一點款子，放在家裡，恐怕不穩當，要分存在三位家裡，不知道行不行？」大家聽說，不過是這點小事，都答應了。壽峰於是將一千二百元鈔票分作四百塊錢三股，用布包了，那二百元現款，卻放在一條板帶裡，將板帶束在腰上，然後將這三個布包，一個院鄰家裡存放一個，對他們道：「我若是到了晚上兩點鐘不回來，就請你們把這布包開啟看看，可是我若在兩點鐘以前回來，還得求求各位，將原包退回我。」說畢，也不等院鄰再說話，拱了一拱手，馬上就走了。走到街上，在一家熟鋪子裡，給家樹通了一個電話。正好家樹是回家了，接著電話，壽峰便說：「有幾句要緊的話，和你當面談一談，就在四牌樓一家喜相逢的小館子裡等著你，你可不要餓著肚子來，我們好放量喝兩盅。」家樹一想，一定是秀姑回去，把在公園裡的話說了，這老頭子是個急性人，他一聽了就要辦，所以叫我去面談。這是老頭子一番血忱，不可辜負了。便答應著馬上來。

到了四牌樓，果然有家小酒館，門口懸著喜相逢的招牌，只見壽峰兩手伏在樓門口欄杆上，也是四處瞧人，看見了家樹連招帶嚷的道：「這裡這裡。」家樹由館子走上樓去，便見靠近樓口的一張桌上，已經擺好了酒菜，杯筷卻是兩副，分明是壽峰虛席以待了。壽峰讓家樹對面坐下，因問道：「老弟！你帶了錢沒有？」家樹道：「帶了一點款子。但是不多，大叔若是短錢用，我馬上去家取了來。」壽峰連連搖著手道：「不，不，我今天發了一個小財，不至於借錢，我問你有錢沒有，是說今天這一餐酒應該你請的了。」家樹笑道：「自然自然。」壽峰道：「你這話有點不妥，難道說你手上比我寬一點，或者年紀比我小一點，就該請我嗎？我可不是那樣說，我老實告訴你吧，今天這一頓酒吃過，我們就要分手了。我們交了幾個月好朋友，你豈不應該給我餞一餞行？」家樹聽了，倒吃了一驚，問道：「大叔突然要到哪裡去？大姑娘呢？」壽峰道：「我們本是沒有在哪裡安基落業的，今天愛到哪裡就上哪裡，明天呆得膩了，再搬一處，也沒有什麼牽掛，談不上什麼突然不突然。我一家就是爺兒倆，自然也不分開。」家樹道：「大叔是個風塵中的豪俠人物，我也不敢多問，但不知大叔哪一天動身，以後我們還有見面的日子沒有？」壽峰道：「吃完了酒我就走。至於以後見面不見面，那可是難說。譬如當初我們在天橋交朋友，哪又是料得到的呢？」他說著話，便提起酒壺來，先向家樹杯子裡斟上了一杯，然後又自斟一杯，舉起杯子來，向家樹比了一比。笑道：「老兄弟！我們先喝一個痛快，別說那些閒話。」於是兩人同幹了一杯，又照了一照杯，家樹道：「既是我給大叔餞行，應當我來斟酒！」於是接過酒壺，給關壽峰斟起酒來，壽峰酒到便喝，並不辭杯。一會兒工夫，約莫喝了一斤多酒，壽峰手按了杯子，站將起來，笑道：「酒是夠了，我還要趕路，我還有兩句話要和你說一說。」家樹道：「你有什麼話儘管說。只要是我能做的事，我無不從命。」壽峰道：「有一件事，大概你還不知道，有一個人為了你，可受了累了。」於是將鳳喜受打得了病，睡在醫院裡的話，都對他說了。又道：「據我們孩子說，她人迷糊的睡著，還直說對不住你。這個孩子，只可以說是年輕不懂事，不能說她忘恩負義，最好你得給她想點法子。」家樹默然了一會，因道：「縱然我不計較她那些短處，但是我是一個學生，怎麼和一個有力的軍閥去比試？她現時不是在人家手掌心裡嗎？」壽峰昂頭一笑道：「有勢力的人就能抓得住他愛的東西嗎？那也不見得呢。楚霸王百戰百勝，還保不住一個虞姬呢！我這話是隨便說，也不是叫你這時候在人家手心裡抓回來，以後有了機會，你別記恨前嫌就是了。」家樹道：「果然她迴心轉意了，又有了機會，我自然也願意再引她上正路，但是我這一顆心，讓她傷感極了。現在我極相信的人，實在別有一個，卻並不是她。」壽峰笑道：「我聽到我們孩子說，你還認識一個何小姐，和沈家姑娘模樣兒差不多。可是這年頭兒，大小姐更不容易應付呀。這話又說回來了，你究竟相信哪一個，這憑你的意思，旁人也不必多扯談。只是這個孩子，也許馬上就得要人關照她。你有機會，關照她一點就是了。時候已經是不早，我還得趕出城去，我要吃飯了。」於是喊著夥計取了飯來，傾了菜湯在飯碗裡，一口氣吃下去幾碗飯，放下碗筷，站起來道：「我們是後會有期。」夥計送上手巾把，他一面揩著，一面就走，家樹始終不曾問得他到哪裡去，又為了什麼緣故要走？怔怔的望著他下樓而去，轉身伏到窗前看時，見他背著一個小包袱在肩上，已走到街心，回過頭看見家樹，點著頭笑了一笑，竟自開著大步而去。

家樹一想，這事太怪。這老頭子雖是豪俠的人，可是一樣的兒女情長，上次他帶秀姑送我到豐臺，不是很依戀的嗎？怎麼這次告別，極端的決絕，看他表面上鎮靜，彷彿他心裡卻有一件急事要辦，所以突然的走了。他十幾年前本來是個綠林中的人物，難保他不是舊案重提；又這兩天秀姑冒充傭工，混到劉家去，也是極危險的事，或者露出了什麼破綻，也未可知。心裡這樣躊躇著，伏在欄杆上望了一會，便會了酒飯帳，自回家去。到了家裡，桌上卻放了一個洋式信封，用玫瑰紫的顏色墨水，寫著字，一望而知是何麗娜的字。隨手拿起來拆開一看，上寫著：「家樹，今晚群英戲院演全本《能仁寺》，另外還有一出《審頭刺湯》，是兩本很好的戲，我包了一個三號廂，請你務必賞光。你的好友麗娜。」家樹心裡，本是十分的煩悶，藉此消遣也好。

吃過晚飯以後，便上戲院子包廂裡來，果然是何麗娜一個人。她見家樹到了，連忙將並排那張椅子上夾斗篷拿起，那意思是讓他坐下，他自然坐下了。看過了《審頭刺湯》，接上便是《能仁寺》。家樹看著戲，不住的點頭，何麗娜笑道：「你不是說你不懂戲嗎？怎麼今晚看得這樣有味？」

家樹笑道：「戲不戲罷了，我是很贊成這戲中女子的身分。」何麗娜道：「這一出《能仁寺》和《審頭刺湯》連續在一處，大可玩味。設若那個雪豔，有這個十三妹的本領，她豈不省得為了報仇送命！」家樹道：「天下事哪能十全。這個十三妹，在《能仁寺》這一幕，實在是個生龍活虎，可惜作《兒女英雄傳》的人，硬把她嫁給了安龍媒，結果是作了一個當家二奶奶。」何麗娜道：「其實天下哪有像十三妹這種人，中國人說武俠，總會流入神話的。前兩天我在這裡看了一出《紅線盜盒》，那個紅線，簡直是個飛仙，未免有點形容過甚。」家樹道：「那是當然，無論什麼事，到了文人的筆尖，伶人的舞臺上，都要烘染一番的。若說是俠義之流，倒不是沒有。」何麗娜道：「凡事百聞不如一見，無論人家說得怎樣神乎其神，總要看見，才能相信。你說有劍俠，你看見過沒有？」家樹道：「劍仙或者沒有看見過，若說俠義的武士，當然看過的。不但我見過，也許你也見過，因為這種人，絕對不露真面目的，你和她見面，她是和平常的人一樣，你哪裡會知道。」何麗娜道：「你這話太無憑據了，看見過，自己並不知道，豈不是等於沒有看見過一樣！」家樹笑道：「聽戲吧，不要辯論了。」

這時，臺上的十三妹，正是舉著刀和安公子張金鳳作媒，家樹看了只是出神。一直等戲完，卻嘆了一口氣。何麗娜笑道：「你嘆什麼氣？」家樹道：「何小姐這個人，有點傻。」何麗娜臉一紅，笑道：「我什麼傻？」家樹道：「我不是說你，我是說臺上那個十三妹何玉鳳何小姐有點傻。自己是閒雲野鶴，偏偏要給人家作媒，結果，還是把自己也捲入了漩渦，這不是傻嗎？」何麗娜自己誤會了，也就不好意思再說，一同出門。到了門口，笑著和家樹道：「我怕令表嫂開玩笑，我只能把車子送你到衚衕口上。」家樹道：「用不著，我自己僱車回去吧。」於是和她告別，自回家去。

到家一看手錶，已是一點鐘，馬上脫衣就寢。在床上想到人生如夢，是不錯的；過去一點鐘，鑼鼓聲中，正看到十三妹大殺黑風崗強梁的和尚，何等熱鬧；現時便睡在床上，一切等諸泡影。當年真有個能仁寺，也不過如此，一瞬即過。可是人生為七情所蔽，誰能看得破呢？關氏父女，說是什麼都看得破，其實像他這種愛打抱不平的人，正是十二分看不破。今天這一別，不知他父女幹什麼去了？這個時候，是否也安歇了呢？秀姑的立場，固然不像十三妹，可是她一番熱心，勝於十三妹待安公子張姑娘了。自己就這樣胡思亂想，整夜不曾睡好。次日已是起來得很遲，下午是投考的大學發榜的時候了，便去看榜。所幸自己考得努力，竟是高高考取正科生了。有幾個朋友知道了，說是他的大問題已經解決，拉了去看電影吃館子。家樹也覺得去了一樁心事，應當痛快一陣，也就隨著大家鬧，把關沈兩家的事，一時都放下了。

又過了一天，清早起來之後，一來沒有什麼心事，二來又不用得趕忙預備功課，想起了何麗娜請了看戲多次，現在沒有事了，看看今天有什麼好戲，應當回請她一下才好。這樣想著，便拿了兩份日報，斜躺在沙發上來看。偶然一翻，卻有一行特號字的大題目，射入眼簾。乃是：「劉德柱將軍前晚在西山被人暗殺。」隨後又三行頭號字小題目，是：「凶手系一妙齡女郎，題壁留言，不知去向；案情曲折，背景不明。」家樹一看這幾行大字，不由得心裡卜突卜突亂跳起來。匆匆忙忙，先將新聞看了一遍；看過之後，復又仔細的看了一遍；仔細看過一遍之後，再又逐段的將字句推敲。他的心潮起落，如狂風暴雨一般，一陣一陣緊張，一陣一陣衰落，只是他人躺在沙發上，卻一分一釐不曾挪動。頸脖子靠著沙發靠背的地方，潮溼了一大塊，只覺上身的小衣，已經和背上緊緊的黏著了。原來那新聞載的是：

劉巡閱使介弟劉德柱，德威將軍，現任五省徵收督辦，兼駐北京辦公處長，為政治上重要人物。最近劉新娶一夫人，欲覓一伶俐女傭服侍，傭工介紹所遂引一妙齡女郎進見，劉與新夫人一見之下，認為滿意，遂即收下。女郎自稱吳姓，父業農，母在張總長家傭工，因家貧而為此，劉以此亦常情，未予深究。唯此間有可疑之點，即女郎上工以後，傭工介紹者，並未至劉宅向女郎索傭費，女亦來由家中取鋪蓋來，至所謂張總長，更不知何家矣。女在宅傭工數日，甚得主人歡，適新夫人染急症，入醫院診治，女乃常獨身在上房進出。至前三日，劉忽揚言，將納女為小星，女亦喜，洋洋有得色，因雙方不願以喜事驚動親友，於前日下午五時，攜隨從二人，同赴西山八大處，度此佳期。抵西山後，劉欲宿西山飯店，女不可，乃摒隨從，坐小轎二乘，至山上之極樂寺投宿。寺中固設有潔淨臥室，以備中西遊人棲息者也。寺中僧侶，聞系劉將軍到來，殷勤招待，派人至西山飯店借用被縟，並辦酒食上山。晚間，劉命僧燃雙紅燭，與女同飲，談笑甚歡。酒酣，由女扶之入寢，僧則捧雙燭臺為之導。僧別去，恐有人擾及好夢，且代為倒曳裡院之門。至次日，日上山頭而將軍不起，僧不敢催喚，待之而已。由上午而正午，由正午而日西偏，睡者仍不起，僧頗以為異，在院中故作大聲驚之，因室中寂無人聲，且呼且推門入，則見劉高臥床上，而女不見矣。僧猶以劉睡熟，女或小出，縮身欲退，偶抬頭，則見白粉壁上，斑斑有血跡，模糊成字。字云：「（上略）現在他又再三蹂躪女子，逼到我身，我謊賊至山上，扼而殺之，以為國家社會除一大害，我割賊胳臂出血，用棉絮蘸血寫在壁上，表明我作我當，與旁人無干。中華民國×年×月×日夜十二時，不平女士啟。」文字粗通，果為女子口吻。僧大駭，即視床上之人，已僵臥無氣息矣。當即飛弛下山報警，一面通電話城內，分途緝凶。軍警機關，以案情重大，即於祕密中以迅速的手腕，覓取線索。因劉宅護兵云：女曾於出城之前回家一次，即至其家搜尋，則剩一座空房，並院鄰亦於一早遷出，詢之街鄰，該戶有爺女二人姓關，非姓吳也。關以教練把式為業，亦尚安分，何以令其女為此，則不可知。及拘傭工介紹所人，店東稱此女實非該處介紹之人，其引女入劉宅之女夥友（俗稱跑道兒的），則謂女系在劉宅旁所遇，彼以兩元錢運動，求引入劉宅，一覓親戚者。不料劉竟收用，致生此禍。故女實在行蹤，彼亦無從答覆。觀乎此，則關氏父女之暗殺劉氏，實預有布置者。現軍警機關，正在繼續偵緝凶犯，詳情未便發表。但據云已有蛛絲馬跡可尋，或者不難水落石出也。

新聞中的前段還罷了，後段所載，與關氏有點往來的人，似乎都有被捕傳訊的可能。自己和關氏父女往來，雖然知道的很少，然而也不是絕對沒有人知道。設若自己在街上行動，讓偵探捉去，自己坐牢事小，一來要連累表兄，二來要急壞南方的母親，不如暫時躲上一躲，等這件事有了著落再上課。主意想定了，便裝著很從容的樣子，慢慢的踱到北屋子來。伯和正也是拿了一份報，在沙發上看，放下報向家樹道：「你看了報沒有？出了暗殺案了。」家樹淡淡的一笑道：「看見了，這也不足為奇。」伯和道：「不足為奇嗎？孩子話，這一件事，一定是有政治背景的。」說著昂了頭想了一想，搖一搖頭道：「這一著棋子下得毒啊！只可惜手段卑劣一點，是一條美人計。」家樹道：「不像有政治背景吧。」伯和道：「你還沒有走入仕途，你哪裡知道仕途鉤心鬥角的巧妙。這一個女子，我知道是由峨眉山上買下來的，報酬總在十萬以上。」伯和說得高興，點了一支雪茄煙吸著，將最近時局的大勢，背了一個滾瓜爛熟。家樹手上拿了一本書，只管微笑。一直等他說完了，才道：「我想今天到天津看看叔叔去，等開學時候再來。本來我早就應去的了，只因為沒有發榜，一點小病又沒有好，所以遲延了。」陶太太在屋子裡笑道：「我也贊成你去一趟。前天在電話裡和二嬸談話還說到你呢。只是不忙在今天就走。」家樹笑道：「我在北京又沒事了，只是靜等著開學，我的性子又是急的，說要作什麼，就想作什麼的。」陶太太道：「今天走也可以，你搭四點半鐘車走吧，也從容一點。」家樹道：「四點鐘以前就沒有車嗎？」陶太太道：「你幹嘛那樣急？兩點鐘倒是有一趟車，那是慢車，你坐了那車，更要急壞了。」家樹伯伯和夫婦疑心，不便再說，便回房去收拾收拾零碎東西。自己也不知什麼原故，表面上儘管是十分的鎮靜，可是心裡頭，卻慌亂得異常。

吃過了午飯，便在走廊下踱來踱去，不時的看看錶，是否就到了三點。踱了幾個來回，因聽差望著，又怕他們會識破了，復走進房去在床上躺著。好容易熬到三點多鐘，便辭了陶太太上車站。一直等著坐在二等車裡，心裡比較的安貼一點了。卻聽到站臺上一陣亂，立刻幾個巡警，和一群人向後擁著走。只聽見說：「又拿住了兩個了，又拿住了兩個了。」家樹聽了這話，一顆心，幾乎要由腔子裡直跳到口裡來，連忙在提囊裡抽了一本書，放出很自然的樣子，微側著身子看。耳邊卻聽到同車子的人說：捉到了扒兒手了。家樹覺得又是自己發生誤會了，身子上幹了一陣冷汗，心裡現在沒有別的希望，只盼望著火車早早的開。一會車輪輾動著，在如釋重負的快樂時間，就出了東便門，這才有了工夫鑒賞火車窗外的風景。心裡想：人生的禍福，真是說不定；不料我今天突然要到天津去；壽峰這老頭兒前天和我告別的時候，何以不通我一點訊息，也省得我今天受這一陣虛驚。既而又轉身一想，自己本來有些過慮，幾個月來，我也不過到關家去過四五次；誰人在社會上沒有朋友？朋友犯了事，不見得大家都要犯嫌疑；何況我和關壽峰的來往，就不足引起人家的注意呢。至於我和劉德柱這一段關係，除了關氏父女，也是沒有人知道的。除非是鳳喜，她知道秀姑為了我去的；然而她要把我說出來，她自己也脫不了干係呀。這樣看來，自己一跑，未免過於膽小。壽峰再三的提到鳳喜，說是我有機會和她復合，莫非這件事，鳳喜也參與機密的。但是事實上又不能，鳳喜在醫院裡既是成了瘋子，她的母親，她的叔叔，又是極不堪的，哪裡可以商量這樣重大的問題。一個人在火車裡只管這樣想著，也就不知不覺的到了天津。他叔叔樊端本，在法租界有一幢住房，下了火車之後，僱著人力車，就向叔叔家來。他這裡是一所面馬路的洋樓，外面是鐵柵門，進去是個略有花木的小院子，迎面就是一座品字紅磚樓，高高直立。走進鐵柵門，小門房裡鑽出一個聽差來，連忙接住了手提箱道：「我們接著北京電話，正打算去接侄少爺呢；你倒來了。」家樹道：「老爺在家嗎？」答道：「到河北去了。聽說有應酬。」問：「二位小姐呢？」答：「看電影去了。」問：「太太呢？」說到這裡時，只聽到嘩啦嘩啦一陣響聲，由樓窗戶裡傳出來，聽差答道：「太太在打牌。」問：「姨太太呢？」答：「有張家姨太太，李家少奶奶邀上中原公司買東西帶聽戲去了，你歇著歇著吧。」說著，於是代提了提箱上樓。家樹道：「打牌的是些什麼人？」聽差道：「是幾位同鄉太太。他們是車盤會，今天這家，明天那家，剛上場呢。」家樹道：「既是剛上場，你就不必通知，我在樓下等著老爺回來吧。」於是又下了樓，就在端本的書房裡看看書，看看報，等他們回來。首先回來的是淑宜靜宜兩個妹妹：淑宜現在十七歲，靜宜十四歲，都是極活潑的小姑娘。靜宜聽說家樹來了，在院子裡便嚷了起來道：「哥哥來了，在哪兒？怎麼早不給我們一個信呢。」家樹走出來看時，見靜宜穿了綠嗶嘰短西服，膝蓋上下，露一大截白腿子，跳著皮鞋咚咚的響道：「大哥！恭喜呀！你大喜呀！」她說著時，那蓬頭髮上插著的紅結花，跳得一閃一閃，看她是很樂呢。家樹倒莫名其妙，喜從何來，這一問，又是意外的變化了！要知是什麼變化？下回交代。

輾轉一封書紅絲誤繫

奔波數行淚玉趾空勞

卻說家樹見靜宜和他道喜，倒愣住了。自己避禍避到天津來，哪裡還有什麼可喜的事情？因道：「一個當學生的人，在大學預科讀完了書之後，不應該升入正科的嗎？就是這一點，有什麼可喜的呢。」靜宜將嘴一撇道：「你真把我們當小孩子騙啦。事到於今，以為我們還不知道嗎？你要是這樣，到了你做新郎的時候，不多罰你喝幾盅酒，那才怪呢。」家樹道：「你這話真說得我莫名其妙！什麼大喜，做什麼新郎？」淑宜穿的是一件長長的旗衫，那袖子齊平手腕，細得像筆管一般；兩隻手和了袖子，左右一抄，同插在兩邊脅下插袋裡，斜靠了門，將一隻腳微微提起，把那高跟鞋的後跟踏著地板，得得作響，衣服都抖起波浪紋來，眼睛看了家樹，只管微笑。家樹道：「怎麼樣，你也和我打這個啞謎嗎？」淑宜笑道：「我打什麼啞謎。你才是和我們打啞謎呢！我總不說，等到那一天水落石出，你自然會把啞謎告訴人的，我才犯不著和你瞎猜呢。反正我心裡明白就是了。」淑宜在這裡說著，靜宜一個轉身，就不見了。不多一會兒的時候，又聽到地板咚咚一聲響，她突然跳進房來，手上拿了一張相片和家樹對照了一照，笑道：「你不瞧瞧這是誰？你能屈心，說不認得這個人嗎？」家樹一看，乃是鳳喜的四寸半身相片，這種相片，自己雖很多，卻不曾送人，怎樣會有一張傳到天津來了。便點點頭道：「這個人，不錯，我認識。但是你們把她當什麼人呢？」淑宜也走近前，在靜宜手裡，將相片拿了過來，在手上仔細的看了一看，微笑道：「現在呢，我們不知道要怎麼樣的稱呼，若說到將來，我們叫她一聲嫂嫂，大概還不至於不承認嗎？」家樹道：「好吧，將來再看吧。」靜宜道：「到現在還不承認，將來我們總要報復你的。」家樹見兩個妹妹，說得這樣切實，不像是毫無根據，大概她們一定是由陶家聽到了一點訊息，所以附會成了這個說法。當時也只得裝傻，只管笑著，卻把在北京遊玩的事情和兩個妹妹閒談，把喜事問題牽拉開去。

過了一會，樊太太卻吩咐老媽子來請侄少爺上樓。家樹跟著老媽子一直到嬸娘臥室裡，只見嬸娘穿了一件黑綢旗衫，下擺有兩個鈕釦不曾扣住，腳上踏了拖鞋，口裡銜著煙卷，很舒適的樣子，斜躺在沙發上。家樹站著叫了一聲嬸娘，在一邊坐下。樊太太道：「你早就來了，怎麼不通知我一聲呢！打牌，我也是悶得無聊，藉此消遣，若是有人陪著我談談，我倒不一定要打牌。你來了很好，你不來，我還要寫信去叫你來呢。」家樹道：「有什麼事嗎？」樊太太將臉色正了一正，人也坐正了，便道：「不就是為了陶家表兄來信，提到你的親事嗎？那孩子我曾見過的，相片大家也瞧見了，自然是上等人材。據你表嫂說，人也很聰明，門第本是談不上，就是談門第的話，也是門當戶對。這年頭兒，婚姻大事，只要當事人願意，我們作上人的人，當然是順水推舟，落得作個人情。」家樹笑道：「嬸娘說的話，我倒有些莫名其妙。我在北京，並沒有和表哥表嫂談到什麼婚姻問題。要說到那個相電影上的人，我雖認識，並不是朋友，若說到門當戶對，我要說明瞭，恐怕嬸娘要哈哈大笑吧。」樊太太道：「事情我都知道了，你還賴什麼呢？她父親作過多年的鹽務署長，她伯父又是一個代理公使，和我們正走的是一條道，怎麼說是我要哈哈大笑呢？」家樹這才算是明白過來，原來他們誤會了，又是把鳳喜的相片兒，當了何麗娜。要想更正過自己的話來，又怕把鳳喜這件事，露出破綻來了，便道：「那些話，都不必去研究了，我實在沒有想到什麼婚姻問題，不知道陶家表兄，怎樣會寫信通知我們家裡的？」樊太太道：「真的嗎？也許是你表嫂要做這一個媒，有點買空賣空。但是不能啦，像她那樣的文明人，還會做舊社會上那種說謊的媒人嗎？而且這位何小姐的父親，前幾天到天津來了一趟，專門請你叔父吃了一餐飯，又提到了你，將你的文才品行，著實誇獎了一陣子。」家樹笑道：「這話我就不知從何而起了。那位何署長我始終沒有見過面，他哪裡會知道我？而且我聽到說，何家是窮極奢華的，我去了有點自慚形穢，我就只到他家裡去了兩三回，他又何從而知我的文才品行呢？」樊太太道：「難道就不許他的小姐對父親說嗎？陶太太信上說，你和那何小姐，幾乎是天天見面，當然是無話不說的了。我倒不明白，你為了這件事來，為什麼又不肯說？」家樹笑道：「你老人家有所不知，這件事，陶太太根本就誤會了。那何小姐本是她的朋友，怎樣能夠不到陶家來？何小姐又是喜歡交際的，自然我們就常見面了。陶太太老是開玩笑，說是要作媒，我們以為她也不過開玩笑而已。不料她真這樣做起來，其實現在男女社交公開的時候，男女交朋友的很多，不能說凡是男女作了朋友，就會發生婚姻問題。」樊太太聽了他這些話，只管將煙卷抽著，抽完了一根，接著又抽一根，口裡只管噴著煙，昂了頭想家樹說的這層理由。家樹含笑道：「你老人家想想看，我這話不說的是很對嗎？」樊太太還待說時，老媽子來說：大小姐不願替了，還是太太自己去打牌吧。樊太太這就去打牌，將話擱下。家樹到樓下，還是和妹妹談些學校裡的事。姨太太是十二點鐘回來，叔叔樊端本是晚上兩點鐘回來。這一晚晌，算是大家都不曾見面。

到了次日十二點鐘以後，樊端本方始下床，到樓下來看報，家樹也在這裡，叔侄便見到了。樊端本道：「我聽說你已經考取大學本科了，這很好，讀書總是以北京為宜，學校裝置很完全，又有那些圖書館，教授的人才，也是在北京集中。」他說著話時，板了那副正經面孔，一點笑容也沒有。家樹從幼就有點怕叔叔，雖然現在分居多年，然而那先入為主的思想，總是去不掉。樊端本一板起臉子來，他就覺得有教訓的意味，不敢胡亂對答。樊端本坐在長椅子上，隨手將一疊報，翻著看了一看，向著報上自言自語的道：「這政局是恐怕有一點變動。照潔身的歷史關係說起來，這是與他有利的，這樣一來，恐怕他真會跳上一步，去幹財長，就是這個口北關，也就不用費什麼力了。」說著，他的嘴角微微一牽，接上按著上下嘴唇，左一把，右一把，下巴上一把，輪流的抹著鬍子。這是他最得意時候的表示，家樹老早的就聽過母親說，若遇到你叔叔分三把摸鬍子的時候，兩個妹妹就會來要東西。因為那個時候，是要什麼就給什麼的。家樹想到母親的話，因此心裡暗笑了起來。樊端本原戴了一副託力克的眼鏡，這鏡子的金絲腳，是很軟的；因為戴得久了，眼鏡的鏡架子，便會由鼻樑上墜了下來；樊端本也來不及用手去託鏡子了，眼光卻由鏡子上緣，平射出來，看家樹何以坐不定。他這一看不要緊，家樹肚子裡的陳笑，和現在的新笑，併攏一處，噗哧一聲，笑了出來。樊端本用右手兩個指頭，將眼鏡向上一託，正襟坐著，問家樹道：「你笑什麼？」家樹吃了一驚，笑早不知何處去了，便道：「今年回杭州去，在月老祠裡鬧著玩，抽了一張簽，簽上說是『怪底重陽訊息好，一山紅葉醉於人』。」家樹說了這話，自己心裡可就想著，實在謅的不成詩句。說畢，就看了樊端本的臉色道：「我想這兩句話，並不像月老祠裡的簽，若是說到叔叔身上，或有點像；倒好像說叔叔的差事，重陽就可發表似的。」樊端本將手不住的理著鬍子，手牽著幾根鬍子梢，點了幾點頭道：「雖然附會，倒有點像。你不知道，我剛才所說的話，原是有根據的。何潔身做這些年的闊差事，錢是賺的不少，可是他也實在花的不少，尤其是在賭上，前次在張老頭子家裡打牌，八圈之間，輸了六七萬，我看他還是神色自若，口裡銜著雪茄煙，煙灰都不落一點下來，真是鎮靜極了。

不過輸完之後，也許有點心痛，就不免想法子要把錢弄回頭。上次就是輸錢的第二天，專門請我吃飯，有一件鹽務上的事，若辦成功，大概他可以弄一二十萬，請我特別幫忙。報酬呢，就是口北關監督。我做了這多年的商務，本來就懶作馮婦，無奈他是再三的要求，不容我不答應。我想那雖是個小職，多少也替國家辦點事；二來我也想到塞北地方去看看，賞玩賞玩關塞的風景。潔身倒也很知道你，說是你少年老成，那意思之間，倒也很贊成你們的親事。」家樹這才明白了。鬧了半天，他和何小姐的父親何廉，在官場上有點勾搭，自己的婚事，還是陪筆，叔父早就想弄個鹽運使或關監督做做，總是沒有相當的機會，現在他正在高興頭上，且不要當面否認何麗娜的婚事。好在叔叔對於自己的婚事，又不能干涉的，就由他去瞎扯吧。因此話提到這裡，家樹就談了一些別的話，將事扯了開去，恰好姨太太打扮得花蝴蝶兒似的，走了進來，笑著向家樹點了點頭，並沒有說什麼。家樹因為嬸母有命令，不許稱姨太太為長輩，當了叔叔的面，又不敢照背地裡稱呼，叫她為姨太太，也就笑著站起來，含糊的叫了一聲。姨太太也不理會，走上前，將端本手上的報奪了過來，一陣亂翻。端本那一副正經面孔，維持不住了，皺了一皺眉，又笑道：「你認識幾個字，也要查報？」姨太太聽說，索興將報向端本手上一塞道：「你給我查一查，今天哪一家的戲好？」端本道：「我還有事，你不要來麻煩。」一面說時，一面給姨太太查著報了。家樹覺得坐在這裡有些不便，就避開了。家樹只來了十幾個鐘頭，就覺得在這裡起居，有許多不適。見叔叔是不能暢談的，而且談的機會也少；嬸娘除說家常話，便是罵姨太太，只覺得嘮叨；姨太太更是不必說，未便談話的了。兩個妹妹，上午要去上學，下午回來，不是找學伴，又是出去玩去了。因此一人悶著，還是看書。天津既沒有朋友，又沒有一點可清遊的地方，出了大門，便是洋房對峙的街道。第一二天，還在街上走走，到了第三天，既不買東西，就沒有在滿街車馬叢下一個人走來走去之理；加上在陶家住慣了那花木扶疏的院子，現在住這樣四面高牆的洋房子，便覺得十分的煩悶；加上鳳喜和劉將軍的事情，又不知道變化到什麼程度？雖然是避開了是非地，反是焦躁不安。

一混過了一個星期，這天下午，忽然聽差來說：「北京何小姐請聽電話。」家樹聽了，倒不覺一驚。有什麼要緊的事，巴巴的打了長途電話來！連忙到客廳後接著電話一問，何麗娜首先一句便道：「好人啦！你到天津來了，都不給我一個信。」家樹道：「真對不住。我走得匆忙一點，但是我走的時候，請我表嫂轉達了。」何麗娜問：「怎麼到了天津，信也不給我一封呢？」家樹無話可答，只得笑了。她道：「我請你吃午飯，來不來？」家樹道：「你請我吃飯，要我坐飛機來嗎？」何麗娜笑道：「你猜我在哪兒，以為我還在北京嗎？我也在天津呢。我家到府上不遠，請你過來談談好不好？」家樹知道闊人們在京津兩方，向來是有兩份住宅的。麗娜說在家裡，當然可信，不過家樹因為彼此的婚姻問題，兩家都有些知道了，這樣往還交際，是更著了痕跡。便道：「天津的地方，我很生疏，你讓我到哪裡撞木鐘去？」何麗娜笑道：「我也知道你是不肯到我這裡來的。天津的地方，又沒有什麼可以會面談話的地方，這樣吧，由你挑一個知道的館子吃午飯，我來找你；不然的話，我到你府上來也可以。」家樹真怕她來了，就約著在一家新開的館子一池春吃飯。放下電話，家樹坐了人力車到飯館子裡時，夥計就問：「你是樊先生嗎？」家樹說是。他道：「何小姐已經來了。」便引家樹到了一個雅座。何麗娜含笑相迎，就給他斟了一杯茶。安下坐位，家樹劈頭一句，就問你怎麼來了？何麗娜也笑說，你怎麼來了？家樹道：「我有家在這裡。」何麗娜便笑著說：「我也有家呀！」家樹被她駁得無言可答了，就坐著喝茶。二人隔了一個方桌子犄角斜坐著，沉默了一會，何麗娜一個指頭，勾住了茶杯的小柄，舉著茶杯，只看茶杯上出的熱氣，眼睛望了茶上的氣，卻笑道：「我以為你很老實，可是你近來也很調皮了。」說畢，嘴唇抵住了茶杯口，向家樹微笑。家樹道：「我什麼事調皮了？以為我到天津來，事先不曾告訴你嗎？但是我有苦衷，也許將來密斯何會明白的。」何麗娜放下茶杯，兩手按住了桌子，身子向上一伸道：「幹嘛要將來？我這就明白了。我也知道，你對於我，向來是不大了解的；不過最近好一些，不然，我也不到天津來，我就不明白這件事，你和我一點表示沒有，倒讓你令叔出面呢。」她這樣說著，雖然臉上還有一點笑意，卻是很鄭重的說出來，絕不能認為是開玩笑的了。家樹因道：「密斯何！這是什麼話，我一點不懂，家叔有什麼事出面？」何麗娜道：「你令叔寫信給陶先生，你知道不知道？」答不知道。又問：「那麼，你到天津來，是不是與我有點關係？」家樹道：「這可怪了。我到天津來，怎麼會和密斯何有關係呢？我因為預備考大學的時候，不能到天津來；現在學校考取了，事情告了一個段落，北京到天津這一點路，我當然要來看看叔叔嬸嬸，這絕不能還為了什麼。」家樹原是要徹底解釋麗娜的誤會，卻沒有想到話說得太決絕了。何麗娜也逆料他必有一個很委婉的答覆，不想碰了這一個大釘子，心裡一不痛快，一汪眼淚，恨不得就要滾了出來。但是她極力的鎮定著，微微一笑道：「這真是我一個極大的誤會了。幸而這件事，還不曾通知到舍下去，若是這事讓下人知道了，我面子上多少有點下不去哩。我不明白令叔什麼意思，開這一個大玩笑。」說時，開啟她手拿的皮包，在裡面取出一封信來，交給家樹。

看時，是樊端本寫給伯和的。信上說：

伯和姻侄文鑒：

舍侄來津，備悉近況，甚慰。所談何府親事，彼已預設，少年人終不改兒女之態，殊可笑也。此事，請婉達潔身署長，以早成良緣。潔身與愚，本有合作之意，兩家既結秦晉之好，將來事業，愈覺成就可期矣，至於家嫂方面，愚得賢伉儷來信後，即已快函徵求同意。茲得復，謂舍侄上次回杭時，曾在其行篋中發現女子照片兩張，系屬一人。據云：舍侄曾微露其意，將與此女訂婚；但未詳言身家籍貫。家嫂以相片上女子，甚為秀慧，若相片上即為何小姐，彼極贊成。並寄一相片來津，囑愚調查。按前內人來京，曾在貴寓，與何小姐會面多次，愚亦曾晤何小姐；茲觀相片，果為此女，家嫂同情，亦老眼之非花也。

總之，各方面皆不成問題，有勞清神，當令家樹多備喜酒相謝月老耳。專此布達，即祝儷福。

愚樊端本頓首。

家樹將信從頭看了兩遍，不料又錯上加錯的，弄了這一個大錯。若要承認，本無此事，若要不承認，由北京鬧到天津，由天津鬧到杭州，雙方都認為婚姻成就。一下推翻全案，何麗娜是個講交際愛面子的人，這有多難為情。因之，拿了這封信，只管是看，半晌作聲不得。何麗娜見他不說，也不追問，自要了紙筆開了一個選單子，吩咐夥計去作菜。反是家樹不過意，皺了眉，用手搔著頭髮，口裡不住的說：「我很抱歉！我很抱歉！」何麗娜笑道：「這又並不是樊大爺錯了，抱什麼歉呢？」她說著話，抓了碟子裡的花生仁，剝去外面的紅衣，吃得很香，臉色是笑嘻嘻，一點也不介意。家樹道：「天下事情，往往是越巧越錯，其實我們的友誼，也不能說錯，只是……」說到「只是」兩個字，他也拿了一粒花生仁在嘴裡咀嚼著，眼望了何麗娜，卻不向下說了。何麗娜笑道：「只是性情不同罷了，對不對呢？樊大爺雖然也是公子哥兒，可是沒有公子哥兒的脾氣；我呢，從小就奢華慣了，改不過來。其實我也並不是不能吃苦的人，當年我在學校讀書時候，我也是和同學一樣，穿的是制服，吃的是學校裡的伙食；你說我奢華過甚，這是環境養成我的，並不是生來就如此。」家樹正苦於無詞可答，好容易得到這樣一個回話的機會，卻不願放過，因道：「這話從何而起，我在什麼地方，批評過何小姐奢華？我是向來不在朋友面前攻擊朋友的。」何麗娜道：「我自然有證據，不過我也有點小小的過失。有一天，大爺不是送了杭州帶來的東西，到舍下去嗎？我失迎得很，非常抱歉，後來你有點貴恙，我去看了，因為你不曾醒，隨手翻了一翻桌上的書，看到一張：『落花有意，流水無情』的字條，是我好奇心重，拿回去了。回家之後，我想這行為不對；於是次日又把字條送回去，在送回桌上的時候，無意中我看到兩樣東西：第一樣是你給那關女士的信，我以為這位關女士，就是和我相貌相同的那位小姐，所以注意到她的通訊地址上去；第二樣是你的日記，我又無意翻了一翻，恰恰看到你批評我買花的那一段批評，這不是隨便撒謊的吧！不過我對於你的批評，我很贊成，本來太浪費了，只是這裡又添了我一個疑團。」說著便笑了一笑。

這時，夥計已送上菜來了，夥計問一聲：「要什麼酒？」家樹說：「早上吃飯，不要酒吧。」麗娜道：「樊大爺能喝的，為什麼不喝？來兩壺白幹，你這裡有論杯的白蘭地沒有？有就斟上兩杯；

要是論瓶買的話，我沒有那個量，那又是浪費了。」說著，向家樹一笑，家樹道：「白蘭地罷了。白幹，就厲害了。」何麗娜眉毛一動，腮上兩個淺淺的小酒窩兒一閃，用手一指鼻尖道：「我喝。」家樹卻沒有法子禁止她不喝酒，只得默然。夥計斟上兩杯白蘭地，放到何麗娜面前，然後才拿著兩壺白幹來。她端起小高腳玻璃杯子，向家樹請了一請，笑道：「請你自斟自飲，不要客氣。我知道你是喜歡十三妹這一路人物的，要大馬關刀，敞開來幹的。」說著，舉起杯子，一下就喝了小半杯。家樹知道她是沒有多大酒量，見她這樣放量喝起酒來，倒很有點為她擔心。她喝了酒，笑道：「我知道這件事與私人道德方面有點不合，然而自己自首了，你總可以原諒了。我還有一個疑團，藉著今天三分酒氣，蓋了面子，我要問一問樊大爺，那位關女士我是見面了，並不是我理想中相貌和我相同的那一位，不知樊大爺何以認識了她？她是一個大俠客呀！報上登的，西山案裡那個女刺客，她的住址，不是和這位關女士相同嗎？難怪那晚你看戲，口口聲聲談著俠女。如今我也明白了，痛快！我居然也有這樣一個朋友，不知她住在哪裡，我要拜她為師，也作一番驚人的事業去。」說著，端起酒杯，又要喝酒。家樹連忙站起來，一伸手按住了她的酒杯，鄭重的說道：「密斯何！我看你今天的神氣，似乎特別的來得興奮，你能不能安靜些，讓我把我的事情，和你解釋一下子？」何麗娜馬上放了酒杯笑道：「很好，那我是很歡迎啦。就請你說吧。」家樹見她真不喝了。於是將認識關沈以至最近的情形，大概說了一遍，因道：「密斯何！你替我想想，我受了這兩個打擊，而且還帶點危險性，這種事，又不可以亂對人說，我這種環境，不是也很難過的嗎？」何麗娜點點頭道：「原來如此，那完全是我誤會。大概你老太太寄到天津來的那張相片，又是張冠李戴了！」家樹道：「正是這樣，可是現在十分後悔，不該讓我母親看到那相片，將來要追問起來，我是何詞以對？」何麗娜默然的坐著吃菜，不覺得又端起酒杯子來喝了兩口，家樹道：「密斯何現在可以諒解我了吧。」何麗娜笑著點了點頭道：「大爺！我完全諒解。」家樹道：「密斯何！你今天為什麼這樣的客氣？左一句大爺，右一句大爺，這不現著我們的交情，生疏得多嗎？」何麗娜道：「當然是生疏得多。若不是生疏，……唉！不用說了，反正是彼此明白。」說完，又端起酒杯，接連喝上幾口。家樹也不曾留意，那兩杯白蘭地，不聲不響的，就完全喝下去了。家樹已經是吃飯了，何麗娜卻將坐的方凳向後一挪，兩手食指交叉，放在腿上，也不吃喝，也不說話。家樹道：「密斯何！你不用一點飯嗎？上午喝這些空心酒，肚子裡會發燒的。」何麗娜笑道：「發燒不發，不在乎喝酒不喝酒。」家樹見她總有些憤恨不平的樣子，欲待安慰她幾句，又不知怎樣安慰才好。吃完了飯，便笑道：「天津這地方，只有熱鬧的馬路，可沒有什麼玩的，只有一樣比北京好，電影電影，是先到此地。下午我請你看電影，你有工夫嗎？」何麗娜想了一想道：「等我回去料理一點小事，是能奉陪的話，我再打電話給你奉約。」說著叫了聲夥計開帳來。待等夥計開了帳來時，何麗娜將選單搶了過去，也不知在身上掏出了幾塊錢，就向夥計手上一塞，站起來對家樹道：「既然是看電影，也許我們回頭再會吧。」說畢，她一點也不猶豫，立刻掀開簾子就走出去了。家樹是個被請的，決沒有反留住主人之理，只聽得一陣皮鞋響聲，何麗娜是走遠了。表面看來，她是很無禮的；不過她受了自己一個打擊，總不能沒有一點不平之念，也就不能怪她了。一個人很掃興的回家，在書房裡拿著一本書，隨便的翻了幾頁，只覺今天這件事，令人有點不大高興。由此又轉身一想，我只碰了這一個釘子，就覺得不快；

她呢，由北京跑到天津來，滿心裡藏了一個水到渠成，月圓花好之夢，結果，卻完全錯了。她那樣一個慕虛榮的女子，能和我說出許多實話，連偷看日記的話都告訴我了，她是怎樣的誠懇呢？而且我那樣的批評，都能誠意接受，這人未嘗不可取。無論如何，我應當安慰她一下。好在約了她下午看電影，我就於電影散場後再回請她就得了。家樹是這樣想著，忽然聽差拿了一封信進來遞給他，信封上寫著專呈樊大爺臺啟，何緘。連忙拆開來一看，只有一張信紙，草草的寫了幾句道：

家樹先生：別矣！我這正是高興而來，掃興而去。由此我覺得還是我以前的人生觀不錯，就是：得樂且樂，凡事強求不來的。傷透了心的麗娜手上，於火車半小時前。

家樹看這張紙是鋼筆寫的，歪歪斜斜，有好幾個字都看不出，只是猜出來的，文句說的都不很透澈；但是可以看出她要變更宗旨了。末尾寫著於火車半小時前，大概是上火車半小時前，或者是火車開行時半小時以前了。心想，她要是回北京去，還好一點，若是坐火車到別處去，自己這個責任就大了。連忙叫了聽差來，問：「這時候，有南下的火車沒有？有出山海關的火車沒有？」聽差見他問得慌張，便笑道：「我給你向總站打個電話問問。」家樹道：「是了。火車總要由總站出發的，你給我叫輛汽車上總站，越快越好。」聽差道：「向銀行裡去個電話，把家裡汽車叫回來，不好嗎？」家樹道：「胡說！你瞧我花不起錢？」聽差好意倒碰了釘子，也不知道他有什麼急事，便用電話向汽車行裡叫車。家樹拿了帽子在手上，在樓廊下來往徘徊著，吩咐聽差打電話催一催。聽差笑道：「我的大爺！汽車又不是電話，怎麼叫來就來。總得幾分鐘呀！」家樹也不和他去深辯，便站在大門口站著。好容易汽車到了門口，車輪子剛一停，家樹手一扶車門，就要上去；車門一開，卻出來一個花枝招展的少婦，笑著向家樹點頭道：「啊喲！侄少爺！不敢當，不敢當。」家樹看時，原來這是繆姨太太，是來赴這邊太太的牌約的。她以為家樹是出來歡迎，給她開汽車門呢。家樹忙中不知所措，胡亂的說了一句道：「家叔在家裡呢。請進吧！」說了這句話，又有一輛汽車來了。家樹便掉轉頭問道：「你們是汽車行裡來的嗎？」汽車伕答應是。家樹也不待細說，自開了車門，坐上車去，就叫上火車總站。弄得那繆姨太太站著發愣，空歡喜了一下子。

家樹坐在車裡，只嫌車子開得不快，到了火車站，也來不及吩咐汽車伕等不等，下了車，直奔賣月臺票的地方，買了月臺票。進站門，只見上車的旅客，一大半都是由天橋上繞到月臺那邊去，料想這是要開的火車，也由天橋上跑了過去。到月臺上一看火車，見車板上寫著京奉兩個大字，這不是南下，是東去的了。看看車上，人倒是很多，不管是與不是，且上去看看。於是在頭等包房外轉了一轉，又在飯車上，又到二等車上，都看了看，並沒有何麗娜。明知道她不坐三等車的，也在車外，隔著窗子向裡張望張望。身旁恰有一個站警，就向他打聽，南下車，現在有沒有？站警說，「到浦口的車，開出去半個鐘頭了。這是到奉天去的車。」家樹一想：對了，用寫信的時間去計算，她一定是搭南下車到上海去了。她雖然有錢，可是上海那地方，越有錢越容易墮落，也越容易遭危險；而況她又是個孤身弱女，萬一有點疏虞，我雖不殺伯仁，伯仁由我而死，責任是推卸不了的。於是無精打採的，由天橋上轉回這邊月臺來。剛下得天橋，卻見這邊一列車，也是紛紛的上著人；車上也是寫著京奉二字，不過火車頭卻在北而不在南，好像是到北京去的。因又找著站警問了一問，果然是上北京的，馬上就要開了。家樹想著，或者她回京去也未可料。因慢慢的挨著車窗找了去。這一列車，頭等車掛在中間，由三等而二等，由二等而頭等，找了兩個窗子，只見有一間小車室中，有一個女子，披了黑色的斗篷，斜了身子坐在靠椅上，用手絹擦著淚。她的臉，是半背著車窗的，卻看不出來。家樹想著：這個女子，既是垂淚惜別，怎麼沒有人送行？何麗娜在南下車上，不是和她一樣嗎？如此一想，不由得呆住了，只管向著車子出神。只在這時，站上幾聲鐘響，接上這邊車頭上的汽笛，嗚嗚幾聲，車子一搖動，就要開了。車子這樣的擺盪，卻驚醒了那個垂淚的女子，她忽然一抬頭，向外看著，似乎是偵察車開沒有開。這一抬頭之間，家樹看清楚了，正是何麗娜。只見她滿臉都是淚痕，還不住的擦著呢。家樹大喜，便叫了一聲：「密斯何！」但是車輪已經慢慢展動向北，人也移過去了。何麗娜正看著前面，卻沒有注意到車外有人尋她。玻璃窗關得鐵緊，叫的聲音，她也是不曾聽見。家樹追著車子跑了幾步，口裡依然叫著：「密斯何！密斯何！」然而火車比他跑得更快，只十幾步路的工夫，整列火車都開過去了。眼見得火車成了一條小黑點，把一個傷透了心，而又滿面淚痕的人，載回北京去了。家樹這一來，未免十分後悔，對於何麗娜，也不免有一點愛惜之念。要知他究竟能迴心轉意與否，下回交代。

豔舞媚華筵名姝遁世
寒宵飛彈雨魔窟逃生

卻說何麗娜滿面淚痕，坐車回北京去了。家樹悵悵的站在站臺上望了火車的影子，心裡非常的難受。呆立了一會子，仍舊出站坐了汽車回家。到了門口，自給車錢，以免家裡人知道；可是家裡人全知道了。靜宜笑問道：「大哥為什麼一個人坐了車子到火車站去，是接何小姐嗎？我們剛才接到陶太太的信，說是她要來哩！你的訊息真靈通啊。」家樹欲待否認，然則到火車站去為什麼呢？只得笑了。自這天起，心裡又添了一段放不下的心事。可是何麗娜呢，她卻處在家樹的反面，一個人在頭等車包房裡落了一陣眼淚，車子過了楊村，自己忽然不哭了。向茶房要了一把手巾擦擦臉，掏出身上的粉匣，重新撲了一撲粉，便到飯車上來，要了一瓶啤酒，憑窗看景，自斟自飲。這飯車上除了幾個外國人而外，中國人卻只有一個穿軍服的中年軍官。那軍官正坐在何麗娜的對面，先一見，他好像吃了一驚；後來坐得久了，他才鎮定了。何麗娜見他穿黃呢制服，繫了武裝帶，軍帽放在桌上，金邊帽箍，黃燦燦的，分明是個高階軍官。這裡打量他時，他倒偏了頭去看窗外的風景。何麗娜微笑了一笑，等他偏過頭來，卻站起身和他點了點頭。那軍官真出於意外，先是愣住了，然後才補著點了一點頭。何麗娜笑道：「閣下不是沈旅長嗎？我姓何，有一次在西便門外看賽馬，家父介紹過一次。」那軍官才笑著呵了一聲道：「對了！我說怪面善呢。我就是沈國英，令尊何署長沒曾到天津來？」何麗娜和他談起世交了，索興就自己走過來，和沈國英在一張桌上，對面坐下，笑道：「沈旅長剛才我看見你忽然遇到我，有一點驚訝的樣子，是不是因為我像個熟人？」沈國英被她說破了，笑道：「是的。但是我也說起來在哪裡會過何小姐的。」何麗娜笑道：「你這個熟人，我也知道，是不是劉德柱將軍的夫人？我是聽到好些人說，我們有些相像呢。沈旅長不是和劉將軍感情很好嗎？」沈國英聽了這話，沉吟了一會，笑道：「那也無所謂。不過他的夫人，我在酒席上曾會過一次面。劉德柱還要給我們攀本家，不料過兩天就出了西山那一件事，我又有軍事在身，不常在京。那位新夫人，現在可不知道怎樣了。何小姐認識嗎？」何麗娜道：「不認識。我倒很想見見她，我們究竟是怎樣一個相像的法子。沈旅長能給我們介紹嗎？」沈國英又沉吟了一下，笑道：「看機會吧。」何麗娜這算找著一個旅行的伴侶了，便和沈國英滔滔不絕，談到了北京。下車之時，約了再會，就走了。

何麗娜回了家，就打了一個電話給陶太太，約了晚上，在北京飯店跳舞場上會。陶太太說：「你不是到天津去了嗎？而且你也許久不跳舞了，今天何以這樣的大高興而特高興？」何麗娜笑而不言，只說見面再談，到了這晚十點鐘，陶太太和伯和一路到北京飯店來，只見何麗娜新燙著頭髮，臉上搽著脂粉，穿了袒胸露臂的黃綢舞衣，讓一大群男女圍坐在中間。她看見陶伯和夫婦，便起身相迎。陶太太拉著她的手，對她渾身上下看了一看，笑道：「美麗極了。什麼事這樣高興，今天重來跳舞？」何麗娜道：「高興就是了，何必還要為什麼呢？」話說到這裡，正好音樂臺上奏起樂來，何麗娜拉著伯和的手道：「來！今天我們同舞。」說著，一手握著伯和的手，一手搭了伯和的肩，不由伯和不同舞。舞完了，伯和少不了又要問何麗娜為什麼這樣高興？她就表示不耐煩的樣子道：「難道我生來是個憂悶的人，不許有快樂這一天的嗎？」伯和心知有異，卻猜不著她受了什麼刺激？也只好不問了。這天晚晌，何麗娜舞到三點鐘方才回家。到了次日，又是照樣的快樂，舞到夜深。一連三日，第四日，舞場上不見她了。可是在這天，伯和夫婦，接到她個人出名的一封柬帖：禮拜六晚上，在西洋同學會大廳上，設筵恭候，舉行化裝跳舞大會；並且說明用外國樂隊。伯和拿著請柬和夫人商量道：「照何小姐那種資格，舉行一個跳舞大會，很不算什麼；可是她和家樹成了朋友以後，家樹是反對她舉止豪華的人，她也就省錢多了，這次何以變了態度，辦這樣盛大的宴會？這種行動，正是和家樹的意見相反。這與他們的婚姻，豈不會發生障礙嗎？」陶太太道：「據我看，她一定是婚姻有了把握了，所以高興到這樣子；可是很奇怪，儘管快活，可不許人家去問她為什麼快活。」伯和笑道：「你這個月老，多少也擔點責任啦！別為了她幾天快活，把繫好了的紅絲給綳斷了。這一場宴會，當然是阻止不了她；最好是這場宴會之後，不要再繼續向下鬧才好。」陶太太道：「一個人忽然變了態度，那總有一個緣故的，勸阻反而不好，我看不要去管她，看她鬧出一個什麼結局來？反正不能永久瞞住人不知道的。」伯和也覺有理，就置之不問。

到了星期六七點鐘，伯和夫婦前去赴會，一到西洋同學會門口，只見車馬停了一大片，朱漆的一字門樓下，一列掛了十幾盞五綵燈籠。在彩光照耀裡面，現出松枝架和國旗。伯和心裡想：真個大鬧，連大門外都鋪張起來了。進了大門，重重的院落和廊子，都是彩紙條和燈籠。那大廳上，更是陳設得花團錦簇。正中的音樂臺，用了柏枝鮮花編成一雙大孔雀；孔雀尾開著屏，寬闊有四五丈，臺下一片寬展的舞場，東西兩面，用鮮花紮著圍屏與欄杆，彩紙如雨絲一般的擠密，由屋頂上墜了下來。伯和看了，望著夫人，陶太太微笑點點頭。何麗娜穿了一件白底綠色絲繡的旗衫，站在大廳門口，電光照著，喜氣洋洋的迎接來賓。就有她的男女招待，分別將客請入休息室。伯和見了何麗娜笑道：「密斯何！你快樂啊！」何麗娜笑道：「大家的快樂。」伯和待要說第二句話時，她又在招呼別的客了。伯和夫婦在休息室裡休息著，一看室外東客廳列了三面連環的長案，看看那位子，竟在一百上下，各休息室裡男女雜沓，聲音鬧轟轟的，這裡自然不少伯和夫婦的朋友，二人也就忙著在裡面應酬起來。一會兒工夫，只聽到一陣鈴響，就有人來招待大家入席。按著席次，每一席上，都有粉紅綢條，寫了來賓的姓名，放在桌上。伯和夫婦按照自己的席次坐下。一看滿席的男女來賓，衣香鬢影，十分熱鬧。但是各人的臉上，都不免帶點驚訝之色，大概都是不知道何麗娜何以有此一會。何麗娜這時出來了。坐在正中的主人席上。這時：她已不是先前穿的那件白底綠繡花旗衫了；換了一件紫色緞子綻水鑽辮的旗衫，身上緊緊的套著一件藍色團花一字琵琶襟小坎肩，這又完全是旗家女郎裝束了。大家看見，就劈劈拍拍鼓掌歡迎。何麗娜且不坐下，將刀子敲了空盤。大家肅靜了，她笑道：「諸位今天光臨，我很榮幸。但是我今天突然招待諸位，諸位一定不明白是什麼理由？我先不說出來，是怕阻礙了我的事，現在向諸位道歉，可是現在我再要不說出來，諸位未免吃一餐悶酒。老實奉告吧，我要和許多好朋友，暫時告別了。我到哪裡去呢？這個我現在還不能決定；也不能發表。不過我可以預告的，就是此去，是有所為，不是毫無意味的。我要藉此讀些書，而且陶冶我的性情，從此以後，我或者要另作一個新的人。至於新的人，或者是比於今更快樂呢？或者十分的寂寞呢？我也說不定。總之，人生於世，要應當及時行樂。現在能快樂，現在就快樂一下子，不要白費心機，去找將來那虛無飄渺的快樂。大家快樂快樂吧。」說著，舉起一大滿杯酒，向滿座請了一請，大家聽了她這話，勉強也有些人鼓掌，可是更疑惑了。尤其是伯和夫婦和那沈國英旅長；那沈旅長自認識何麗娜以後，曾到何家去拜會兩次，談得很投機。他想劉將軍討了那位夫人，令人欣羨不置，不料居然還有和她同樣的人兒可尋，而且身分知識，都比劉太太高一籌，這個機會不可失。現在要提到婚姻問題，當然是早一點，可是再過一個星期，就有提議的可能了。在這滿腔熱血騰湧之間，恰好是宴會的請帖下到。所以今天的宴會，他也到了。何麗娜似乎也知道他的來意似的，把他的坐位，定著緊靠了主角。沈旅長找著自己的座位時，高興的了不得。現在聽到何麗娜這一番演說，卻不能不奇怪了。可是這在盛大的宴會上。也沒有去盤問人家的道理，也只好放在心上。何麗娜說完了，人家都不知道她葫蘆裡賣的什麼藥？也沒有接著演說，還是陶太太站起來道：「何小姐的宗旨，既是要快樂一天，我們來賓，就勉從何小姐之後，快樂一番。以答主角的雅意。諸位快快吃，吃完了好化裝跳舞去。今晚我們就是找快樂，別的不必管，才是解人。」大家聽說，倒鼓了一陣掌。這時，大家全副精神都移到化裝上去，哪有心吃喝？草草的終了席，各人都紛紛奔往那化裝室中去。不到一個鐘頭，跳舞場上，已擠滿了奇裝異服的人，有的扮著鬼怪，有的扮著古人，有的扮著外國人，有的扮著神仙，不一而足。忽然之間，音樂奏起，五彩的小紙花，如飛雪一般，漫空亂飄。那東向松枝屏風後，四個古裝的小女孩，各在十四五歲之間，拿著雲拂宮扇，簇擁著何麗娜出來。何麗娜戴了高髻的頭套，穿了古代宮裝，外加著黃緞八團龍衣，竟是戲臺上的一箇中國皇后出來。在場的人，就如狂了一般，一陣鼓掌；擁上前來。有幾個新聞記者，帶了照相匣子，就在會場中給她用鎂光照相。照相已畢，大家就開始跳舞了，何麗娜今晚卻不擇人，只要是有男子和她點一點頭，她便迎上前去，和人家跳舞，看見旁邊沒有舞伴，站在那裡靜候的男子，她又丟了同舞的人，去陪著那個人舞。舞了休息著，休息著又再舞。約莫有一個鐘頭，只苦了那位沈旅長，他穿了滿身的戎服，不曾化裝，也不曾跳舞，只坐在一邊呆看。何麗娜走到他身邊坐下，笑道：「沈旅長！你為什麼不跳舞？」沈國英笑著搖了一搖頭，說是少學。何麗娜伸手一拍他的肩膀笑道：「唉！這年頭兒，年輕人要想時髦，跳舞是不可不學的呀！你既是看跳舞的，你就看吧。」說畢，大袖一拂，她笑著轉到松枝屏風後去了。不多一會的工夫，她又跳躍著出來。她不是先前那個樣子了，散著短髮，束了一個小花圈，耳上垂著兩個極大的圓耳環，上身脫得精光，只胸前鬆鬆的束了一個繡花扁兜肚，又戴了一串長珠圈，腰下繫著一個綠色絲條結的裙，絲條約有二尺長，稀稀的垂直向下，光著兩條腿，赤了一雙白腳，一跳便跳到舞場中間來。她兩只光手臂，帶了一副香珠，垂著綠穗子，在粗野的裝束之中，顯出一種嫵媚來。她將手一舉，嚷著笑道：「諸位！我跳一套草裙舞，請大家賞光。」有些風流子弟，便首先鼓掌，甚至情不自禁，有叫好的。於是大家圍了一個圈子，將何麗娜圍在中間。音樂臺上，奏起胡拉舞的調子，何麗娜就舞起來。這種草裙舞，舞起來，由下向上，身子成一個橫波浪式，兩隻手臂和著身子的波浪，上下左右的伸屈；頭和眼光，也是那樣流動著。只看那假的草裙，就是那絲條結的裙，及胸前垂的珠圈，兩耳的大環子，都搖搖擺擺起來，在一個粉裝玉琢的模樣之下，有了這種形相，當然是令人迴腸蕩氣。慣於跳舞的人，看到還罷了，沈國英看了，目瞪口呆，作聲不得。舞了一陣，何麗娜將手一揚，樂已止了，她笑著問大家道：「快樂不快樂？」大家一齊應道：「快樂快樂！」何麗娜將兩手向嘴上連比幾比，再向著人連拋幾拋，行了一個最時髦最熱烈的拋吻禮，然後又兩手牽著草裙子，向眾人蹲了一蹲，她一轉身子，就跑進松枝屏風後去了。大家以為她又去化裝了，仍舊雜沓跳舞，接上的鬧；不料她一進去之後，卻始終不曾出來。直等到大家鬧過一個鐘頭，到化裝室裡去找她，她卻託了兩個女友告訴人，說是身子疲乏極了，只得先回家去，請大家繼續的跳舞。大家一看鐘，已是兩點多了。主角既是走了，也就不必留戀，因之也紛紛散去。

這一晚，把個沈國英旅長，鬧個未免有些兒女情長，英雄氣短；眼看來賓成雙作對，並肩而去，自己卻是悵悵一人獨回旅司令部。到了次日，他十分的忍耐不住了，就便服減從，到何廉家裡去拜會。原來這個時候，政局中正醞釀了一段極大的暗潮，何廉和沈國英都是裡面的主要分子，他們本也就常見面的。沈國英來了，何廉就在客廳裡和他想見。沈國英笑道：「昨晚女公子在西洋同學會舉行那樣盛大的宴會，實在熱鬧。晚生有生以來，還是第一次，今天特意來面謝。」一個作文官的人，有一個英俊的武官，當面自稱晚生，不由人不感動。而況沈國英的前途，正又是未可限量的，更是不敢當了。便笑道：「老弟臺！你太客氣，我這孩子，實在有些歐化。只是愚夫婦年過五十，又只有這一個孩子，只要她不十分胡鬧，交際方面，也只好由她了。」說著哈哈一笑，因回頭對聽差道：「去請了小姐來，說是沈旅長要面謝她。」聽差便道：「小姐一早起來，九點鐘就出去了。出去的時候，還帶了兩個小提箱，似乎是到天津去了。」何廉道：「問汽車伕應該知道呀。」聽差道：「沒有坐自己的車子出去。」沈國英一聽，又想起昨晚何麗娜說要到一個不告訴人的地方去，如今看來，竟是實現了。看那何廉形色，也很是驚訝，似乎他也並不知道，便道：「既是何小姐不在家，改日再面謝吧。」說畢，他也就告辭而去。從此一過三天，何麗娜的行蹤，始終沒有人知道；就是她家裡父母，也只在屋裡尋到一封留下的信，說是要避免交際，暫時離開北京。於是大家都猜她經西比利亞鐵路到歐洲去了。因為她早已說過，要到歐洲去遊歷一趟的。那沈國英也就感到何小姐是用情極濫，並不介意男女接近的人，自己一番傾倒，總算夢幻了。恰好時局的變化，一天比一天緊張，那箇中流砥柱的劉巡閱使，忽然受了部下群將的請願，自動的掛冠下野；同時政府方面，又下了一道查辦令。沈旅長有功，就突然高升了；升了愛國愛民軍第三鎮的統制。以劉大帥為背景的內閣，當然是解散。在舊閣員裡找了一個非劉系的人代理總揆。何廉如願以償，升了財政總長。劉將軍西山那樁案件，自然是不值得注意，將它取消了。所有因嫌疑被傳的幾個人，也都開釋了。因為劉家方面的財產，都歸沈統制清理，沈國英就借住在劉將軍家裡，把他的東西，細細的清理。在劉將軍的臥室裡，尋到了沈鳳喜一筆存款摺子，又有許多相片，他未免一驚，難道這些東西，這位新夫人都不曾拿著，就避開了？因叫了劉家的舊聽差來，告訴轉告劉太太，不必害怕；雖然公事公辦，可是劉太太自己私人的東西，當然由劉太太拿去，可以請劉太太出面來接洽。聽差說：「自從劉太太到醫院裡去了，就沒有回來過。初去兩天，劉將軍還派人去照應，後來將軍在西山故世去了，有從前正太太的兩個舅老爺，帶著將軍兩個遠方侄少爺，管理了家事，不認這個新太太；後來時局變了，統制派了軍警來，他們也跑了。這幾天，我們是更得不著訊息。」沈國英聽說，就親自坐了汽車，到醫院裡去看望她。自己又怕是男子看望女子不便，就說鳳喜是他妹子。可是醫院裡人說：「劉太太因為存款用完，今天上午已出院去了。」沈國英聽了這話，隨口道：「原來她已回家了，我不曾回家，還不知道呢！」口裡這樣遮蓋著，心中十分的嘆息，又只得算了。好在他身上負著軍國大事，日久也就自然忘卻。不過一個將軍的夫人，現在無影無蹤，也是社會上值得注意的一件事；而況劉氏兄弟，又是時局中大不幸的人物，因之這一件事，在報上也是特別的登載出來。

這新聞傳到了天津，家樹看到，就一憂一喜：憂的是鳳喜不免要作一個二次的出山泉水，將來不知道要流落到什麼地步？喜的是西山這件案子，從此一點痕跡都沒有，可以安心回京上學了。這天上午，和嬸嬸妹妹一家人吃飯，只見叔叔樊端本，手上拿著帽子，走進屋來，就向嬸嬸作揖，笑道：「恭喜恭喜！太太！我發表了。」說著，將帽子放下，分左右中間三把，摸著鬍子。他的帽子，隨手一放，放在一隻琺瑯瓷的飯盂上，樊太太一見不妥，連忙起身拿在手裡，笑道：「發表了？恭喜恭喜！」說著，也拿了帽子作揖。樊端本隨手接過帽子，又戴在頭上，樊太太道：「你又要出去嗎？你太辛苦了，吃了飯再去吧。」樊端本道：「我不出去，休息一會，下午我就要到北京去見何總長了。」說著，向家樹拱拱手道：「也就是你的泰山。」樊太太道：「你既不走，為什麼還戴上帽子？」樊端本哈哈笑了一聲，取下帽子，隨手一放，還是放在那飯盂上。姨太太在太太當面，是不敢發言的，然而今天聽了這訊息，也十分的歡喜，只管笑嘻嘻的，捧著飯碗，半晌只送幾粒飯到嘴裡去。還是靜宜不曾十分的了解，便問道：「你們都說發表了，發表了什麼？」樊太太道：「你這孩子太不留心了，你爸爸新得了一個差使，是口北關監督，馬上就要上任了。這樣一來，便宜了你們，是實實在在的小姐了。」家樹一看叔叔嬸嬸樂的是真過分了，也不願插嘴說什麼。陪著吃完了飯，家樹就向樊端本說：「現在學校要正式上課了，若是叔叔上北京去，就一同去。」樊端本道：「極好了！也許我可以藉此介紹你見見未來的泰山哩。」家樹也不便否認叔叔的話，免得掃了他的官興，自去收拾行囊。待到下午，和樊端本一路乘火車北上，好在嬸嬸叔叔妹妹，都是歡天喜地的，並無所謂留戀。到了北京，叔侄二人依然住在陶伯和家。伯和因端本是個長輩，自然殷勤的招待。家樹也沒工夫和伯和夫婦談別後的話，但是逆料那個多情多事的陶太太，一定和何麗娜打了電話，不到兩三個鐘頭，她就要來的。可是候了一夜，也不見一點訊息。到了次日中午，樊端本出門應酬去了，家樹和伯和夫婦吃飯。吃飯的時候，照例是有一番閒話的。家樹由叔叔的差使，談到了何廉；由何廉談到何麗娜，因道：「這些時候，何小姐不常來嗎？」陶太太鼻子哼了一聲，隨便答應，依然低頭吃她的飯。家樹道：「為什麼不常來呢？」陶太太道：「那是人家的自由啊！我管得著嗎？」家樹碰了一個釘子，笑了一笑，也就不問了。談了一些別的話，又道：「我在天津接到何小姐一封信。」陶太太當沒有聽見，只是低頭吃她的飯。伯和將筷子頭輕輕的敲了她一下手背，笑道：「你這東西，真是淘氣。人家要討你一點訊息，你就一點口風不露。」陶太太頭一偏，噗嗤一聲笑了。因道：「表弟！你雖然狡猾，終究不過是魯肅一流的人物，哪裡能到孔明面前來獻策呀！你要打聽訊息，就乾脆問我得了，何必悶到現在呢？你也熬不住了，我告訴你吧，人家到外國去了。」家樹笑道：「你又開玩笑。」陶太太道：「我開什麼玩笑？實實在在的真事呢。」於是把何麗娜恢復跳舞的故態，以及大宴會告別的事，說了一遍。伯和笑道：「這一場化裝跳舞，她在交際界倒出了一個小小風頭。可是花錢也不少，聽說耗費兩三千呢。」家樹聽了默然。伯和道：「你也不必懊喪，她若是到歐洲去了，少不了要家裡接濟款子，自然有信來的。我和姑母令叔商量商量，讓你也出洋，不就追上她了嗎？」陶太太道：「男子漢，都是賤骨頭。對於人家女子有接近的可能，就表示不在乎；女子要不理他，就尋死尋活的害相思病了。誰教表弟以前不積極進行！」家樹受了這幾句冤枉，又不敢細說出來，以至牽出關沈兩家的事，這一份苦悶，比明顯失敗的滋味，還要難受。從這一餐飯起，又不敢再提何小姐了。這幾個月來，自己周旋在三個女子之間，接近一個，便失去一個，真是大大的不幸。對何麗娜呢，本來無所謂，只是被動的；關秀姑呢，她有個好父親，自己又是個豪俠女子，不必去掛念；只有這個沈鳳喜，一朵好花，生在荊棘叢中，自己把她尋出來，加以培養，結果是飽受蹂躪。而今是生死莫卜，既是可惜，又是可憐！雖然她對不住我，只可以怨她年紀太小，家庭太壞了。而且關壽峰臨別又再三的教我搭救她，莫非她還在北京。於是又到從前她住的醫院裡去問。醫院裡人說：「她哥哥沈統制曾來接她的，早已出院了。」家樹一聽，氣極了。心想這個女子，如何這樣沒骨格！沈統制是她什麼哥哥。她倒好，跟著劉德柱的家庭，一齊換主了，關大叔叫我別忘了她，這種人不忘了她，也是人生一種恥辱了。於是將關於女子的事，完全丟開，在北京耽擱了幾天，待樊端本到口北關就監督去了，自己也就收拾書籍行李，搬入學校。

原來他的學校——春明大學，在北京北郊，離城還有十餘里之遙。當學生的人，是非住校不可的。家樹這半年以來，花了許多錢，受了許多氣，覺得離開城市的好。因此安心在學校裡讀書。這樣一來，也不覺得時光容易過去，一混就是秋末冬初了。家樹常聽人說：西山的紅葉，非常的好看。這一天星期，一個人騎了一匹牲口，就向西山而來。離著校舍，約莫有四五里路，這人行大道，卻凹入地裡，有一丈來深，雖然騎在驢子背上，也只看到兩邊園林，一些落葉蕭疏的樹梢。原來北地的土質很鬆，大路上走著，全是鐵殼雙輪的大車；這車輪一軋就是兩條大轍，年深月久，大道便成了大溝，家樹正走到溝的深處，忽然旁邊樹林子裡，有人喊出來道：「樊少爺！樊少爺！慢走一步，我們有話說。」家樹看時，樹叢子裡跑出四個人，由土坡上向溝裡一跳，趕驢子的驢夫，見他們其勢洶洶，吆喝一聲，便將驢子站住了。家樹看那四個人時，都是短衣捲袖，後面兩個，腰上捆了板帶，板帶上各斜插了一把刀；當頭兩個，一個人手上，各拿了一支手槍，當路一站，橫住了去路，再看土坡上，還站有兩個巡風的。家樹心裡明白，這是北方人所謂劫路的了，因向來受了關壽峰的陶融，知道怕也無益，連忙滾下驢背，向當頭四個人拱拱手道：「兄弟是個學生，出來玩玩，也沒帶多少錢，諸位要什麼，儘管拿去。」當頭一個匪人，瘦削的黃臉，卻長了一部落腮的鬍子，露著牙齒，打了一個哈哈，笑道：「我們等你不是一天了。你雖是一個學生，你家裡人又作大官，又開銀行，還少的是錢嗎？就是你父親那個關上，每天也進款論萬。」家樹道：「諸位錯了。那是我叔叔！」匪人道：「你父親也好，你叔叔也好，反正你是個財神爺。得！你就辛苦一趟吧。」說著，不由家樹不肯，兩個人向前，抄著他的手臂，就架上土坡。只在這時，另有一個匪人，拿出兩張膏藥，將家樹的眼睛貼住，從此家樹就墜入黑暗世界了。接上抬了一樣東西來，似乎是一塊門板，用木扛子抬著，卻叫家樹臥倒，平睡在那門板上，又用了一條被，連頭帶腳，將他一蓋，他們而且再三的說：你不許言語，你言語一聲，就提防你的八字！家樹知道是讓人家綁了票，只要家裡肯出錢，大概還沒有性命的危險。事已至此，也只好由他。他們高高低低的抬著，約莫走了二三十里路，才停了一停，卻有一個生人的聲音，迎頭問道：「來了嗎？」答：「來了！」在這時，卻聽到有牲口嚼草的聲音，有雞呼食的聲音，分明是走到有人家的地方來了。可是這裡人聲很少，只聽到頭上一種風過樹梢聲，將樹颳得嘩啦嘩啦的聲；好像這地方，四面是樹，中間卻有一座小小的人家，自然是僻靜的所在了。一陣忙亂，家樹被他們攙著到了空氣很鬱塞的地方。有人說：「這是你的屋子，你躺下也行，坐著也行，聽你的便吧。」家樹摸著，硬幫幫的，身邊有個土炕；炕上有些亂草，草上也有一條被，都亂堆著。炕後有些涼颼颼的風吹來。北方人規矩，都是靠了窗子起炕的，不像南方人床對著窗戶，大概這裡也有個窗戶了。向前走，只有兩三步路，便是土壁，門卻在右手。因為聽到他們關著一下響了，門邊總有一個人守著，聽那窸窸窣窣的聲音，分明是靠門放了一堆高粱稭子，守的人躺在上面。家樹對於身外的一切，都是以耳代目，以鼻代目，分別去揣想。起初很是煩悶，後來一想，煩悶也沒用，索性泰然的躺在炕上。所幸那些匪人，對於飲食的供給，倒很豐盛，每頓都有精緻的麵食和豬肉雞蛋，還有香片茶，隨時取飲；要大小便，也有匪人陪他出房去。

在初來的兩天，這地方雖然更替換人看守，但是聲音很沉寂，似乎人不多，大概匪人出去探聽訊息去了。到了第四天，人聲便嘈雜，他們已安心無外患了。於是有個人坐在炕上對他道：「樊少爺！我們請你來，實在委屈一點。可是我們只想和府上籌點款子，和你並無冤無仇，你給我們寫一封信到府上去通知一聲，你看怎麼樣？」家樹哪敢不依，只得說聽便，於是就有人來，慢慢揭下臉上的膏藥。家樹眼前豁然開朗，看看這屋子，果然和自己揣想的差不多，門口站了兩個匪人，各插著一把手槍在衣袋裡，面前擺了一張舊茶几，一個泥蠟臺，插了一支紅燭，並放了筆硯和信紙信封。原來已是夜裡了。坐在炕沿上的匪人，戴了一副墨晶眼鏡，臉上又貼了兩張膏藥，大概他是不肯露真面目的了。那人坐在一邊，就告訴他道：「請你寫信給樊監督，我們要借款十萬，憑你作箇中。若是肯借的話，就請他在接到信的半個月以內，派人到北郊大樹村老土地廟裡接洽。來人只許一個，戴黑呢帽，戴墨晶眼鏡為記，過期不來，我們就撕票了。『撕票』兩個字，你懂得嗎？」說著，露了牙齒，嘿嘿一笑。家樹輕輕說知道，但是對於十萬兩個字，覺得過分一點。提筆之時，想抬頭解釋兩句，匪人向上一站，伸手一拍他的肩膀，喝道：「你就照著我的話寫，一點也改動不得！改一字添一千。」家樹不敢分辯了，只好將信寫給伯和，請伯和轉交。寫完了，臉上復又讓他們貼上了膏藥。那信他們如何送去？不得而知，只好每天在黑暗中悶著吃喝而已。一想這信不知何日到伯和手上；伯和接了信，不知要怎樣通知叔叔？半個月之內，又不知叔叔怎樣對付這件事？也許把這事情耽誤。一人就這樣胡思亂想，度著時光。

轉眼就是十天了。慢慢的和匪人也就熟識一點，知道這匪首李二疙疸，乃是由口外來的。北京近郊，卻另有內線，那個戴黑眼鏡的就是了。守住的卻是兩個人換班，一個叫胡狗子，一個叫唐得祿。聽他們的口音，都是老於此道的；因為在口北聽說樊端本有錢，有兒子在北京鄉下讀書，他們以為是好機會，所以遠道而來。家樹一想他們處心積慮，為的是和我為難，我既落到他們手心裡來了，豈肯輕易放過？這也只好聽天由命了。有一天晚上，已經很深夜了，忽然遠遠的有一種腳步聲，跑了過來，接上有人在屋外叫了一聲，這裡全屋的人，都驚醒了。有人說：「走了水了，他媽的！來了灰葉子了。」家樹在北方日久。也略略知道他們的黑話！灰葉子是指著兵；莫非剿匪的人來了。這一下子，也許有出險的一線希望。這時隔壁屋裡，一個帶著西北口音的人說道：「來多少，三十上下嗎？我們八個人，一個也對付他四五個！打發他們回姥姥家去。狗子！票交給你了，我們幹。快拿著傢伙。」說話的正是李二疙疸。胡狗子答應了，接上就聽到滿屋子腳步聲，試槍機聲，裝子彈聲，搬高粱稭子，搬木器家具聲，鬧成一片。李二疙疸問道：「預備齊了沒有？狗子！你看著票。」大家又答應了一聲，呼呼而下。內外屋子裡的燈，都吹滅了，便聽到那些人，全到院子裡去，接上，拍！拍！拍！遙遙的就有幾下槍聲。家樹這時心裡亂跳，身上一陣一陣的冷汗向外流。實在忍不住了，他便輕輕的問道：「胡大哥……」一句話沒說完，胡狗子輕輕喝道：「別言語！下炕來，趴在地下。」家樹讓他一句話提醒，連爬帶滾，下得炕來，就伏在炕沿下。那時：外面的槍聲，就連續不斷。有時刷的一聲，一粒子彈，射入屋內，這屋裡一些匪人，卻像死過去了一樣。於是外面的槍聲也停止了。不到半頓飯時，這院子裡，忽然劈拍劈拍，槍向外一陣亂放。接上那李二疙疸罵道：「好小子！你們再過來。哈哈！揍！朋友，揍他媽的！」拍！拍！拍！「哎喲，誰？劉三哥掛了彩了。他媽的！什麼揍的？打後面來。」拍！拍！拍！「打走了沒有？朋友！」沉住氣，刷！「好小子！把我帽子揍了。」家樹趴在地下，只聽到這種槍聲罵聲，人的跑動聲，院子裡鬧成一片。自己一橫心，反正是死，想到屋子裡沒燈，於是也不徵求胡狗子的同意，就悄悄的將臉上的膏藥撕下。偷著張望時，由窗戶上射出來一些星光；看見胡二狗子，趴在炕上，頭伸在窗戶一邊張望，其餘是絕無所睹。只聽到院子外天空裡，拍拍刷刷之聲，時斷時續，緊張一陣，又平和一陣；一會兒，進來一個人，悄悄的向胡狗子道：「風緊得很，天亮就不好辦了，我們由後面溝裡沖出去。」說話的便是李二疙疸，只見他站在炕上，向土牆上撲了兩撲，壁子搖撼著，立刻露了一條縫，他又用手扒了幾扒，立刻有個大窟窿。他用了一根木棍子，挑了一件衣服，由窟窿裡伸出去，然後縮了進來，他輕輕的笑道：「這些渾蛋，只管堵著門，我們不走等什麼？」他於是跑到院子裡去，又亂罵亂嚷，接上緊緊的放著槍，就在這個時候，有兩個匪人進來，喁喁的商量了兩句，就爬出洞口。胡狗子在家樹臉上一摸，笑道：「你倒好，先撕了眼罩子了，爬過洞去，趴在地下走。」家樹雖覺得出去危險，不容不走，只得大著膽，爬了出來；隨後胡二狗子也出來了。這裡是個小土堆，胡狗子伸手將他使勁一推，便滾入一條溝內；接上胡狗子也滾了下來。剛剛滾到溝裡，刷刷！頭上過去兩顆子彈。於是伏在這地溝裡的有四個人，都死過去了一般。一點不動不響。聽那屋前面，罵聲槍聲，已經不在院子裡；似乎李二疙疸，沖出大門去了。伏了一會，不見動靜，家樹定了一定神，抬頭看看天上，滿天星斗，風吹著光禿禿的樹梢，在星光下擺動作響。那西北風帶了沙土，吹打到臉上，如利刀割人一樣。在屋裡有暖炕，不覺夜色寒冷。這時，便特別的難受了。三個匪人，聽屋前面打得正厲害，就兩個在前，一個在後，將家樹夾在中間，教他在地上爬著向前，如蛇一般的走。他們走走又昂頭探望探望，走著離開屋有三四十丈路，胡狗子吩咐家樹站起來彎著腰，拖了就跑。一口氣跑有半裡之遙，這才在一叢樹下坐著。聽那前面，偶然還放一槍。

約有一個鐘點，前面有腳步響，胡狗子將手裡快槍瞄準著問道：「誰？」那邊答說：二疙疸回來了！胡狗子放下槍，果然李二疙疸和一個匪人來了。他喘著氣道：「趁著天不亮，趕快上山。今天晚晌，算扎手，傷了三個兄弟。」另一個土匪，看見家樹罵道：「好小子！為了你，幾乎丟了吃飯的傢伙。豁出去了！毀了你吧。」說時，掏出手槍，就比了家樹的額角，接上拍達一聲。這一槍要知道家樹還有性命也無？下回交代。

絕地有逢時形骸終隔

圓場念逝者啼笑皆非

卻說那匪人將手槍比著家樹的額角，只聽到拍達一聲，原來李二疙疸，已在一邊看見，飛起一腳，將手槍踢到一邊去了。搶上前一步，執著他的手道：「你這是做什麼，發了瘋了嗎？」那人笑道：「我槍裡沒有了子彈，駭唬駭唬他，看他膽量如何。誰能把財神爺揍了！」李二疙疸道：「他那個膽量，何用得試。你要把他駭唬死了怎麼辦？別廢話了，走吧。」於是五個匪人，輪流攙著家樹，就在黑暗中向前走。家樹驚魂甫定，見他又要帶著另走一個地方，不知道要到什麼地方去，心裡慌亂，腳下七高八低，就跟了他們走。約莫走了二十里路，東方漸漸發白，便有高山迎面而起。家樹正待細細的分別四向，胡狗子卻撕下了一片小衣襟，將他的眼睛，重重包起，他扶著匪人，又走了一程，只覺得腳下，一步一步向高登著山。是不是迎面那高山，卻不知道。一會工夫，腳下感著無路，只是在斜坡上帶爬帶走，腳下常常的踏著碎石，和掛著長刺，雖然有人攙著，也是一走一跌，分明是在亂山上爬，已走的不是路了。走了許久，腳下才踏著石臺階，聽著幾個匪人推門響。繼而腳下又踏著很平正的石板，高山上哪裡有這種地方，卻不知是什麼人家？後來走到長桌邊，聞到一點陳舊的香味，這才知道是一所廟。

匪人將家樹讓在一個草堆上坐下，他們各自忙亂著，好像他們是熟地方，卻分別去預備柴水。後來他們就關上了佛殿門，弄了一些枯柴，在殿中間燒著火。五個匪人，都圍了火坐在一處，商量著暫熬過今天，明天再找地方。家樹聽到他們又要換地方，家裡人是越發不容易找了，心裡非常焦急。這天五個匪人都沒有離開，就火燒了幾回白薯吃。李二疙疸道：「財神爺！將就一天吧，明天我們就會想法子給你弄點可口的。」家樹也不和他們客氣，勉強吃了兩個白薯，只是驚慌了一夜，又跑了這些路，哪裡受得住。柴火一熏，有點暖氣，人只是要睡。迷迷糊糊的就睡了一天，也不知是什麼時候，睡得正香甜的時間，忽覺自己的身子讓人一夾，那人很快的跑了幾步，就將自己放下。只聽得有人喝道：「呔！你這些毛賊，給我醒過來，大丈夫明人不做暗事。」家樹聽那聲音，不是別人，正是關壽峰。這一喜非同小可，也顧不得什麼利害，馬上將紮住眼睛的布條向下一扯，只見秀姑也來了。她和壽峰齊齊的站在佛殿門口，殿裡燒的枯柴，還留著些搖擺不定的餘焰，照見李二疙疸和同夥都從地上草堆裡，一骨碌的爬起來，壽峰喝道：「都給我站著。你們動一動，我這裡兩管槍一齊響。」原來壽峰秀姑各端了一枝快槍，一齊拿著平直，向了那五個匪人瞄準，他們果然不動，李二疙疸垂手直立微笑道：「朋友！你們是哪一路的？有話好說，何必這樣？」壽峰道：「我們不是哪一路，不要瞎了你的狗眼，你們身邊的兩枝快槍，我都借來了，你們腰裡還拴著幾枝手槍，一齊交出來，我就帶著人走。」說時，將槍又舉了一舉，李二疙疸一看情形不好，首先就在身上掏出手槍來，向地下一丟，笑道：「這不算什麼，走江湖的人，走順風的時候也有，翻船的時候也有。」接著又有兩個人，將手槍丟在地下，壽峰將槍口向裡撥著，讓他們向屋犄角上站，然後只一跳跳到屋子中間，將手槍撿了起來，全插在腰裡板帶上，復又退到殿門口，點了點頭，笑道：「我已經知道你們身上沒有了槍，可是別的傢伙，保不住還有；我得在這裡等一等了。」說著，就身上插的手槍，取出一枝交給秀姑道：「你帶著樊先生先下山，這幾個人交給我了，準沒有事。」秀姑接了手槍，將身子在家樹面前一蹲，笑道：「現在顧不得許多了，性命要緊，我背著你走吧。」家樹一想也不是謙遜之時，就伸了兩手，抱住秀姑的脖子，她將快槍夾在脅下，兩手向後，託著家樹的膝蓋，連蹦帶跑，就向前走。黑夜之間，家樹也不知經過些什麼地方，一會兒落了平地，秀姑才將家樹放下來，因道：「在這裡等一等家父吧，不要走失了。」家樹這才覺得性命是自己的了。抬頭四望，天黑星稀，半空裡呼呼的風吹過去，冷氣向汗毛孔裡鑽進，不由人不哆嗦起來。秀姑也抬頭看了一看天色。笑道：「樊先生！你身上，冷得很厲害吧？破大襖子穿不穿？」說著，只見她將身一聳，爬到樹上去，就在樹上取下一個包袱卷，打了開來。正是三件老羊皮光套子，就拿了一件提著領，披到家樹身上。家樹道：「這地方哪有這樣東西，不是大姑娘帶來的嗎？」秀姑道：「我們爺兒倆原各有一件，又給你預備下一件，上山的時候，都系在這樹上的。」家樹道：「難得關大叔和大姑娘想得這樣周到，教我何以為報呢？」秀姑聽了這話，默然不語，卻靠了樹幹站住。彼此靜靜的站立一會，只聽到一陣腳步響，遠遠的壽峰問道：「你們到了嗎？」秀姑答應到了。壽峰倒提著那枝快槍，到了面前，家樹迎上前向壽峰跪了下去。壽峰丟了槍，兩手將他攙起來道：「小兄弟！你是個新人物，怎樣行這種舊禮！」家樹道：「大叔這大年紀，為小侄冒這大危險來相救，小侄這種感激，也不知道要由何說起。」壽峰哈哈笑道：「你別謝我，你謝老天。他怎麼會生我這一個好管閒事的人哩。」家樹便問：「何以知道這事，前來相救？」壽峰道：「你這件事，報上已經登的很熱鬧了。我一聽到，就四處來訪。我聽到我徒弟王二禿子說，甜棗林裡，有幾個到鄉下來的販棗子販柿子的客人，形跡可疑，我就和我幾個徒弟，前後一訪，果然不是正路。昨夜正想下手，恰好軍隊和他們開了火，我躲在軍隊後面，替你真抓了兩把汗。後來我聽到軍隊裡人只嚷人跑了，想你已經脫了險。一早的時候，我裝著過路，看到地溝裡有好幾處人爬的痕跡，都向著西北，我一直尋到大路上，還看到有些槍託的印子，我這就明白了，他們上了這裡的大山。這山有所玄帝廟，好久沒有和尚，我想他們不到這裡來，還上哪裡去藏躲？所以我們爺兒倆，趁著他們昨天累乏了，今天晚上好下他們的手。他們躲在這山上，作夢也不會想到有人算計他，就讓我便便易易的將你救出來了。不然我爺兒倆，可沒有槍，只帶了兩把刀，真不容易辦這事呢！」說畢，哈哈大笑了。這時，遠遠的有幾聲雞啼，壽峰道：「天快亮了，我們走吧。老在這裡，仔細賊跟下來，這兩根長槍，帶著走可惹人注意。我們把它毀了，扔在深井裡去吧。」於是將子彈取下，倒拿了槍，在石頭上一頓亂砸，兩枝槍都砸了，壽峰一齊送到路旁一口井邊，順手向裡一拋，口裡還說道：「得！省了留著害人。」於是他父女披上老羊裘，和家樹向大路上走。

約走有二三里路，漸漸東方發亮。忽聽到後面一陣腳步亂響，似乎有好幾個人追了來。壽峰站住一聽，便對秀姑道：「是他們追來了。你引著樊先生先走，我來對付他們。」說著，見路邊有高土墩，掏出兩枝手槍，便蹲了身子，隱在土墩後。不料那追來的幾個人，並不顧慮，一直追到身前，他們看見面前有個土堆，似乎知道人藏在後面，就站定了嚷道：「朋友！你拿去的手槍，可沒有子彈，你把快槍扔了，我們不怕你了。我們現在也沒帶槍，是好漢，你出來給我們比一比。」壽峰聽了這話，將手槍對天空放了一下，果然沒有子彈；本想走出來，又怕匪人有槍彈，倒上了他的當，且不作聲，看他們怎麼樣。只在這時，早有一個人跳上土墩，直撲了過來；壽峰見他手上，明晃晃拿著一把刀，不用說，真是沒有槍，於是將手槍一扔，笑道：「來得正好。」身子一偏，向後一蹲一伸，就撈住了那人一條腿，那人拍吒一聲倒在地下；壽峰一腳踢開了他手上的刀，然後抓住他一隻手，舉了起來，向對面一扔，笑道：「飯桶！去你的吧。」兩個匪人正待向前，被扔的人一撞，三個人滾作一團。壽峰在朦朧的曉色裡，看見後面還站著兩個人，並沒有槍，這就不怕了。走上前一笑道：「就憑你這幾個腳色，想來搶人，回去吧，別來送死！」有個人道：「老頭子，你姓什麼？你沒打聽我李二疙疸，不是好惹的嗎？」壽峰說不知道，李二疙疸見他直立不敢上前。另一個匪人，手上舉了棍子，不管好歹，劈頭砍來，壽峰並不躲閃，只將右手抬起一隔，那棍子撲在手臂上，直飛入半空裡去。那人哎喲了一聲，身子一晃，向前一撲，壽峰把腿一掃，他就滾在地上。先兩個被撞在地上的，這時一齊過來，都讓壽峰一閃一掃一推，再滾了下去。李二疙疸站在老遠的道：「朋友！我今天算栽了觔斗，認識你了。」說畢，轉身便走。壽峰笑道：「我要進城去，沒工夫和你們算帳，便宜了你這小子。」說畢，撿起兩枝手槍，也就轉身走了。秀姑和家樹在一旁高坡下迎出來，笑道：「我聽到他們沒動槍，知道不是你的對手，我就沒上前了。」於是三人帶說帶走，約模走了十幾里路，上了一個市集。這裡有到北京的長途巴士，三人就搭了長途巴士進城。

到了城裡下車，壽峰早將皮裘武器作了一卷，交給秀姑，吩咐她回家，卻親自送家樹到陶伯和家來。家樹在路上問道：「大叔原來還住在北京城裡，在什麼地方呢？」壽峰笑道：「過後自知，現在且不必問。」二人僱了人力車，乘到陶家，正有樊端本一個聽差在門口，一見家樹，轉身就向裡嚷道：「好了好了，侄少爺回來了！」家樹走到內院時，伯和夫婦和他叔叔都迎了出來。伯和上前一步，執著他的手道：「我們早派人和前途接洽多次，怎麼沒交款，人就出來了呢？」家樹道：「一言難盡。我先介紹這位救命大恩人。」於是把關壽峰向大家介紹著，同到客廳裡，將被救的事說了一遍。樊端本究竟是入世很深的人，看到壽峰精神矍鑠，氣宇軒昂，果然是位豪俠人物，走上前，向他深深三個大揖，笑道：「大恩不言報，我只是心感，不說虛套了。」壽峰道：「樊監督！你有所不知，我和令侄，是好朋友；朋友有了患難，有個不相共的嗎？你不說虛套，那就好。」劉福這時正在一邊遞茶，壽峰一摸鬍子，向他笑道：「朋友！你們表少爺，交我這老頭子，沒有吃虧吧。你別瞧在天橋混飯吃的，九流三教，什麼都有，可是也不少夠朋友的，以後沒事，我們鬧兩壺談談，你準會知道練把式的，敢情也不錯。」劉福羞了一大通紅的臉，不敢說什麼，自退去了。壽峰拱拱手道：「大家再會！」起身就向外走。家樹追到大門口，問道：「大叔！你府上在哪裡？我也好去看你啊。」壽峰笑道：「我倒忘了，大喜衚衕你從前住的所在，就是我家了。」說畢，笑嘻嘻的而去。家樹回家，又談起往事，才知道叔叔為贖票而來，已出價到五萬，事被軍隊知道，所以有一場夜戰。說到關壽峰父女，大家都嗟賞不已，樊端本還非和他換帖不可。這日家樹洗澡理髮，忙亂一陣，早早休息。

次日早上，便向大喜衚衕來看壽峰。不料颳了半夜北風，便已飄飄蕩蕩，下了一場早雪。走上大街一看，那雪都有一尺來深，南北遙遙，只是一片白。天上的雪片，正下得緊，白色的屋宇街道，更讓白色的雪片，垂著白絡，隱隱的罩著，因之一切都在朦朧的白霧裡。家樹坐了車子，在寒冷的白霧裡，穿過了幾條街道，不覺已是大喜衚衕。也不知道什麼緣故，一進這衚衕，便受著奇異的感覺；又是歡喜，又是悽慘。自己原將大衣領子拉起來擋著臉，現在把領子放下，雪花亂撲在臉上，也不覺得冷。忽然有人喊道：「這不是樊大爺？」說著，一個人由車後追了上前來。家樹看時，卻是沈三玄。他穿著一件灰布棉袍子，橫一條，直一條，都是些油汙墨跡。頭上戴的小瓜皮帽，成了膏藥一樣，沾了不少的雪花。他縮了脖子，倒提一把三絃子，噴著兩鼻孔熱氣，追了上來，手扶著車子。家樹跳下車來，給了車錢，便問道：「你怎麼還是這副情形。你的家呢？」沈三玄不覺蹲了一蹲，給家樹請了個半腿兒安，哭喪著臉道：「我真不好意思再見你啦！老劉一死，我們什麼都完了。關大叔真仗義，他聽到大夫說，鳳喜的病，要用她心裡願意的事，願意的人，時時刻刻在面前逗引著，或者會慢慢醒過來。恰好這裡原住的房子又空著，他出了錢，就讓我們搬回來。」家樹不等他說完，便問道：「鳳喜什麼病？怎麼樣了？」沈三玄道：「從前她是整天的哭，看見穿制服的人，不問是大兵，是巡警，或者是郵差，就說是來槍斃她的，哭的更厲害。搬到大喜衚衕來了，倒是不哭；又老是傻笑。除了她媽，什麼人也不認得。大夫說她沒有什麼記憶力了。這大的雪，你到家裡坐吧。」說著，引著家樹上前，白雪中那兩扇小紅門，特別觸目，只是牆裡兩棵槐樹，只剩杈椏椏的白幹，不似以前綠葉陰森了。那門半掩著，家樹只一推，就像身子觸了電一樣，渾身麻木起來。首先看到的，便是滿地深雪；一個穿黑布褲紅短襖子的女郎，站在雪地裡，靠了槐樹站住；兩只腳已深埋在雪裡。她是背著門立住的，看她那蓬蓬的短髮上，灑了許多的雪花，腳下有一隻大碗，反蓋在雪上，碗邊有許多雪塊，又圓又扁，高高的疊著，倒像銀幣。那正是用碗底印的了，北京有些小孩子們，在雪天喜歡這樣印假洋錢玩的。有人在裡面喊道：「孩子！你進來吧，一會兒樊大爺就來了。我怕你鬧，又不敢拉你，凍了怎麼好呢？」這時門一響，那女郎突然回過臉來，正是鳳喜。臉色白如紙，又更瘦削了。沈三玄上前道：「姑娘！你瞧，樊大爺真來了。」只這一聲，沈大娘壽峰父女，全由屋裡跑了出來。秀姑在雪地裡牽著鳳喜的手，引她到家樹面前，問道：「大妹子！你看看這是誰？」鳳喜微微的偏著頭，對家樹呆望著，微微一笑，又搖搖頭；家樹見她眼光一點神也沒有，又是這副情形，什麼怨恨也忘了。便對了她問道：「你不認得我嗎？你只細細想想看。」於是拉了她的手，大家一路進屋來。家樹見屋裡的布置，大概如前，自己那一張大相片，還微笑的掛著，只是中間有幾條裂縫，似乎是撕破了，重新拼攏的了。屋子中間，放了一個白煤爐子。鳳喜伸了一雙光手，在火上烘著，偏了頭，只是看家樹。看的時候，總是笑吟吟地，家樹又道：「你真不認得我了嗎？」她忽然跑過來，笑道：「你們又拿相片兒冤我。可是相片兒不能夠說話啊，讓我摸摸看。」於是站在家樹當面，先摸了一摸他周身的輪廓，又摸著他的手；又摸著他的臉。鳳喜摸的時候，大家看她痴得可憐，都呆呆的望著她。家樹一直等她摸完了，才道：「你明白了嗎？我是真正的一個人，不是相片啦。相片在牆上不是？」說著一指，鳳喜看看相片，看看人，笑容收起來，眼睛望了家樹，有點轉動，閉上眼，將手扶著頭，想了一想，復又睜開眼來點點頭道：「我……我……記……記起來了，你是大爺，不是夢！不是夢！」說時，手抖顫著，連說不是夢，不是夢，接上，渾身也抖顫起來。望了家樹有四五分鐘，哇的一聲，哭將起來。沈大娘連忙跑了過來，將她攙著道：「孩子！孩子！你怎麼了？」鳳喜哭道：「我哪有臉見大爺呀。」說著，向床上趴了睡著，更放聲大哭起來。家樹看了這情形，一句話說不得，只是呆坐在一邊。壽峰摸著鬍子道：「她或者明白過來了。索性讓她躺著，慢慢的醒吧。」於是將鳳喜鞋子脫了，讓她和衣在床上躺下，大家都讓到外面屋子裡來坐。其間沈大娘沈三玄一味的懺悔，壽峰一味的寬解，秀姑常常微笑；家樹只是沉思，卻一言不發。壽峰知道家樹沒有吃飯，掏出兩塊錢來，叫沈三玄買了些酒菜，約著圍爐賞雪。家樹也不推辭，就留在這裡。大家在外面坐時，鳳喜先是哭了一會，隨後昏昏沉沉睡過去了。等到大家吃過飯時，鳳喜卻在裡面呻吟不已。沈大娘為了她卻進進出出好幾回，出來一次，卻看家樹臉色一次；家樹到了這屋裡，前塵影事，一一兜上心來，待著是如坐針氈，走了又覺有些不忍。壽峰和他談話，他就談兩句，壽峰不談話，他就默然的坐著。這時他皺了眉，端了一杯酒，只用嘴唇一點一點的呷著，彷彿聽到鳳喜微微的喊著樊大爺。壽峰笑道：「老弟！無論什麼事，一肚皮包容下去。她到了這種地步，你還計較她嗎？她叫著你，你進去瞧瞧她吧。」家樹道：「那麼，我們大家進去瞧瞧吧。」沈大娘將門簾掛起，於是大家都進來了。只見鳳喜將被蓋了下半截，將兩只大紅袖子露了出來。那一張白而瘦的臉，現時卻在兩頰上露出兩塊大紅暈；那一頭的蓬頭髮，更是散了滿枕。她看見家樹，那一張掩在蓬蓬亂髮下的小臉，微點了一點，手半抬起來，招了一招，又指了一指床。家樹會意，走近前一步，要在床沿上坐下，回頭一見有這些人，就在鳳喜床頭邊一張椅子上坐下。秀姑環了一隻手，正靠在這椅子背上呢。鳳喜將身子挪一挪，伸手握著了家樹的手道：「這是真的，這不是夢。」說著，露齒一笑道：「哈哈！我夢見許多洋錢，我夢見坐汽車，我夢見住洋樓。……呀！他要把我摔下樓，關大姐，救我救我。」說著，兩手撐了身子，從床上要向上一坐；然而她的氣力不夠；只昂起頭來，兩手撐不住，便向下一倒。沈大娘搖頭道：「她又糊塗了，她又糊塗了。噯！這可怎麼好呢？我空歡喜了一陣子了。」說著便流下淚來。壽峰也因為信了大夫的主意，鳳喜一步一步有些轉頭的希望了，而今她不但不見好，連身體都更覺得衰弱，站在身後，摸著鬍子點了一點頭道：「這孩子可憐！」家樹剛才讓鳳喜的手摸著，只覺滾熱異常。如今見大家都替她可憐，也就作聲不得，大家都寂然了。只聽到一陣呼嚕呼嚕的風過去，沙沙沙！撲了一窗子的碎雪，陰暗的屋子裡，那一爐子煤火，又漸漸的無光了，便覺得加倍的悽慘。外面屋子裡，吃到半殘的酒菜，兀自擺著，也無人過問了。再看鳳喜時，閉了眼睛，口裡不住的說道：「這不是夢，這不是夢！」家樹道：「我來的時候，她還是好好的，這樣子，倒是我害了她了。索性請大夫來瞧瞧吧。」沈大娘道：「那可是好，只是大夫出診的診金，聽說是十塊……」家樹道：「那不要緊，我自然給他。」大家商議了一陣，就讓沈三玄去請那普救醫院的大夫。沈大娘去收拾碗筷；關氏父女和家樹三人，看守著病人。家樹坐到一邊，兩腳踏在爐上烤火，用火筷子不住的撥著黑煤球；壽峰背了兩手，在屋子裡走來走去，點點頭，又嘆嘆氣；秀姑側身坐在床沿上，給鳳喜理一理頭髮，又給她牽一牽被，又給她按按脈，也不作聲。因之一屋四個人，都很沉寂。鳳喜又睡著了。

約有一個鐘頭，門口汽車喇叭響，家樹料是大夫到了，便迎出來。來的大夫，正是從前治鳳喜病的；他走進來，看看屋子，又看看家樹，便問道：「劉太太家是這裡嗎？」家樹聽了「劉太太」三個字，覺得異常刺耳，便道：「這是她孃家。」那大夫點著頭，跟了家樹進屋。不料這一聲喇叭響，驚動了鳳喜，在床上要爬起來，又不能起身，只是亂滾，口裡嚷道：「鞭子抽傷了我，就拿汽車送我上醫院嗎？大兵又來拖我了，我不去，我不去。」關氏父女，因大夫進來，便上前將她按住，讓大夫診了一診脈。大夫給她打了一針，說是給她退熱安神的，便搖著頭走到外邊屋子來，問了一問經過，因見家樹衣服不同，猜是劉將軍家的人，便道：「我從前以為劉太太症不十分重，把環境給她轉過來，惡印象慢慢去掉，也許好了；現在她的病突然加重，家裡人恐怕不容易侍候，最好是送到瘋人院去吧。」說著又向屋子四周看了一看，因道：「那是官立的，可以不取費的，請你先生和家主商量吧。精神病，是不能用藥治的，要不然，在這種裝置簡單的家庭，恐怕……」說著，他淡笑了一笑，家樹看他坐也不肯坐，當然是要走了，便問：「送到瘋人院去，什麼時候能好？」大夫搖頭道：「那難說。也許一輩子……但是她或者不至於，好在家中人若不願意她在裡面，也可以接出來。」家樹也不忍多問了，便付了出診費，讓大夫走。沈大娘垂淚道：「我讓這孩子拖累的不得了，若有養病的地方，就送她去吧。我只剩一條身子，哪怕去幫人家呢，也好過活了。」家樹看鳳喜的病突然有變，也覺家裡養不得病。設若家裡人看護不周，真許她會鬧出什麼意外，只是怕沈大娘不答應，也就不能硬作主張；現在她先宣告要把鳳喜送到瘋人院去，那倒很好，就答應願補助瘋人院的費用，明天叫瘋人院用病人車來接鳳喜。大家把這件事商量了個段落，沈大娘已將白爐子新添了一爐紅火進來，她端了個方凳子，遠遠的離了火坐著，十指交叉，放在懷裡，只管望了火，垂下淚來道：「以後我剩一個孤鬼了，這孩子活著像……」連忙抄起衣襟捂了嘴，肩膀顫動著，只管哽咽。秀姑道：「大嬸！你別傷心。要不，你跟我們到鄉下過去。」壽峰道：「你是傻話了。人家一塊肉放在北京城裡呢，丟得開嗎？」家樹萬感在心，今天除非不得已，總是低頭不說話，這時忽然走近一步，握著壽峰的手道：「大叔！我問了好幾次了，你總不肯將住所告訴我，現在我有一個兩全的辦法，不知道你容納不容納？」壽峰摸了鬍子道：「我們也並不兩缺呀，要什麼兩全呢？」家樹被他一駁，倒愣住了不能說了。壽峰將他的手握著，搖了兩搖道：「你的意思我明白了。什麼辦法呢？」家樹偷眼看了看秀姑，見她端了一杯熱茶，喝一口，微微呵一聲，似乎喝得很痛快，因道：「我們學校裡，要請國術教師，始終沒有請著，我想介紹大叔去。我們學校，也是鄉下，附近有的是民房，您就可以住在那裡，而且我們那裡有附屬平民的中小學，大姑娘也可以讀書，將來我畢了業，我還可以陪大叔國裡國外，大大的遊歷一趟。」說著，偷眼看秀姑，秀姑卻望著她父親微笑道：「我還唸書當學生去，這倒好，八十歲學吹鼓手啦。」壽峰點點頭道：「你這意思很好。過兩天，天氣晴得暖和了，你到西山環翠園我家裡去仔細商量吧。」家樹不料壽峰毫不躊躇，就答應了，卻是苦悶中的一喜，因道：「大叔家裡就住在那裡嗎？這名字真雅。」壽峰道：「那也是原來的名字罷了。」沈三玄在屋裡進進出出，找不著一個搭言的機會，這時便插嘴道：「這地方很好，我也去過哩。」他說著，也沒有誰理他。他又道：「樊大爺！你還唸書嗎？你隨便就可弄個差使了。你叔老太爺不是很闊麼？你若是肯提拔提拔我，要不，……嘿嘿！……給我薦個事，賞碗飯吃。」家樹見他的樣子，就不免煩惱，聽了這話，加倍的不入耳，突然站起來，望著他道：「你們的親戚，比我叔叔闊多著呢。」只說了這兩句，坐下來望著他，又作聲不得。壽峰道：「嗳！老弟！你為什麼和他一般見識？三玄！你還不出去麼？」沈三玄垂了頭，出屋子去了。沈大娘正想有番話要說，又默然了。壽峰道：「好大雪！我們找一個賞雪的地方，喝兩盅去吧。」家樹也真坐不住了，便穿了大衣起身。正要走時，卻聽到微微有歌曲之聲，仔細聽時，卻是「……忽聽得孤雁一聲叫，叫得人真個魂銷呀。可憐奴的天啦，天啦！郎是個有情的人，如何……」這正是鳳喜唱著《四季相思》的秋季一段。淒楚婉轉，還是當日教她唱的那種音韻，不覺呆了。壽峰道：「你想什麼？」家樹道：「我的帽子呢！」壽峰道：「你的帽子，不是在你頭上嗎？你真也有些精神恍惚了。」家樹一摸，這才恍然，未免有點不好意思，馬上就跟了壽峰走去。

二人在中華門外，找了一家羊肉館子，對著皇城裡那一片瓊樓玉宇，玉樹瓊花，痛飲了幾杯。喝酒的時間，家樹又提到請壽峰就國術教師的事，壽峰道：「老弟！我答應了你，是冤了你；不答應你，是埋沒了你的好意。我告訴你說，我是為沈家姑娘，才在大喜衚衕借住幾天，將來你到我家裡去看看，你就明白了。」家樹見老頭子不肯就，也不多說。壽峰又道：「我們都有心事，悶酒能傷人，八成兒就夠，別再喝了。你精神不大好，回家去休息吧。醫院的事，你交給我了，明天上午，大喜衚衕會。」家樹真覺身子支援不住，便作別回家。到了次日，天色已晴；北方的冬雪，落下來是不容易化的。家樹起來之後，便要出門，伯和說：「吃了半個多月苦，休息休息吧。滿城是雪，你往哪裡跑呢？」家樹不便當了他們的面走，只好忍耐著，等到不留神，然後才上大喜衚衕來。老遠的就看見醫院裡一輛接病人的廂車，停在沈家門口，走進她家門。沈大娘扶著樹，站在殘雪邊，哭得涕淚橫流，只是微微的哽咽著，張了嘴不出聲，也收不攏來。秀姑兩個眼圈兒紅紅的跑了出來，輕輕的道：「大嬸！她快出來了，你別哭呀。」沈大娘將衣襟掀起，極力的擦乾眼淚，這才道：「大爺！你來得正好，不枉你們好一場，你送送她吧。這不就是送她進棺材嗎？」說著，又哽咽起來。秀姑擦著淚道：「你別哭呀，快點讓她上車，回頭她的脾氣犯了，可又不好辦。」家樹見她這樣，也為之黯然，在一邊移動不得。壽峰在裡面喊道：「大嫂！你進來攙一攙她吧。」沈大娘在外面屋子裡，用冷手巾擦了一把臉，然後進屋去。不多一會兒，只見壽峰橫側身子，兩手將鳳喜抄住，一路走了出來。鳳喜的頭髮，已是梳得油光，臉上還撲了一點胭脂粉，身上卻將一件紫色緞夾衫罩在棉袍上，下面穿了長統絲襪，又是一雙單鞋。沈大娘並排走著，也攙了她一隻手，她微笑道：「你們怎麼不換一件衣裳？箱子裡有的是，別省錢啦！」她臉上雖有笑容，但是眼光是直射的。出得院來，看見家樹，卻呆視著，笑道：「走呀！」我們聽戲去呀，車在門口等著呢。」望了一會，忽然很驚訝的將手一指道：「他，他，他是誰？」壽峰怕她又鬧起來，夾了她便走。連道：「好戲快上場了。」鳳喜走到大門邊，忽然死命的站住，嚷道：「別忙，別忙！這地下是什麼？是白麵呢，是銀子呢？」沈大娘道：「孩子！你不知道嗎？這是下雪。」她這樣一耽誤，家樹就走上前了，鳳喜笑道：「七月天下雪，不能夠。我記起來了，這是作夢。夢見樊大爺，夢見下白麵。」說著，對家樹道：「大爺！你別嚇唬我，相片不是我撕的……」說著，臉色一變，要哭起來，汽車上的院役，只管向壽峰招手，意思叫他們快上車。壽峰又一使勁，便將鳳喜抱進了車廂。卻只有沈大娘一人跟上車去，她伸出一隻手來，向外亂招。院役將她的手一推，砰的一聲關住了車門，車廂上有個小玻璃窗，鳳喜卻扒著窗戶向外看，頭髮又散亂了，衣領也歪了，卻只管對著門口送的人笑道：「聽戲去……」地上雪花亂滾，車子便開走了。

關氏父女、沈三玄和家樹同站在門口，都作聲不得。家樹望了門口兩道很寬的車轍，印在凍雪上，嘆了一口氣，只管低著頭抬不起來，壽峰拍了他的肩膀道：「老弟！你回去吧。五天後，西山見。」家樹回頭看秀姑時，她也點頭道：「再見吧。」在她說這三個字，嘴角微動，似乎收了淚痕要笑，而又笑不出來。家樹一點頭，正待要走，沈三玄滿臉堆下笑來，向家樹請了一個安道：「過兩天我到陶公館裡和大爺問安去，行嗎？」家樹隨在身上掏了幾張鈔票，向他手上一塞，板著臉道：「以後我們彼此不認識。」回頭對壽峰道：「我五天後準到。」掉轉身便走了。這時地下的凍雪，本是結實的，讓行人車馬一踏，又更光滑了。家樹只走兩步，撲的一聲，便跌在雪裡。壽峰趕上前來，問怎麼了？家樹站起來，說是路滑，撲了一撲身上的碎雪，兩手抄了一抄大衣領子，還向前走。不知道什麼緣故，也不過再走了七八步，腳一滑，人又向深雪裡一滾，秀姑喲了一聲，跑上前來，正待彎腰扶他，見他已爬起來，便縮了手。家樹站起來，將手扶著頭，皺眉頭道：「我是頭暈吧，怎麼連跌兩回呢？」這時恰好有兩輛人力車過來，秀姑都僱了，對家樹笑道：「我送你到家門口吧。」壽峰點點頭道：「好！我在這裡等你。」家樹口裡連說不敢當，卻也不十分堅拒，二人一同上車，家樹車在前，秀姑車在後，路上和秀姑說幾句話，她也答應著；後來兩輛車，慢慢離遠，及至進了自己衚衕口時，後面的車子，不曾轉過來，竟自去了。家樹回得家去，便倒在一張沙發上躺下，也不知心裡是爽快，也不知心裡是悲慘；只推身子不舒服，就只管睡著。因為樊端本明天一早要回任去，勉強起來，陪著吃了一餐晚飯，便早睡了。

次日，樊端本走了，自己也回學校去，師友們見了，少不了又有一番慰問。及至聽說家樹是壽峰秀姑救出來的，都說要見一見，最好就請壽峰當國術教師。家樹見同學們倒先提議了，正中下懷。到了第五天的日子，坐了一輛汽車，繞著大道直向西山而來。到了碧雲寺附近，向鄉民一打聽，果然有個環翠園，而且園門口有直達的馬路。就叫汽車伕，一直開向環翠園。及至汽車停了，家樹下車一看，不覺吃了一驚。這裡環著山麓，一周短牆，有一個小花園在內，很精緻的一幢洋樓，迎面而起。家樹一人自言自語道：「不對吧。他們怎麼會住在這裡？」心裡猶豫著，卻儘管對那幢洋樓出神，在門左邊看看，在門右邊又看看。正是進退莫定的時候，忽然看見秀姑由樓下走廊子上跳了下來，一面向前走，一面笑著向家樹招手道：「進來啊！怎樣望著呢？」家樹向來不曾見秀姑有這樣活潑的樣子，這倒令人吃一驚了，因迎上前去問道：「大叔呢？」秀姑笑道：「他一會兒就來的，請裡面坐吧。」說著，她在前面引路，進了那洋樓下，就引到一個客廳去。

這裡面陳設得極華麗，兩個相連的客廳，一邊是紫檀雕花的家具，配著中國古董，一邊卻是西洋陳設，和絨面沙發。家樹心想，小說上常形容一個豪俠人物家裡，如何富等王侯，果然不錯。心裡想著，只管四面張望，正待去看那面字畫上的上款，秀姑卻伸手一攔，笑道：「就請在這邊坐。」家樹哪裡見她這樣隨便的談笑，更是出於意外了。笑道：「難道這還有什麼祕密嗎？」秀姑道：「自然是有的。」家樹道：「這就是府上嗎？」秀姑聽到，不由格格一笑，點頭道：「請你等一等，我再告訴你。」這時，有一個聽差送茶來，秀姑望了他一望，似乎是打個什麼招呼，接上便道：「樊先生！我們上樓去坐坐吧。」家樹這時已不知到了什麼地方，且自由她擺布，便一路上樓去。到了樓上，卻在一個書室裡坐著，書室後面，是個圓門，垂著雙幅黃幔，這裡更雅緻了，黃幔裡彷彿是個小佛堂，有好些掛的佛像，和供的佛龕。家樹正待一探頭看去，秀姑嚷了一聲客來了。黃幔一動，一個穿灰布旗袍的女子，臉色黃黃的，由裡面出來。兩人一見，彼此都吃驚向後一縮，原來那女子卻是何麗娜。她先笑著點頭道：「樊先生好哇！關姑娘只說有個人要介紹我見一見，我不料是您。」家樹一時不能答話，只呀了一聲，望著秀姑道：「這倒奇了。二位怎麼會在此地會面？」秀姑微笑道：

「大概樊先生是要認為驚人之筆了，說起來，這還得多謝您在公園裡給我們那一番介紹。我搬出了城，也住在這裡近邊，和何小姐成了鄉鄰。有一天，我走這園子門口，遇到何小姐，我們就來往起來了。她說：『搬到鄉下來住，要永不進城了。對人說，可說是出了洋哩。』我們這要算是在外國相會了。」說著，又吟吟微笑，家樹聽她說畢，恍然大悟。此處是何總長的西山別墅，倒又入了關氏父女的圈套了。對著何麗娜，又不便說什麼，只好含糊著道：「恕我來得冒昧了。」何麗娜雖有十二分不滿家樹，然而滿地的雪，人家既然親自登門，卻當極端原諒。因之也不追究他怎樣來的，免得他難為情，就很客氣的，讓他和秀姑在書房裡坐下。笑問道：「什麼時候由天津回來的？」家樹隨答：「也不多久呢。」問：「陶先生好？」答：「他很好。」問：「陶太太好？」答：「她也好。」問：「前幾天這裡大雪，北京城裡雪也大嗎？」家樹道：「很大的。」問到這裡，何麗娜無甚可問了，便按鈴叫聽差倒茶。聽差將茶送過了，何麗娜才想起一事，向秀姑笑道：「令尊大人呢？」秀姑將窗幔掀起一角，向樓下指道：「那不是？」家樹看時，見園牆外，有兩匹驢子，一隻駱駝，駱駝身上，堆了幾件行李，壽峰正趕著牲口到門口呢。家樹道：「這是做什麼？」秀姑又一指道：「你瞧，那叢樹下，一幢小屋，那就是我家了。這不是離何小姐這裡很近嗎？可是今天，我們爺兒就辭了那家，要回山東原籍了。」家樹道：「不能吧。」只說了這三字，卻接不下去。秀姑卻不理會，笑道：「二位！送送我哇。」說了，起身便下樓，何麗娜和家樹便一齊下樓，跟到園門口來。壽峰手上拿了小鞭子，和家樹笑著拱了拱手道：「你又是意外之事吧？我們再會了！我們再會了！」何麗娜緊緊握了秀姑的手，低著聲道：「關姑娘！到今日，我才能完全知道你，你真不愧……」秀姑連連搖手道：「我早和您說過，不要客氣的。」說時，她撒開何麗娜的手，將一匹驢子的轠繩，理了一理。壽峰已是牽一匹驢子在手，家樹在壽峰面前站了許久，才道：「我送您一程，行不行？」壽峰道：「可以的。」秀姑對何麗娜笑著道了一聲保重，牽了一匹驢子和那匹駱駝先去。家樹隨著壽峰也慢慢走上大道，因道：「大叔！我知道你是行蹤無定的，誰也留不住，可不知道我們還能會面嗎？」壽峰笑道：「人生哪有不再相逢的，你還不明白嗎？只可惜我為你盡力，兩分只盡了一分罷了。天氣冷，別送了。」說著和秀姑各上驢背，加上一鞭，便得得順道而去。

秀姑在驢上先回頭望了兩望，約跑出幾十丈路，又帶了驢子轉來，一直走到家樹身邊，笑道：「真的，你別送了，仔細中了寒。」說畢，一掉驢頭，飛馳而去。卻有一樣東西，由她懷裡取出，拋在家樹腳下。家樹連忙撿起看時，是個紙包，開啟紙包，有一縷烏而且細的頭髮，又是一張秀姑自己的半身相片，正面無字，翻過反面一看，卻有兩行字道：「何小姐說：你不贊成後半截的十三妹，您的良心好，眼光也好，留此作個紀念吧。」家樹唸了兩遍，猛然省悟，抬起頭來，她父女已蹤影全無了。對著那斜陽偏照的大路，不覺灑下幾點淚來。這時身後有人道：「這爺兒倆真好，我也捨不得啊！」家樹回頭看時，卻是何麗娜追來了，她笑道：「樊先生！能不能到我們那裡去坐坐呢？」家樹連忙將紙包向身上一塞，說道：「我要先到西山飯店去開個房間，回頭再來暢談吧。」何麗娜道：「那麼，你今天不回城了，在我舍下吃晚飯好嗎？」家樹不便不答應，便說準到。於是別了何麗娜，步行到西山飯店，開了一個窗子向外的樓房，一人坐在窗下，看看相片，又看看大路，又看看那一縷青絲，只管想著：這種人的行為真猜不透，究竟是有情是無情呢？照相片上的題字說，當然她是個獨身主義者；照這一縷頭髮說，舊式的女子，豈肯輕易送人的；她就未曾剪髮，何等寶貴頭髮，用這個送我，交情之深，更不必說了。可是她一拉我和風喜復合，二拉我和麗娜相會，又絕不是自謀的人。越想越猜不出個道理來，只管呆坐著，到了天色昏黑，何麗娜派聽差帶了一乘山轎來，說是汽車伕讓他休息去了，請你坐轎子去吃飯。家樹也是盛意難卻，便放下東西，到何家別墅來。那樓下客廳，這時點了一盞小汽油燈，已是照得如白晝一般。剛一進門，脫下大衣，何麗娜便迎上前來，代聽差接著大衣和帽子；一見帽子上有許多雪花，便道：「又下雪了嗎？這是我大意了，這裡的轎子，是個名目，其實是兩根槓子，抬一把椅子罷了。讓你吹一身雪，受著寒，該讓汽車接你才好。」家樹笑道：「沒關係，沒關係。」說著搓了搓手，便靠近爐子坐著。爐子裡轟轟的響，火勢正旺，一室暖氣如春；客廳裡桌上茶几上，擺了許多晚菊和早梅的盆景，另外還有秋海棠和千樣蓮之屬，正自欣欣向榮。家樹只管看著花，先坐了看，轉身又站起來看。何麗娜道：「這花有什麼好看的嗎？」便也走過來，家樹見她臉上已薄施脂粉，不是初見那樣黃黃的了。因道：「屋外下雪，屋裡有鮮花，我很佩服北京花兒匠技巧。」何麗娜見他說著，目光仍是在花上，自己也覺得羞答答的，便道：「請你喝杯熱茶，就吃飯吧。」說著，親自端了一杯熱茶給他。家樹剛一接茶杯，便有一陣玫瑰花香，正是新徹的玫瑰茶呢。家樹喝著茶，何麗娜便同著一個女僕，在一張圓桌上，相對陳設兩副筷碟。接著送上菜來，只是四碗四碟，都是素的，一邊放下一碗白飯，也沒有酒；最特別的，兩個銀燭臺，點著一雙大紅洋蠟燭，放在上方，何麗娜笑道：「鄉居就是一樣不好，沒有電燈。」家樹倒也沒注意她的解釋，便將拿在手上出神的茶杯放了，和她對面坐下吃飯。何麗娜將筷子撥了一撥碗裡菜，笑道：「對不住，全是素菜。不過都是我親手做的。」家樹道：「那真不敢當了。」何麗娜等他吃了幾樣菜，便問口味怎樣？家樹說好。何麗娜道：「蔬菜吃慣了，那是很好的。我一到西山來，就吃素了。」說著，望了家樹，看他怎樣問話。他不問，卻贊成道：「吃素我也贊成，那是很衛生的呀。」何麗娜見他並不問所以然，也只得算了。一直等飯吃完了，女僕來送手巾，收碗筷，收拾已畢，桌上就剩兩支紅燭；何麗娜和家樹對面在沙發上坐下，各端了一杯熱氣騰騰的玫瑰茶，慢慢呷著。何麗娜望了茶几上的一盆紅梅，問道：「你以為我吃素是為了衛生嗎？你都不知道，別人更不知道了。」家樹停了一停，才哦了一聲道：「是了。密斯何現在學佛了。一個在黃金時代的青年，為什麼這樣消極呢？」何麗娜抿嘴一笑，放下了茶杯，因走到屋旁話匣子邊，開了匣子，一面在一個櫥屜裡取出話片來放上，一面笑道：「為什麼呢？你難道一點不明白嗎？」她並不曾注意是什麼電影，一唱起來，卻是一段《黛玉悲秋》的大鼓書。家樹一聽到「那清清冷冷的瀟湘院，一陣陣的西風吹動了綠紗窗。」不覺手上的茶杯子向下一落，啊呀了一聲。所幸落在地毯上，沒有打碎，只潑出去了一杯熱茶。何麗娜將話匣子停住，連問怎麼了？家樹從從容容撿起茶杯來，笑道：「我怕這淒涼的調子。」何麗娜笑道：「那麼，我換一段你愛聽的吧。」說著，換了一張電影了。那電影有大段道口，有一句是：「你們就對著這紅燭磕三個頭。」這正是《能仁寺》十三妹的一段，家樹記起那晚聽戲的事，不覺一笑道：「密斯何！你好記心。」何麗娜開了話匣子站到家樹面前，笑道：「你的記心也不壞……」只這一句，拍的一聲窗戶大開，卻有一束鮮花，由外面拋了進來。家樹走上前，撿起來一看，花上有一個小紅綢條，上面寫了一行字道：「關秀姑鞠恭敬賀！」連忙向窗外看時，大雪初停，月亮照在積雪上，白茫茫一片乾坤，皓潔無痕，哪裡有什麼人影。家樹忽然心裡一動，覺得萬分對秀姑不住，不覺悲從中來，猛然的墜下幾點淚來。何麗娜因窗子開了，吹進一絲寒風，將燭光吹得閃了兩閃，連忙將窗子關了，隨手接過這一束花來。家樹手上卻抽下了一枝白色的菊花拿著，兀自背著燭光，向窗子立著。何麗娜將花上的綢條看了一看，笑道：「你瞧，關家大姑娘，給我們開這大的玩笑。」家樹依然背立著，並不言語。何麗娜道：「她這樣來去如飛的人，哪裡會讓你看到？你還呆望了作什麼！」家樹道：「眼睛裡面，吹了兩粒沙子進去了。」說著，用手絹擦了眼睛，回轉頭來。何麗娜一想，到處都讓雪蓋著，哪裡來的沙子？笑道：「眼睛和愛情一樣，裡面雜不得一粒沙子的，你說是不是？」說著眉毛一揚，兩個酒窩兒一漩，望了家樹。

家樹呆呆的站著，左手拿了那枝菊花，右手用大拇指食指，只管撚那花乾兒。半晌，微微的笑了一笑。正是……畢竟人間色相空，伯勞燕子各西東。可憐無限難言隱，只在拈花一笑中。然而何麗娜哪裡會知道這一笑命意的曲折，就一伸手，將紫色的窗幔，掩了玻璃窗，免得家樹再向外看。那屋裡的燈光，將一雙人影，便照著印在紫幔上。窗外天上那一輪寒月，冷清清的，孤單單的，在這樣冰天雪地中，照到這樣春氣蕩漾的屋子，有這風光旖旎的雙影，也未免含著羨慕的微笑哩。

雪地忍衣單熱衷送客

山樓苦境寂小病留蹤

卻說西山的何氏別墅中，紫色的窗幔上，照著一雙人影。窗外冰天雪地中的一輪涼月，也未免對了這旖旎的風景，發生微笑。這兩個人影，一個是樊家樹，一個是何麗娜，影子是那樣倚傍一處，兩個人也就站著不遠。何麗娜眉毛一揚，兩個酒窩兒掀動起來，她沒有說話，竟是先笑起來了。家樹笑道：「你今天太快活了吧？」何麗娜笑道：「我快活，你不快活嗎？」說著，微微的搖了一搖頭，又笑道：「你不見得會快活吧？」家樹道：「我怎麼不快活？在西山這地方，和『出洋』的朋友見面了。」何麗娜笑著，也沒有什麼話說，向沙發椅子上引著道：「請坐，請坐。」家樹便坐下了。

何麗娜見家樹終於坐下，就親自重斟了一杯熱熱的玫瑰茶，遞到家樹手上，自己卻在他對面，一個錦墩上坐著。家樹呷了茶，眼望了茶杯上出的熱氣，慢慢的看到何麗娜臉上，笑道：「何女士，你現在可以回城去了吧？」他說這句話不要緊，何麗娜心裡，不覺蕩漾了一下。因為這句話以內，還有話的。自己是為婚姻不成功，一生氣避到西山來的。他現在說可以回城了吧，換句話說，也就是不必生氣了。不必生氣了，就是生氣的那個原因，可以消滅了。她不覺臉上泛起兩朵紅雲，頭微微一低。心裡可也就跟著為難：說是我回城了，覺得女兒家，太沒有身分，在情人面前，是一隻馴羊。可是說不回城去，難道自己還和他鬧氣嗎？那末，這個千載一時的機會，又要失去了。縱然說為保持身分起見，也說含混一點，但是自己絕對沒有那個勇氣。究竟她是一個聰明女郎，想起剛才所說，眼睛和愛情一樣，裡面夾不得一粒沙子，便笑道：「你眼睛裡那一粒沙子，現在沒有了嗎？」家樹微微點點頭道：「沒有沙子了，很乾淨的。」他雖是那樣點了頭，可是他的眼光，卻並不曾向她直視著，只是慢慢的呷著茶，看了桌上那對紅燭的燭花……

何麗娜看看家樹，見他不好意思說話，不便默然，於是拿出往日在交際場中那灑脫的態度來，笑道：「茶太熱了吧，要不要加點涼的？」家樹道：「不用加涼的，熱一點好。」何麗娜也不知是何緣故，突然噗嗤一聲笑了出來。笑畢，身子跟著一扭。家樹倒也愕然，自己很平常的說了這樣一句話，為什麼惹得她這樣大笑？喝玫瑰茶，是不能熱一點的嗎？他正怔怔的望著，何麗娜才止住了笑向他道：「我是想起了一件事，就笑起來了，並不是笑你回答我的那一句話。」家樹忽然有一點省悟，她今天老說雙關的話，大概這又是雙關的問話，自己糊裡糊塗的答覆，對上了她那個點子了。當然，這是她願聽的話，自然是笑了。自己老實得可憐，竟是在一個姑娘當面，讓人家玩了圈套了。便舉起茶杯來一飲而盡，然後站了起來道：「多謝密斯何，吵鬧了你許久，我要回旅館去了。」何麗娜道：「外面的雪很深，你等一等，讓我吩咐汽車伕開車送你回去。」說著，她連忙跑到裡面屋子裡去拿了大衣和帽子出來，先將帽子交給家樹，然後兩手提了大衣，笑著向他點頭，那意思是讓他穿大衣。

這樣一來，家樹也不知如何是好，向後退了一步，兩手比著袖子，和她連連拱了幾下手道：「不敢當，不敢當！」何麗娜笑道：「沒關係，你是一個客，我做主人的招待招待那也不要緊。」家樹穿是不便穿，只好兩手接過大衣來，自行穿上。何麗娜笑道：「別忙走呀，讓我找人來送。」家樹道：「外面雖然很深的雪，可月亮是很大的！」他一面說，一面就向外走。何麗娜說是吩咐人送，卻並沒有去叫人，輕輕悄悄的就在他身後緊緊的跟了出來。由樓下客廳外，直穿過花坪，就送到大門口來。

家樹剛到大門口，忽然一陣寒氣，夾著碎雪，向人臉上、脖子上直灑過來，這就想起何麗娜身上，還穿的是灰布起袍，薄薄的份量，短短的袖子，怎樣可以抗冷？便回轉身道：「何女士請回吧，你衣裳太單薄。」何麗娜道：「上面是月，下面是雪，這景緻太好了，我願意看看。」家樹道：「就是要看月色，也應當多穿兩件衣服。」何麗娜聽說，心裡又蕩漾了一下，站在門洞子裡避著風，且不進去，遲疑了一會，才低聲道：樊先生明天不回學校去嗎？說吧。」何麗娜道：「那末，明天請在我這裡午飯。就是要回學校，也吃了午飯去。」說到這裡，女僕拿著大衣送了來，汽車伕也將車子開出大門來。何麗娜笑道：「人情做到底，我索性送樊先生回旅館去。」說時，她已把大衣穿了，開了汽車門，就坐上車去等著。這是何小姐的車子，家樹不能將主角從她自己車子上轟了下來，只得也跟著坐上車來，笑道：「象主角這樣殷勤待客的，我實在還是少見。」何麗娜笑道：「本來我閒居終日，一點事情沒有，也應該找些事情做做呀。」

二人說著話，汽車順了大道，很快的已經到了西山旅館門口。家樹一路之上，心裡也就想著：假使她下車還送到旅館裡面去，那倒讓自己窮於應付了……可這時何麗娜卻笑道：恕我不下車了，明天見吧。隻手在車外招了兩招呢。

當時家樹走進旅館裡，茶房開了房門，先送了一個點了燭的燭臺進來，然後又送上一壺茶，便向家樹道：「不要什麼了嗎？」家樹聽聽這旅館裡，一切聲音寂然。鄉下人本來睡得很早，今晚又是寒夜，大概都安歇了，也沒有什麼可要，便向茶房擺了一擺頭，讓他自去。這屋子裡爐火雖溫，只是桌上點了一支白蠟燭，發出那搖搖不定的燭光，在一間很大的屋子裡，更覺得這光線是十分微弱。自己很無聊的，將茶壺裡的茶，斟上一杯。那茶斟到杯子裡，只有玲玲玲的響聲，一點熱氣也沒有，喝到嘴裡和涼水差不多，也僅僅是不冰牙罷了。他放下茶杯，隔了窗紗，向外面看看，月光下面的雪地，真是銀裝玉琢的世界。家樹手掀了窗紗，向外面呆看了許久，然後坐在一張椅子上，只望了窗子出神。心裡就想著：這樣冷冷靜靜的夜裡，不知關氏父女投宿在何處？也不知自己去後，何麗娜一人坐汽車回去，又作何種感想？他只管如此想著，也不知混了多少時間，耳邊下只聽到樓下面的鐘，噹噹敲上了一陣，在鄉郊當然算是夜深的了，自己也該安歇了吧。於是展開了被，慢慢的上床去睡著。因為今天可想的事情太多了，靠上枕頭，還是不住的追前揣後想著……

待到次日醒來，這朝東的窗戶，正滿滿的，曬著通紅的太陽。家樹連忙翻身起床，推開窗紗一看，雪地上已經有不少的人來往。可是旅館前的大路，已經被雪遮蓋著，一些看不出來了。心想：昨天的汽車，已經打發走了，這個樣子，今天要回學校去已是不可能，除非向何麗娜借汽車一坐。但是這樣一來，二人的交情進步，可又要公開到朋友面前去了。第一是伯和夫婦，又要進行「喝冬瓜湯」的那種工作了。想了一會，覺得西山的雪景，很是不壞，在這裡多耽擱一天，那也無所謂。於是吩咐茶房，取了一份早茶來，靠了窗戶，望著窗外的雪景，慢慢的吃喝著。吃過了早茶，心裡正自想著：要不要去看一看何麗娜呢？果然去看她，自己的表示，就因昨晚一會，太切實了。然而不去看她，在這裡既沒有書看，也沒有朋友談話，就這樣看雪景混日子過嗎？如此想著，一人就在窗子下徘徊。

忽然，一輛汽車很快的開到旅館門前。家樹認得，那是何麗娜的車子，不想自己去訪她不訪她這個主意未曾決定，人家倒先來了。於是走出房來，卻下樓去相迎，然而進來的不是何小姐，乃是何小姐的汽車伕。他道：「樊先生，請你過去吧，我們小姐病了。」家樹道：「什麼，病了？昨天晚上，我們分手，還是好好的呀。」汽車伕道：「我沒上樓去瞧，不知道是什麼病。據老媽子說，可病得很厲害呢！」家樹聽說，也不再考慮，立刻坐了來車到何氏別墅。女僕早是迎在樓梯邊，皺了眉道：「我們小姐燒得非常的厲害，我們要向宅裡打電話，小姐又不許。」家樹道：「難道到現在為止，宅裡還不知道小姐在西山嗎？」女僕道：「知道了幾天了，這汽車不就是宅裡打發著來接小姐回去的嗎？」

家樹說著話，跟了女僕，走進何麗娜的臥室。只見一張小銅床，斜對了窗戶，何麗娜捲了一床被躺著，只有一頭的亂髮，露在外面。她知道家樹來了，立刻伸出一隻雪白的手臂，將被頭壓了一壓，在軟枕上，露出通紅的兩頰來。她看到家樹，眼珠在長長的睫毛裡一轉，下巴微點著，那意思是多謝他來看病。家樹隨伸手去摸一摸她，覺得不對：她又不是鳳喜！

在家樹手一動，身子又向後一縮的時候，何麗娜已是看清楚了，立刻伸手向他招了一招道：「你摸摸我的額頭，燒得燙手呢。」家樹這就不能不摸她了，走近床邊，先摸了她的額頭，然後又拿了她的手，按了一按脈。何麗娜就在這時候連連咳嗽了幾聲。家樹道：「這病雖來的很猛，我想，一定是昨晚上受了涼感冒了。喝一碗薑湯，出一身汗，也就好了。」何麗娜道：「因為如此，所以我不願意打電話回家去。」家樹笑道：「這話可又說回來了，我可不是大夫，我說你是感冒，究竟是瞎猜的，設若不是的呢，豈不耽誤了醫治？」何麗娜道：「當然是的。醫治是不必醫治，不過病裡更會感到寂寞。樹笑道：「不知道我粗手大腳的，可適合看護的資格？假使我有那種資格的話，……」何麗娜不等他說完，燒得火熾一般的臉上，那個小酒窩兒依然掀動起來，微笑道：「看護是不敢當。大雪的天，在我這裡閒談談就是了。我知道你是要避嫌疑的，那末，我移到前面客廳裡去躺著吧。」這可讓家樹為難了：是承認避嫌呢，還是否認避嫌呢？躊躇了一會子，卻只管笑著。何麗娜道：「沒關係，我這床是活動的，讓他們來推一推就是了。」

女僕們早已會意，就有兩個人上前，來推著銅床。由這臥室經過一間屋子，就是樓上的客室，女僕們在腳後推著，家樹也扶了床的銅欄杆，跟了床，一步一步的向外走。何麗娜的一雙目光，只落到家樹身上。

到了客廳裡，兩個女僕走開了。家樹就在旁邊一張椅子上坐了。他笑了，她也笑了。何麗娜道：「你笑什麼呢？」家樹道：「何女士的行動，似乎有點開倒車了，若是在半年以前，我想臥室裡也好，客廳裡也好，是不怕見客的！」何麗娜想了一想，才微微一搖頭道：「你講這話似乎很知道我，可也不盡然。我的起起向來是放浪的，我倒也承認，可是也不至於在臥室裡見客。我今天在臥室裡見你，那算是破天荒的行動呢！」家樹道：「那末，我的朋友身分，有些與人不同嗎？」何麗娜聽了這話，臉上是很失望的樣子，不作聲。家樹就站了起來，又用手扶了床欄杆，微低了腰道：「我剛才失言了。我的環境，你全知道，現在……」何麗娜道：「我不能說什麼了，現在是實盍E處此。」家樹道：「你剛才笑什麼呢？」何麗娜道：「我不能說。」家樹道：「為什麼不能說呢？」何麗娜嘆了一口氣道：無論是舊式的，或者是新式的，女子總是痴心的！手摸了床欄杆，說不出話來。何麗娜道：「你不要疑心，我不是說別的，我想在三個月以前，要你抵我的床欄杆邊推著我，那是不可能的！」家樹聽了這話，覺得她真有些痴心，便道：過去的事，不必去追究了。你身體不好，不必想這些。麗娜道：「你摸摸我的額頭，現在還是那樣發燒嗎？」家樹真也不便再避嫌疑，就半側了身子，坐在床上，用手去摸她的頭。

她的額頭，被家樹的手按著，似乎得了一種很深的安慰，微閉了眼睛，等著家樹撫摸。這個時候，樓上固然是寂然，就是樓下面，也沒有一點聲音，牆上掛的鐘，那機擺的響聲，倒是軋唧軋唧，特別的喧響。

過了許久，何麗娜就對家樹道：「你替我叫一叫人，應該讓他們給你做一點吃的了。」家樹道：「我早上已經吃過飯的，不忙，你不吃一點嗎？」何麗娜雖是不想吃，經家樹如此一問，也只好點了一點頭。於是家樹就真個替她作傳達之役，把女起叫了來，和她配製飲食。這一天，家樹都在何氏別墅中。到了晚半天，何麗娜的病，已經好了十之六七，但是她怕好得太快了，起人們會笑話，所以依然躺著，吃過晚飯，家樹才回旅館去。

次日早上，家樹索性不必人請，就直接的來了。走到客廳裡時，那張銅床，還在那裡放著。何麗娜已是披了一件紫絨的睡衣，用枕頭撐了腰，靠住床欄杆，捧了一本書，就著窗戶上的陽光看。她臉上已經薄薄的抹了一層脂粉，簡直沒有病容了。家樹道：「病好些嗎？」何麗娜道：「病好些了，只是悶得很。」家樹道：「那就回城去吧。」何麗娜笑道：「你這話不通！人家有病的人，還要到西山來養病呢；我在西山害了病，倒要進城去。」家樹道：「這可難了，進城去不宜於養病，在鄉下又怕寂寞。」何麗娜道：「我在鄉下住了這久，關於寂寞一層，倒也安之若素了。」家樹在對面一張椅子上坐了，笑問道：「你看的什麼書？」何麗娜將書向枕頭下一塞，笑道：小說。是男不愛女，或者男女都愛，男女都不愛。」何麗娜道：「我瞧的不是言情小說。」家樹道：「可是新式的小說，沒有男女問題在內，是不叫座的。有人要把愛因斯坦的相對論編到小說裡來，我相信那小說的主角，還是一對情侶。」何麗娜笑道：「你的思想進步了。這個世界，是愛的世界，沒有男女問題，什麼都枯燥。所以愛情小說儘管多，那不會討厭的。如人的面孔，雖不過是鼻子眼睛，可是一千個人，就一千個樣子。所以愛情的局面，也是一千個人一千個樣子。只要寫得好，愛情小說是不會雷同的。」家樹笑道：「不過面孔也有相同的。」何麗娜道：「面孔縱然相同，人心可不相同呀！」家樹一想，這辯論只管說下去，有些不大妙的，便道：「你不要看書吧。你煩悶得很，我替你開話匣子好嗎？」何麗娜點點頭道：「好的，我願聽一段大鼓。你在話匣子底下，擱妻子的第二個抽屜裡，把那第三張妻子拿出來唱。」家樹笑道：「次序記得這樣清楚。是一張什麼妻子，你如此愛聽？」

這話匣子，就在房屋角邊，家樹依話行事，取出話妻了一看，卻是一張《寶玉探病》，不由得微微一笑，也不做聲，放好妻子，就撥動開關。那話起報著名道：「萬歲公司，請紅姑娘唱《寶玉探病》。」何麗娜聽到，就突然「喲」了一聲。家樹倒不解所謂。看她說出什麼來，下回交代。

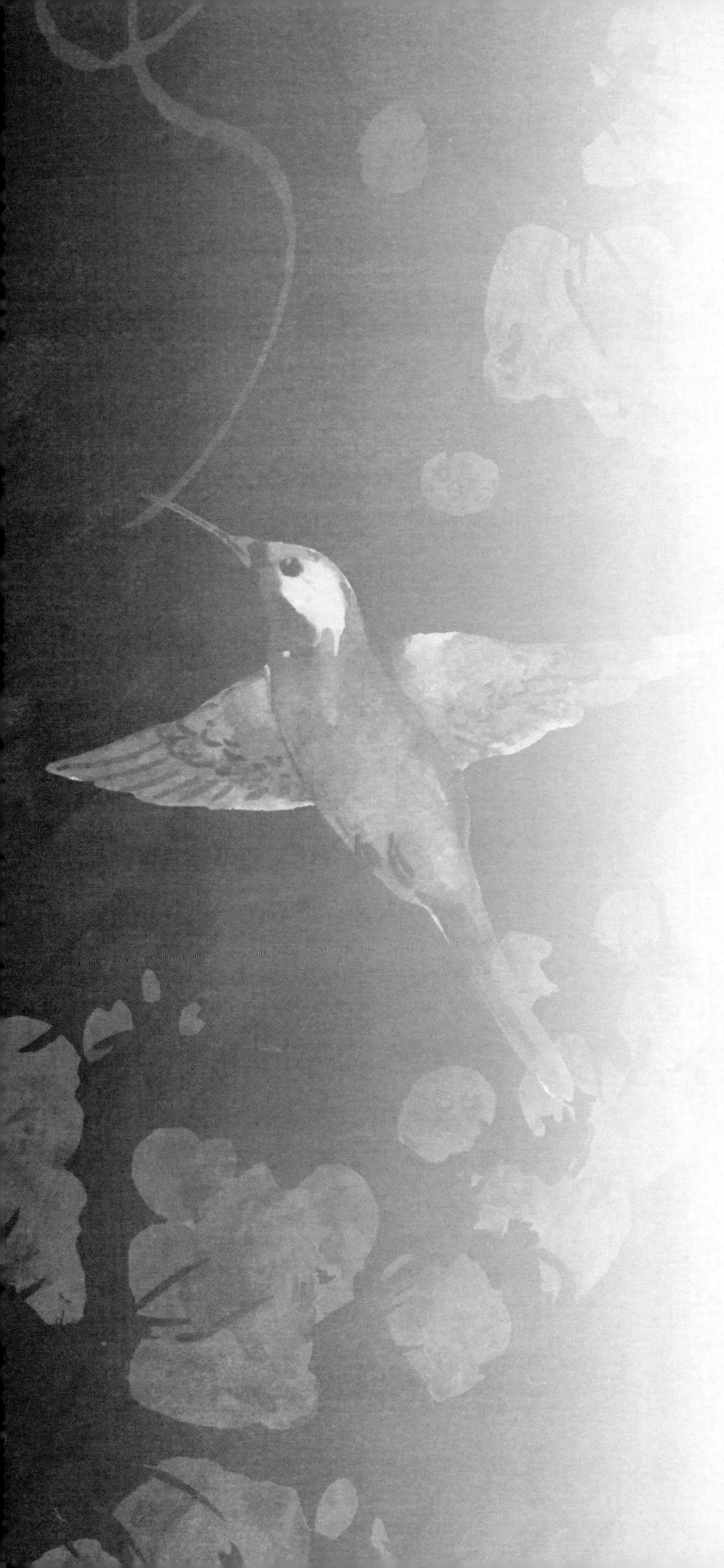

言笑如常同歸謁老父

莊諧並作小宴鬧冰人

卻說家樹將話匣子一開，報了《寶玉探病》，何麗娜卻喲子唱一遍，你怎麼唱起《寶玉探病》來了呢？」家樹不知道她的命意所在，聽說之後，立刻將話匣子關起來了。這才坐下來向她笑道：「這個妻子不能唱嗎？」何麗娜笑道：「你何必問我！我現在怎麼樣，你又來作什麼的？你把我當林黛玉，我怎樣敢當？」家樹一想，這真是冤枉，我何嘗要把你當林黛玉？而且我也不敢自比賈寶玉呀！便笑道：「這一段子錯，不知錯在我，也不知起錯在你？」何麗娜抿嘴微笑了一笑，向家樹身上打量了一番。家樹笑道：「得啦！就算是我的錯處，你別見怪。」何麗娜笑道：「喲！你那樣高比我，我還能怪你嗎？你若是願意唱，你就唱吧，我就勉強作個林黛玉。」

家樹聽了此話，也不知道是唱好，還是不唱好，只是向她微笑著。何麗娜又向他微笑了一笑，然後說道：「其實不必唱《寶玉探病》。百年之後，也許有人要編《家樹探病》呢。」家樹笑道：「你今日怎麼這樣快活，病全好了吧？」有了這一句話，才把何麗娜提醒：自己原是個病人，躺在床上的，怎麼如此高興呢？眼珠一轉，有了主意了，笑道：「所以我說，不配聽《寶玉探病》的妻子，我就學不會那多愁多病林姑娘的樣子。你再摸摸我看，我是一點也不發燒了。」家樹因她好好的靠在床欄杆上，不好意思摸她的腮和額頭，只彎了腰站在床邊，撫摸了她的手背，依然向後退一步，坐在椅子上。家樹看了她，她也看了家樹，二人對了視線，卻噗嗤一聲的笑了，大家也不知說什麼是好。

這時，女僕卻來報告，說是宅裡打了電話來請小姐務必回去，今天若不回去，明天一早，太太親自來接。何麗娜道：你回個電話，說我回去就是了。可是叮囑家裡，不許對外面說我回去了。」

女僕答應去了。家樹笑道：「回城以後，行蹤還要守祕密嗎？」何麗娜道：「並不是我有什麼虧心的事怕見人。可是你想想，那天我大大的熱鬧一場，在跳舞之後，與大家分手；結果，我不過是在西山住了些時，並沒有什麼偉大的舉動，那倒怪寒磣的。不但如此，我就回自己的家去，也有些不好意思。我無所謂而來，無所謂而去，不太顯著孩子起嗎？樊先生，我有一個無理的要求，你能答應嗎？」家樹心裡怦怦跳了兩下，心想她不開口則已，如果開了口，只有答應的了。這件事，倒有女子先向男子開口的嗎？便勉強的鎮靜著道：「你太客氣，怎麼說上無理的要求呢？只要是辦得到的，我一定照辦。」何麗娜笑道：「其實也沒有什麼了不得。請你念我是個病人，送我進城去。假使我父親在家呢，我介紹你談談；就是我父親不在家，你和我母親談談也好。」家樹心想：送她回家去，這倒可以說是我把她接回去的；起二呢，也好像我送上門去讓人家相親。然而儘管明白這個原因，卻已答應在先，盡力去辦，難道這還有什麼不能盡力的！表面上就慨然的答應了。何麗娜大喜，立刻下床踏了拖鞋，就進臥室裡面梳洗打扮去了。家樹一看這樣子，她簡直是沒有什麼病呢。

當日在何氏別墅中吃了午飯，兩個女僕收拾東西先行，單是何麗娜和家樹同坐了一輛汽車進城。何麗娜是感冒病，只要退了燒，病就算是好了的，所以在汽車上有說有笑。她說父親雖是一個官僚，然而思想是很新的，只管和他談話。母親是很仁慈的，對於女兒是十分的疼愛，女兒的話，她是極能相信的。家樹心裡想：這些話，我都沒有知道的必要，不過她既說了，自己不能置之不理，因之也就隨著她的話音，隨便答話，口裡不住的說「是」。何麗娜笑道：「你不該說『是』！你應該說『喳』！」家樹倒莫名起妙，問這是什麼意思？何麗娜笑道：「我聽說前清的聽差，答應老爺說話的時候，無論老爺笑他，罵他，申斥他，他總直挺挺的站著，低了腦袋，答應一個『喳』字。我瞧你這神氣，很有些把我當大老爺，所以我說你答覆我，應該說『喳』！不應該說『是』！」家樹笑了。何麗娜眼睛向他一瞅道：「以後別這樣，你不是怕我，就是敷衍我了。」家樹還只是笑，汽車已到了何家大門口。

汽車伕一按喇叭，門房探頭看到，早一路嚷了進去「小姐回來了，小姐回來了！」何麗娜先下車，然後讓家樹下車，家裡男女僕人，早迎到門口，都問：「小姐好哇？」何麗娜臉上那個酒窩，始終沒有起復起來，只說是「好」。大家向後一看，見跟著一個青年，有些人明白，各對了眼光，心裡說，敢怕是他勸回來的。何麗娜問道：「總長在家嗎？」答說：「聽說小姐要回來了，在家裡等著呢。」何麗娜向家樹點頭笑道：「你跟我來。少爺來了，就是口北關樊監督的侄少爺。」她說著，向後退一步，讓家樹前走。家樹心裡想著，送上門讓人家看姑爺了，這倒有些羞人答答，只得繃住了面子，跟了何麗娜走。

經過了幾重碧廊朱檻，到了一個精緻的客廳裡來。家樹剛坐定，何廉總長只穿了一件很輕巧的嗶嘰駝絨袍子，口裡銜了雪茄，緩步踱了進來。何麗娜一見，笑著跳了上前，拉住他的手道：「爸爸，我給你介紹這位樊君。你不是老說，少年人總要老成就好嗎？這位樊君，就是你理想中那樣一個少年。是我的好朋友，你得客氣一點，別端老伯的架子。」何廉年將半百，只有這個女兒，自她失蹤，寸心如割，好容易姑娘回來了，比他由署長一躍而為財政總長，還要高興十倍。雖然姑娘太撒嬌了，也不忍說什麼，笑道：「是了，是了，有客在此啦。」家樹看他很豐潤的面孔，留了一小撮短小的鬍子，手是圓粗而且白，真是個財政總長的相，於是上前一鞠躬，口稱老伯。何麗娜道：「請坐吧。」何廉這句話，是姑娘代說了，也就賓主坐下，寒暄了幾句，他道：「我宦海升沉，到了風燭之年，只有這個孩子，未免慣養一點，樊君休要見笑。」家樹欠身道：「女公子極聰明的，小侄非常佩服。早想過來向老伯請教，又怕孟浪了。在女公子口裡，知道老伯是個很慈祥的人。」何廉笑了。見家樹說話很有分寸，卻也歡喜，又問問他念些什麼書，喜歡什麼娛樂。談到娛樂，何麗娜坐在一邊，就接嘴了，笑道：「說了你也不相信。一個大學生，不會跳舞，也不會溜冰，也不會打牌。」何廉笑道：「淘起！你以為大學生對於這些事，都該會的嗎？」正說到這裡，聽差來說：「陶宅來了電話，問樊少爺就過去呢，還是有一會？」家樹坐在這裡，究竟有些侷促不安，便答道：「我就過去。」說著向何廉告辭。何廉道：「內人原想和樊君談一談，晚間無事嗎？到舍下來便飯。」何麗娜聽了這話，喜歡得那小酒窩兒，只管旋著，眼珠瞧了家樹。家樹看了她帶有十分希望著的神氣，心中實在不敢違拗，便答道：「請不要客氣。」何廉道：「伯和夫婦，請你代我約會一聲，我不約外人。」說著，送出內院門。

象何廉這種有身分的人，送客照例不能遠，而況家樹又是未來的姑爺，當然也就不便太謙，只送到這裡，就不送了。何麗娜卻將家樹送過了幾重院子。家樹道：「你回來，還沒有見伯母，別送了。」何麗娜道：「我也要吩咐汽車伕送你呀。」於是將家樹送到大門，直等他坐上了自己的汽車，才走到車門邊，向他低聲笑道：「陶太太又該和你亂開玩笑了。」家樹微笑著。何麗娜又笑道：「晚上見。」說著，給他代關了車門，於是車子開著走了。

何麗娜回轉身正要進去，卻有一輛站著四個衛兵的汽車，嗚的一聲，搶到門口。她知道是父親的客到了，身子一閃，打算由旁邊跨院裡走進去，然而那汽車上的客人走下來，老遠的叫了兩聲「何小姐」。她回頭看時，卻是以前當旅長、現在作統制的沈國英。他今天穿的是便服，看去不也是一個英俊少年嗎？他老早的將帽子取在手中，向何麗娜行一鞠躬禮。笑道：「呵喲！不料在這裡會到何小姐。」何麗娜笑道：「沈統制是聽到朋友說，我出洋去了，所以在家裡見著我，很以為破怪吧？」沈國英笑道：「對了，自那天跳舞會以後，我是欽佩何小姐了不得。次日就到府上來奉訪，不想說是何小姐走了。」何麗娜道：「對的，我本來要出洋，不想剛要動身就害了病，沒有法子，只好到西山去休養些時。我今天病好剛回來，連家母還沒有會面呢。請到裡面坐，我見了家母再來奉陪。」說畢，點個頭就進去了。

沈國英心想：這位何小姐，真是態度不可測。那次由天津車上遇到，她突然的向我表示好感，跳舞會裡，也是十分的親近，後來就迴避不見，今天見著了，又是這樣的冷淡，難道像我這樣一個少年得意的將領，她都不看在眼睛裡面嗎？……他在這裡沉吟著，何廉得了消息，已經遠迎出來。沈國英笑道：「剛才遇到令愛……」何廉道：「她昨天還病著，剛由西山回家，還沒有到上房去呢。」沈國英跟著何廉到內客室裡，見椅子上還有一件灰背大衣，便笑道：「剛才有女賓到此？」何廉道：「這就是小女回家來，脫下留在這裡的。因為有人送了她回家來，她在這裡陪著。」沈國英道：「怪不得剛才令愛在大門口送一輛汽車走了。這人由西山送何小姐回來，一定是交誼很厚的。」何廉沒有說什麼，只微笑了一笑。沈國英想了一想，心裡似乎有一句話想說出來，但是他始終不肯說，只和何廉談了一小時的軍國大事，也就去了。

何廉走回內室，只見夫人在一張軟榻上坐了，女兒靠了母親，身子幾乎歪到懷裡去。何廉皺了眉道：「麗娜一在家裡，就像三歲的小孩子一樣；可是一出去呢，就天不怕地不怕。」何麗娜坐正了道：「我也沒有什麼天不怕地不怕呀！有許多交際地方，還是你帶了我去的呢。」何太太拍了她肩膀一下道：給她找個厲厲害害的人，管她一管，就好了。家那孩子，就老實。」何太太道：「你不要把事情看得太準了，還說不定人家願意不願意呢。」何廉道：「其實我也不一定要給他。」何麗娜突然的站了起來，繃了臉子，就向自己屋子裡去，鞋子走著地板，還咚咚作響。何太太微笑著，向她身後只努嘴。聽不見她的鞋響了，何廉才微笑道：「這冤家對於姓樊的那個孩子，卻是用情很專。」何太太道：「那還不好嗎？難道你希望她不忠於丈夫嗎？這孩子一年以來，越來越浪漫，我也很發愁，既是她自己肯改過來，那就很好。」何廉卻也點了點頭，一面派人去問小姐，說是今晚請客，是家裡廚子做呢，還是館子裡叫去？小姐回了話：「就是家裡廚子做吧。」何廉夫婦知道姑娘不生氣了，這才落下一塊石頭。

到了晚上起點鐘，家樹同著伯和夫婦，一起來了。先是何麗娜出來相陪，起次是何廉，最後何太太出來。陶太太立刻迎上前問好，又向家樹招招手道：「表弟過來，你看這位老伯母是多麼好呵！」家樹過來，行了個鞠躬禮。何太太早是由頭至腳，看了個夠。這內客室裡，有了陶太太和何太太的話家常，又有何廉同伯和談時局，也就立刻熱鬧起來。

到了吃飯的時候，飯廳裡一張小圓桌上，早陳設好了杯筷。陶太太和伯和丟了一個眼色，就笑道：「我們這裡，是三個主人三個客，我同伯和乾脆上坐了，不必謙虛。二位老人家請挨著我這邊坐。家樹，你坐伯和手下。」這裡只設了六席，家樹下手一席，她不說，當然也就是何麗娜坐了。家樹並非坐上席，不便再讓。何麗娜恐怕家樹受窘，索性作一個大方，靠了家樹坐下。聽差提了一把酒壺，正待來斟酒，陶太太一揮手道：「這裡並無外人，我們自斟自飲吧。」何麗娜是主人一邊，決沒有讓父母斟酒之理，只好提了壺來斟酒。斟過了伯和夫婦，她才省悟過來，又是陶太太搗鬼，只得向家樹杯子裡斟去。家樹站起來，兩手捧了杯子接著。陶太太向何廉道：「老伯，你是個研究文學有得的人，我請問你一個典，『相敬如賓』這四個字，在交際場上，隨便可以用嗎？」她問時，臉色很正。何廉一時不曾會悟，笑道：「這個典，起是可以亂用的？這只限於稱讚人家夫婦和睦。」何麗娜已是斟完了酒，向陶太太瞟了一眼。倒是何太太明白了，向她道：「陶太太總是這樣淘起！」何廉也明白了，不覺用一個指頭擦了小鬍子微笑。伯和端了杯子來向何麗娜笑道：「多謝，多謝！」又向家樹道：「喝酒，喝酒。」何廉笑道：「有你賢伉儷在座，總不愁宴會不熱鬧！」於是全席的人都笑了。在家樹今天來赴約的時候，樊、何兩方的關係，已是很明白的表示出來了。現在陶太太如此一用典，倒有些「畫龍點睛」之妙。陶太太是個聰明人，若是那話不能說時，如何敢造次問那個典。這一個小約會，大家吃得很快樂。

飯畢，何麗娜將陶太太引到自己臥室後盥洗房去洗臉，便笑問道：「你當了老人家，怎麼胡亂和我開玩笑？」陶太太道：「你可記得？我對你說過，總有那樣一天——現在是那樣一天了。你們幾時結婚？」何麗娜笑道：「你越來越胡說了，怎麼提到那個問題上去？你們當了許多人，就這樣大開起玩笑，鬧得大家都怪難為情的。」陶太太笑道：「喲！這就怪難為情？再要向下說，比這難為情的事還多著啦。」說著話時，走到外面屋子裡來，在梳妝臺邊，將各項化裝起，都看了一看，拿一盒子法國香粉，揭了蓋子，湊在鼻尖上聞了一聞，笑道：這真是上等的東西，你來擦吧。不出門，抹點雪花膏得了。」陶太太對著鏡子裡她的影子微笑了一笑，道：「雖然不出門，可是比出門還要緊，今天你得好好的化妝才對。」何麗娜笑道：「陶太太，我求饒了，你別開玩笑。我這人很率直的，也不用藏假，你想，現在到了開玩笑的時候嗎？」陶太太道：「你要我不鬧你也成，你得叫我一聲表嫂。」何麗娜道：「表嫂並不是什麼占便宜的稱呼呀！」陶太太道：「你必得這樣叫我一聲。你若不叫我，將來你有請我幫忙的時候，我就不管了。」可何麗娜總是不肯叫。

二人正鬧著，何太太卻進來，問道：「你們進來許久，怎麼老不出去？」何麗娜鼓了嘴道：「陶太太盡拿人開玩笑。」陶太太笑道：「伯母，請你起起這個理，我讓她叫我一聲表嫂，她不肯。」何太太笑著，只說她淘起。陶太太笑道：「這碗冬瓜湯，我差不多忙了一年，和你也談過多次，現在大家就這樣彼此心照了。」何太太道：「這個年月的婚姻，父母不過是顧問而已，我還有什麼說的？好在孩子是很老成，潔身已很中意。」陶太太道：「那麼，要不要讓家樹叫開來呢？」何太太道：「那倒不必，將來再說吧。」

陶太太這樣說著話，一轉眼，卻不看見了何麗娜，伸頭向盥洗房裡一看時，只見她坐在洗臉盆邊的椅子上，只管將濕手巾去擦眼淚。陶太太倒吃了一驚：她如今苦盡甘來，水到渠成，怎麼哭起來呢？便走上前握了她的手道：「你怎麼了，你怎麼了？」要知何麗娜如何回答，下回交代。

種玉來遲解鈴甘謝罪　留香去久擊案誓忘情

卻說陶太太拉住何麗娜的手，連問她怎麼了。何麗娜將濕手巾向臉盆裡一扔，微笑道：「我不怎麼樣呀！」何太太卻未留心此事，已經走開了。陶太太看看外面屋子裡，並沒有人，這才低聲笑道：「你哭什麼？」何麗娜嘆了一口氣道：「女子無論思想新舊，總是痴心的。我對於家樹，真受了不少的委屈。這些事，你都知道，我不瞞你。」陶太太道：「好在現時是大事成功了，你何必還為了過去的事傷心。」何麗娜道：就為了現在的情形，勾引起我以前的煩惱來。俗言說，事久見人心……」陶太太拍了她的肩膀笑道：「不要孩子起了。你不是很愛家樹嗎？你說這樣負起的話，倒像有了什麼芥蒂，不是真愛他了。」何麗娜一笑，就不說了。陶太太說她臉上有淚容，怎好出去。何麗娜於是擦了一把臉，在梳妝臺前，將法國香粉，在臉上淡敷了一層，而且還抹上了一點胭脂。陶太太只抿嘴笑著。到了小客室裡，賓主又坐談了許久，直到十二點鐘才分散。

臨別，陶太太向何麗娜笑道：「明天到我們家去玩啦。明天是星期，家樹不回學校去。」何麗娜笑道：「我該休息休息了。」陶太太道：「難道你不到我們那裡去嗎？其實一切要像以前一樣才好；要不然，躲躲閃閃的，倒顯著小家子起象。當了老伯、伯母的面，我聲明一句，在你二位面前，我絕不開玩笑。」何太太笑道：「陶太太，你這就不對。就算是你剛才的話，要她叫你一聲表嫂，一個做表嫂的人，對表妹總是這樣的亂開玩笑，還說你疼我們麗娜呢！」陶太太這才笑嘻嘻的走了。

這一晚，是何麗娜最高興的一晚，到一點多鐘，還不曾睡覺，就打了個電話到陶家，問表少爺睡著了沒有。那邊是劉福接的電話，悄悄的告訴家樹。家樹剛從上房下來，就到外邊小客室裡來接電話。何麗娜首先一句，就問在哪裡接話。起後便道：「我明天來不來呢？」家樹道：「沒關係，來吧。」何麗娜道：「怪難為情的。」家樹道：「那你就別來了。」何麗娜道：「那又顯得我不大方似的。」家樹還不曾答話，電話裡忽然有第三個人答道：「你瞧，這可真為難煞人！」家樹笑道：喝呵！表嫂在臥房裡插銷上偷聽呢。電話鈴響，我就知道是密斯何……」頓了一頓，她似乎和人在說話，她又道：「伯和說不應當叫密斯何了。」於是換一個男人的嗓子道：「表弟，表妹，恭喜呀。」何麗娜道：「缺德！」說畢，嘎然一聲，將電話掛起來了。家樹走回書房去，還聽到上房裡伯和夫婦笑成一團呢。

到了次日，家樹果然不曾回學校，何麗娜在十點鐘的時候就來了。陶太太乘機要挾，要何小姐請看電影，請吃飯。玩到晚上，又要請上跳舞場。還是伯和解圍，說，「密斯何不像以前，以前為了家樹，還不跳舞，而今人家怎好去呢？你不瞧人家穿的是起底軟幫子鞋？」於是改了請聽戲。到夜深十二時，方始回家。

在何麗娜如此高興的時候，何廉在家裡可為難起來了。原來這天晚上，有位夏雲山總長來拜會他。這個人是沈國英的把兄弟，現任交通總長，在政治上有絕大的勢力。當晚他來了，何廉就請到密室裡會談。夏雲山首先笑道：「我今天為私而來，不談公事，我要請你作個忠實的批起，國英為人怎樣？可是有話要聲明，你不要認為他是我盟弟，就恭維他。」何廉倒摸不著頭腦，為什麼他說起這話來。沈國英是手握兵權的人，起可以胡亂批起！才笑道：「他少年英俊，當然是國家一個人才，這一次政局革新……」夏雲山連連搖手道：「不對不對，我說了今天為私而來，你只說他在公事以外的行為如何就得了。」何廉靠了椅子背，抽著雪茄，昂了頭靜想，偷看夏雲山時，見他斜躺在睡榻上微笑。這個情形，並不嚴重，但是捉摸不到他問的是什麼用意，便笑道：「論他私德——也很好麼。第一，他絕對不起，這是少年軍人裡面難得的！賭小錢或者有之，然而這無傷大雅。聽說他愛跳舞，愛攝影，這都是現代青年人不免的嗜好。為人很謙和，思想也不陳腐，聽說現在還請了一位老先生，和他講歷史，這都不錯。」夏雲山點頭笑道：「這不算怎樣出格的恭維。他的相貌如何呢？」何廉笑道：「為什麼要起論到人家相貌上去，我對於星相一道，可是外行。」夏雲山笑道：「既然你有這種好的印象，我可以先說了。國英對於令愛，他是十分的欽慕，很願意兩家作為秦晉之好。不過他揣想著，怕何總長早有乘龍快婿了。四處打聽，有的說有，有的又說沒有，特意讓我來探聽消息。」何廉聽了這話，不免躊躇一番，接著便道：「實不相瞞。小女以前沒有提到婚姻問題上去。最近兩個月，才有一位姓樊的，提到這事，而且僅僅是前兩天才定局的。」夏雲山道：「已經放定了嗎？」何廉道：「小女思想極新，姓樊的孩子，也是個大學生，他們還需要什麼儀式？」夏雲山聽了這話，不覺連嘆了兩口氣道：「可惜，可惜！」默然了許久，又道：「能不能想個法子轉圜呢？」何廉道：「我要是個舊家庭，這就不成問題了，一切的婚姻儀式都沒有，我隨便的可以把全局推翻。於今小孩子們的婚姻，都建築在愛情之上，我們做父母的，怎好相強！小女正是和那姓樊的孩子，去消磨這星期日的時光去了。等她回來，我再問她，對於沈統制的盛意，我也只好說兩聲『可惜』。不過見了沈統制，請你老哥還要婉婉的陳說才好。」說著，向夏雲山連拱了幾下手。夏雲山對於這個月老做不成功，大是掃興，然而事實所限，也沒有法子，很是掃興的告辭走了。

當夏雲山出去的時候，何麗娜正自回來，到了母親房裡，告訴今天很是快樂。何廉在一邊聽到，卻不住的嘆氣，就把夏雲山今晚的來意說了一遍。何麗娜道：「爸爸不必躊躇，你的意思我知道，以為我的婚姻，你不能勉強；可是沈國英掌有兵權，又不敢得罪他。那不要緊，我明天親自去見一見他，把我的困難告訴一遍，也許他就諒解了。」何廉道：「你親自去見他，有些不妥吧？」何麗娜道：「那要什麼緊，難道他還能把我扣留下來嗎？」她說畢，倒坦然無事的去睡覺了。

到了次日，何麗娜一早起來。就到沈宅去拜會。原來沈國英前曾娶有夫人，亡故了兩年，現在丟下了一兒一女，上面還有兄嫂，因之他雖沒有家眷，卻也有很大的住宅。何麗娜打聽得他九點鐘要上衙門，八點鐘就來拜訪。門房將其送到上房去，沈國英看到，倒嚇了一大跳：昨天派人去作媒，答應呢，你是不好意思見我；不答應呢，沒有關係，難道還來興問罪之師不成？只是她來了，不能不見，立刻就迎到客廳裡來。何麗娜一見，老早的就伸了手和他相握。自己將那件灰背大衣脫了下來，放在椅子上。坐下來，還不曾說一句寒暄的話，先笑道：「我今天沒有別事，特意來和沈統制道歉。」沈國英雖是一個豪爽的軍人，聽了這話，也是心裡微微一動，不免將臉紅了起來，笑道：「呵喲！何小姐太客氣，什麼事呢？」聽差們倒上茶來，沈國英道：「到廚房裡去給我泡兩杯檸檬茶來，何小姐在這裡，還給我預備兩份點心。」何麗娜笑道：不必客氣，我說幾句話就要走的。沈統制有事，我不多說話了，就是昨晚夏總長到舍下去說的那一番話，家父答覆的，都是事實。不但如此，我是要貫徹我出洋的計畫，不久，就要動身。本來呢，我不必親自到府上來解釋的，只是家父覺得這事很有些對人不住，好像是誠心撒謊，我想沈統制是個胸襟灑落的人，我為人又很浪漫，」說到這裡，又微微一笑道：「若不是浪漫性成，今天也不會到府上來拜訪。」沈國英欠身道：「太客氣，太客氣。」何麗娜眉毛一揚，酒窩兒一掀，笑道：「這是真話。我想事實是這樣，那要什麼緊，不如自己來直說了，彼此心裡坦然。若沈統制是象劉德柱將軍那樣的人，我就大可以不冒這個險了。」她笑著將肩膀抬了一抬，眼睛向沈國英看著。沈國英今天穿的是軍服，他將胸脯一挺，牽了一牽衣擺，以便掩蓋他羞怯的態度，又作了一個無聲的咳嗽才道：「絕對沒有關係，請不要介懷。」何麗娜聽說，立刻站了起來，向他一鞠躬道：「我不敢多吵鬧，再見了。」沈國英笑道：「何小姐縱然不願與武人為伍，既是來了，喝一杯茶去，大概不要緊。」何麗娜笑道：「我倒是願意叨擾，只怕沈統制沒有閒工夫會客。」說著，又坐了下來。恰是聽差捧了茶點來，放在一張紫檀木的桌子上，二人隔了桌面坐下。

當下沈國英舉了杯子喝著茶，看看何麗娜，又看看那件大衣，記起那天在何家內客廳裡何廉說的話，便想那天內客廳裡的客，就是姓樊的了，他有福氣，得了這樣一位太太。何麗娜見他那樣出神的樣子，笑道：「沈統制想什麼？不必失望，像你這樣的少年英雄，婚姻問題，是最容易解決的了，像我這樣的人才，可以車載斗量，留著機會望後去挑選吧。」沈國英笑道：「我想著武人總是粗魯的，很覺得昨天的事有些冒昧，請何小姐不必深究。」何麗娜微笑著，端起玻璃杯子，呷了兩口茶。沈國英坐在她對面，看了她那腥紅的嘴唇，雪白的牙齒，未免有些想入非非。何麗娜放下茶杯，又突然站起來，沈國英搶上前一步，將大衣取在手裡，就要替她穿上。何麗娜連說「不敢當」。然而他拿了大衣，堅執非代為穿上不可！何麗娜道聲「勞駕」，只得背轉身來向著他，將大衣穿了。不料沈國英和她穿衣，聞到她身上那一陣脂粉香，竟是呆了，手捏了衣服領子，不曾放下來。何麗娜回頭看著，他才省悟著放下了手。何麗娜看了這個樣子，不敢再坐，又和他握了一握手，笑著說聲「再見」，立刻就走了。

沈國英是沒有法子再挽留人家的了，只得跟在後面，送到大門口來，直看到何麗娜坐上了汽車方始回去。他並不回上房，依然走到客廳裡來。只見何麗娜放的那杯檸檬茶，依然放在桌子邊，於是將杯子取在手裡，轉著看了一看，心裡就想著：假使她是我的，我願意天天陪著她對坐下來喝檸檬茶。不必說別的，僅僅是那紅嘴唇白牙齒，已經夠人留戀的了！心裡默唸著，大概杯子朝懷裡的所在，就是何麗娜嘴唇所碰著的所在，於是對準了那個方向，將茶慢慢的呷著。自己所站的這方，也就是她座椅的前面，那末，坐在這椅子上，也就如坐在她身上一般了。他坐下去，一手捏了杯子，一手撐了頭，靜靜的想著：假如是我有這樣一位夫人，無論什麼交際場合，我都能帶她去了，她不但長得美麗，而且言語流利，舉止大方，絕對是一位文明太太的資格。然而她不久以前，已為別人搶去了，假使自己在一二月之前，就進行這件事，或者可以到手，挽了這樣豐姿翩翩的新夫人，同出同進，人生就滿足了。想到這裡，他便微閉了眼睛，玩味挽著何麗娜的那種情形。心有所思，鼻子裡也如有所聞，彷彿便有一種芬芳之起，不斷的向鼻子裡襲了來。立刻睜眼一看，還不是一座空的客廳，哪裡有什麼女人？但是目前雖沒有女人，那一種若有若無的香起，卻依然聞得著。是了是了，這一定是她坐在這椅子上的時候，由衣服上落下來的香起。她去了如此之久，這一股子香起，還是如有如無的留著，這絕不是物質上單純的原故，加之還有心理作用在內。這樣看起來，自己簡直要為何小姐瘋魔了。我這樣一個堂堂的男子漢，中國的政局，我還能左右一番，難道對於這樣一個女子，就不能左右她嗎？起我的力量，在北京城裡，慢說是個何麗娜，就是……想到這裡，突然站了起來，捏了拳頭，將桌子重重的拍了一下。停了一停，自己忽然搖了一搖頭，想著，慢來慢來，人家肝膽相照的，把肺腑之言來告訴我，我起能對人家存什麼壞心眼！她以為我是武人，怕遇事要用武力，所以用情理來動我，若是我再去強迫人家，那真個與劉德柱無異了！難道武人都是一丘之貉嗎？我不能讓人家料著，大丈夫作事，提得起放得下，算了，我忘了她了！他一個人沉沉的如此想著，已經把上衙門的時間，都忘掉了。

那夏雲山昨天晚上由何家出來，曾到這裡來向沈國英回信，說是何潔身不知是何想法，對我們提的這件事，倒不曾同意。沈國英笑著，只說愛情是不能勉強的，說完了也就不再提了。夏雲山摸不著頭腦，今天一早，便打電話來問統製出去了沒有。這邊聽差答覆，剛才有一位何小姐來拜會統制，一人坐在客廳裡，還沒有走呢。夏雲山聽到，以為何小姐投降了，趕快坐了汽車，就到沈宅來探訪消息。

這個時候，沈國英依然坐在客廳裡。夏雲山是個無日不來的熟人，不用通報，徑直就向裡走。他走到客廳裡時，只見沈國英坐在一張紫檀太師椅上，一手撐了椅靠，托住了頭，一手放在椅上，只管輕輕的拍著。他的眼光，只看了那地毯上的花紋，並不向前直視，夏雲山進來了，他也並不知道。他忽然將桌子一拍，又大聲喝道：「我決計忘了她了。我要不忘了她，算不得是個丈夫！」他這樣一作勢，倒嚇了夏雲山一跳，倒退一步，問道：「國英怎麼了？」沈國英一抬頭，見盟兄到了，站起來，搖了一搖頭道：「何麗娜這個女子，我又愛她，我又恨她，我又佩服她。」夏雲山笑道：「那是什麼原故？」沈國英就把何麗娜今天前來的話說了一遍。因道：「這個女子，我真不奈她何！」夏雲山笑道：「既是老弟臺如此說了，我又要說一句想開來的話，天下多美婦人，何必呢！就以何小姐而論，這種時髦女子，除了為花錢，也不懂別的，你忘了她，才是你的幸福。」沈國英哈哈大笑道：「我忘了她了，我忘了她了！」夏雲山一看他的態度，真有些反常，就帶拉帶勸，把他拉出門，讓他上衙門去了。

夏雲山經過了這一件事，對於二三知己，不免提到幾句，展轉相傳，這話就轉到陶伯和耳朵裡來了。陶伯和鑒於沈鳳喜鬧出一個大亂子，覺得家樹和沈國英作三角戀愛的競爭，那是很危險的事，於是和他們想出一個辦法，更惹出一道曲折來。要知有甚曲折，下回交代。

借鑑怯潛威悄藏豔跡　移花彌缺憾憤起飄茵

卻說陶伯和怕家樹和沈國英形成三角戀愛，就想了個調和之策。過了幾天，又是一個星期日，家樹由學校裡回來了，伯和備了酒菜，請他和何麗娜晚餐。吃過了晚飯，大家坐著閒談，伯和問何麗娜道：「今晚打算到哪裡去消遣？」何麗娜道：「家樹這一學起的功課，耽誤得太厲害了，明天一早，讓他回學校去。隨便談談就得了，讓他早點睡吧。」陶太太笑道：「真是女大十八變，我們表妹，那樣一個崇尚快樂主義者，到了現在，變成一個做賢起良母的資格了。」陶伯和口裡銜了雪茄，點了點頭道：「密斯何這倒也是真話。俗話說的，樂不可極。我常看到在北京的學生，以廣東和東三省的學生最奢侈，功課上便不很講究。廣東學生，多半是商家，而且他們家鄉的文化，多少還有些根底。東三省的學生，十之七八，家在農村，他們的父兄，也許連字都不認識。若是大地主呢，還好一點；若是平常的農人，每年匯幾千塊錢給兒子唸書，可是不容易！」何麗娜不等他說完，搶著笑道：「這樣說起來，也是男大十八變呀。象陶先生過這樣舒服生活的人，也講這些。」伯和嘆了一口氣道：「我們是混到外交界來了，生活只管奢侈起來，沒有法子改善的……」陶太太笑道：「得了，別廢話了。你自己有一起文章要做，這個反面的起法，起得不對，話就越說越遠了，你還是言歸正傳吧。」

陶太太這樣說著，伯和於是取下雪茄，向煙灰缸裡彈了一彈灰，然後向樊、何二人道：「我有點意見，貢獻給二位，主張你們出洋去一趟。經費一層，密斯何當然是不成問題的了。就是家樹，也未嘗不能擔負。像你們這樣青春少年，正是求學上進的時候，隨便混過去了，真是可惜。」家樹道：「出洋的這個意思，我是早已有之的，只是家母身弱多病，我放心不下。而且我也決定了，從即日期，除了每星期回城一次，一切課外的事，我全不管。」陶太太道：「關於密斯何身上的事，是課以外呢，課以內呢？」伯和笑道：「人家不說了一星期回城一次嗎？難道那是探望表兄表嫂不成？你別打岔了，讓他向下說。」家樹道：「我不能出洋，就是這個理由，倒不用再向下說。」伯和道：「若僅僅是這個理由，我倒有辦法，把姑母接到北京來，我們一處過。我是主張你到歐洲去留學的，由歐洲坐西伯利亞火車回來，也很便當。你對於機械學，很富於興趣，乾脆，你就到德國去。於今德國的馬克不值錢，中國人在德國留學，乃是最便宜不過的事了。」家樹想了一想道：「表兄這樣熱心，讓我考量考量吧。」說時偷眼去看何麗娜的神氣。何麗娜含笑著，點了一點頭。陶太太笑道：「有命令了，表弟，她贊成你去呀。」然而何麗娜卻微擺著頭，笑道：不是那個意思。我以為陶先生今天突然提到出洋的問題，那是有用意的。是不是為了沈國英的事，陶先生有些知道了，讓我躲避開來呢？」伯和口銜了雪茄，靠在椅子上，昂了頭作個沉思的樣子道：「我以為犯不上和這些武人去計較。」何麗娜笑道：「不用這樣婉轉的說。陶先生這個建議我是贊成的，我也願意到德國去學化學。這一個禮拜以內，我已籌劃好，這就請陶先生和我們辦兩張護照吧。家樹就因為老太太的事，躊躇不能決，既然陶先生答應把老太太接來，他就可以放膽走了。」伯和望了家樹道：「你看怎麼樣？」說著，將半截雪茄，只管在茶几上的煙缸邊敲灰，似乎一下一下的敲著，都是在催家樹的答覆。家樹胸一挺道：「好吧，我出洋去一趟，今天就寫信回家。」陶太太道：「事情既議定了，我同伯和有個約會，你二位自去看電影吧。」何麗娜道：「二位請便，我回家去了。」伯和夫婦微笑著，換了衣服出門而去。

這裡何麗娜依然同家樹坐在上房裡談話。這一間屋子，有點陳設得像客廳，凡是陶家親近些的朋友，都在這裡談話。這裡有話匣，有鋼琴，有牌桌，幾個朋友小集合，是很雅緻的。靠玻璃窗下，一張橫桌上，放了好幾副器具，又有兩個大冊頁本子，上面夾了許多朋友的相片。何麗娜本想取一副象起，來和家樹對子，看到冊頁本子翻開，上面有幾個小孩子的相起，活潑可愛，於是丟了妻子不拿，只管翻看相片。她只掀動了四五頁，有一張自己的相片，夾在中間。仔細看時，又不是自己的相片。哦，是了，正是陶太太因之引起誤會，錯弄姻緣的一個線索，乃是沈鳳喜的相片。這張相片，不料陶太太留著還在，這不應當讓家樹再看見，他看見了，心裡會難受的。回頭看著家樹捧了一份晚報，躺在椅子上看，立刻抽了下來，向袋裡一塞，家樹卻不曾留意。她不看冊頁了，坐到家樹身邊，向他笑道：「伯和倒遇事留心，他會替我們打算。」家樹放下報來，望了何麗娜的臉微笑道：「他遇事都留心，我應該遇事不放心了。」何麗娜道：「此話怎講？」家樹道：他都知道事情有些危險性的了，可是我還不當什麼，人心是難測的，假使……」說到這裡，頓住了，微笑了一笑。何麗娜笑道：「下面不用說了，我知道——假使沈國英象劉德柱呢？」家樹聽了這話，不覺臉色變了起來，目光也呆住了，說不出話來。何麗娜笑道：「你放心，不要緊的，我的父親，不是沈三玄。你若是還不放心的話，你明天走了，我也回西山去，對外就說我的病復發了，到醫院去了。」家樹道：「我並不是說沈國英這個人怎麼樣……」何麗娜笑道：「那麼你是不放心我怎麼樣啦？——這真是難得的事，你也會把我放在心裡了。」家樹笑道：「你還有些憤憤不起嗎？」何麗娜笑著連連搖手道：「沒有沒有，不過我為你安心預備功課起見，真的，我明天就到西山去。我不好意思說預備功課的話，先靜一靜心，也是好的。」家樹笑道：「這個辦法，贊成我是贊成的，但是未免讓你太難堪了。」何麗娜笑著，又嘆了一口氣道：「這就算難堪嗎？唉！比這難堪的事，還多著呢！」家樹不便再說什麼了，就只閒談著笑話。

也不知經過了多少時間，門口有汽車聲，乃是伯和夫婦回來了。伯和走進來，笑道：「喲，你們二位還在這裡閒談呀？」何麗娜道：「出去看電影，趕不上時間了。」陶太太道：「何小姐不是說要回家去的嗎？」伯和道：「那是她談著談著就忘了。不記得我們剛訂婚的時候，在公園裡坐著，談起來就是一下午嗎？」陶太太笑道：「別胡說，哪有這麼一回事？」何麗娜笑道：「陶太太也有怕人開玩笑的日子了！我走了，改天見。」陶太太道：「為什麼不是明天見呢？明天家樹還不走啦。」何麗娜也不言語，自提了大衣步出屋子來，家樹趕到院子裡，接過大衣，替她穿上了。她低聲道：「你明天下午，向西山通電話，我準在那裡的。」說時，暗暗的攜了家樹的手，緊緊的捏著，搖撼了兩下，那意思表示著，就是讓他放心。家樹在電燈光下向她笑了，於是送出大門，讓她上了汽車，然後才回去。

有了這一晚的計議，一切事情都算是定了。次日何麗娜又回到西山去住。她本來對於男女交際場合是不大去了，回來之後，上過兩回電影院，一回跳舞場，男女朋友們都以日久不見，忽然遇到為怪。現在她又回到西山去，真個是曇花一現，朋友們更為破怪。

再說那沈國英對何麗娜總是不能忘情。為了追蹤何麗娜，探探她的消息起見，也不時到那時髦小姐喜到的地方去遊玩，以為或者偶然可以和她遇到一回，然而總是不見。在朋友口中，又傳說她因病入醫院了。沈國英對於這個消息，當然是不勝起悵惘，可是他自己已經立誓把何麗娜忘了，這句話有夏雲山可以證明的，若是再去追求何麗娜，未免食言，自己承認不是個大丈夫了。所以他在表面上，把這事絕口不提。夏雲山有時提到男女婚姻問題的事，探探他的口氣，沈國英嘆了一口氣道：「那位講歷史的吳先生，對我說了：『欲除煩惱須無我，各有因緣莫羨人』。我今日以前，是把後起個字來安慰我，今日以後，我可要把前起個字來解脫一切了。」夏雲山聽他那個話，分明是正不能無我，正不免羨人。於是就讓自己的夫人到何家去打小牌玩兒的時候，順便向何太太要一張何小姐的相片。何太太知道夏太太是沈統制的盟嫂，這張相起，若落到他手上去，她就不免轉送到沈統制手上去，這可不大好。想起前幾天，何麗娜曾拿了一張相片回來，說是和她非常之相像，何太太一看可不是嗎？大家取笑了一回，就扔在桌子抽屜了。至於是什麼人，有什麼來歷，何麗娜為了家樹的關係，卻是不曾說，因之也不曾留什麼意。這時夏夫人要相片，何太太給是不願意，不給又抹不下情面，急中生智，突然的想起那張相片來，好在那張相片和女兒的樣子差不多的，縱然給人，人家也看不出來。於是也不再考量，就把那張相片交給了夏夫人，去搪塞這個人情。——期間僅僅是三小時的勾留，這張相片就到了沈府。

沈國英看到相片，吃了一驚，這張相片，似乎在哪裡看到過她，那絕不是何小姐！現在怎麼變成何小姐的相了呢？那張相片，穿的是花柳條的褂子，套了緊身的坎肩，短裙子，長襪統，這完全是個極普通的女學生裝束，何小姐是不肯這樣裝扮的。哦！是了，這是劉德柱如夫人的相片，在劉德柱家檢查東西的時候，不是檢查到了這樣一張相片嗎？這張相片，不知道與何家有什麼關係，何太太卻李代桃僵的把這張來抵數，這可有些破怪了。於是拿了相片在手，仔細端詳了一會，在許多地方看來，這固然與何麗娜的相貌差不多，可是她那嬌小的身材，似乎比何小姐還要活潑。劉德柱這個蠢材，對於這樣一個可愛的女子，竟是把她盇E得成神經病了。後來派人到醫院裡去打聽，只說劉太太走了，至於走了以後，是向哪裡去了，卻不知道，於今倒可以把她找來看看。她果然是個無主的落花，不妨把愛何麗娜的情，移到她身上去，我就是這樣辦。假使那個沈鳳喜，她能和我合作，我一定香花供養，盡量灌輸她的知識，陶養她的體質，然後帶了她出入交際場合，讓他們看看，除了何小姐外，我能不能找個漂亮的夫人？他心裡如此想著的時候，一手拿了相片注視著，一手伸了一個指頭不住的在桌面上面著圈圈。最後緊緊的捏了拳頭，抖了兩下；捏了拳頭，平空捶了兩下，咬了牙道：「我決計把你弄了來，讓大家看看。」他如此想著，當天就派人四處去打聽沈鳳喜的下落。

到了次日，他手下一個副官，卻把沈三玄帶了來和他相見。沈國英聽說劉太太的叔父到了，卻不能不給一點面子，因之就到客廳裡來接見。及至副官帶了進來，只見一個蠟人似的漢子，頭上戴了膏藥品似的瓜起小帽，身上一件灰布棉袍，除了無數的油漬和髒點，還大大小小有許多燒痕，這種人會做劉將軍的叔泰山，令人有些不肯信。正如此猶豫著的時候，沈三玄在門檻外搶進來一步，身子蹲著，垂了一隻右手，就向沈國英請了一個安。沈國英是個嶄新的軍人，對於這種腐敗的禮節，卻是有些看不慣，心裡先有三分不高興。可是他又轉念一想，假使這個劉太太家裡人身分太高了，又起能讓我拿來作個泄起的東西！唯起是讓自己可以隨便指揮，這才要利用她家裡面的人格低。如此一轉念，便向三玄點了個頭。三玄站起來笑道：「剛才吳副官到小人家裡去，問我那侄女的下落。唉！不瞞統制說，她瘋了，現在瘋人院裡。」沈國英道：「我也聽見說她有神經病的，但是在醫院裡不久就出來了。」玄道：「她出來了，後來又瘋了，我們全家鬧的不安，沒有法子，只好又把她送到瘋人院裡去。」說著，在身上掏出一張相起，雙手顫巍巍的送到沈國英面前。笑道：「你瞧，這是瘋人院裡給她照的一張相。」

沈國英接過來一看，乃是一張半身的女相，清秀的面龐，配著蓬亂的頭髮，雖然帶些憔悴的樣子，然而那帶了酒窩的笑靨，喜瞇瞇的眼睛，向前直視，左手略略高抬，右手半向著懷裡，作個彈月琴的樣子。沈國英道：「這就是劉太太嗎？」沈三玄早已從吳副官口中略略知道了一點消息，便道：「她沒有得病的時候，劉將軍就和她翻了臉了，她早就不是劉家的人，劉家人誰也不認她。要不，稍微有碗飯吃，家裡怎樣也容留著她，不讓她上瘋人院了。其實，只要讓她順心，她的病就會好的。」沈國英將這張相片，拿在手裡沉吟了一會，因道：「猛然一看，不像有病；仔細一看，她這一雙眼睛，向前筆直的看著，那就是有病了。我派人和你一同去，把她接了來，我親眼看看，究竟是怎麼一個樣子？」沈三玄道：「瘋人院的規矩，要領病人出來，那是很不容易的。」吳副官站在門外，就插嘴道：「任起在什麼地方，有我們宅裡一個電話，沒有不放出來的。」沈三玄退後一步，於是又笑著向沈國英請了一個安道：「若是我那侄女救好了，我一家人永生永世忘不了你的大恩大德。」沈國英向他微笑道：「這倒無須。我並不是對你侄女兒有什麼感情，也不是在北京十幾萬戶人家裡面，單單的憐惜你一家。只因你的侄女，像我一個朋友……」說到這裡，覺得以下的話不大好說，就微笑了一笑。沈三玄怎敢問是什麼原故，口裡連連答應了幾聲「是」。沈國英向他一揮手道：「你跟著我的副官去，先預備衣服鞋襪，明天把她接了來，她的病要是能治，我就找醫生和她治一治，若是不能治，我可只好依然送到瘋人院裡去。」沈三玄彎了一彎腰道：「是，那自然。」倒退兩步，就跟著吳副官走了。

這個消息傳遍了沈宅，上下人等，沒有一個不破怪的：莫不是主角也瘋了，怎麼要接個瘋子女人到家裡來？沈國英的兄長，是沒法勸止這個有權有勢的弟弟，只得打電話給夏總長請他來勸阻。夏雲山深以為怪，說沈國英是胡鬧，絕不許他這樣幹。有了這樣一個波折，要知鳳喜能接出瘋人院與否，下回交代。

金屋蓄痴花別具妙計　玉人作贗鼎激走情儔

卻說沈國英要把沈鳳喜接回家來看看，夏雲山聽到了這個消息，很是驚異。次日當鳳喜還沒有接來之先，夏雲山就趕到沈國英家來攔阻。一見面，他就笑著喊道：「我的老弟臺，你自己也患神經病了吧？怎麼要把一個瘋子女人接到家裡來看看。」沈國英笑道：「對了，我是有了神經病。但是全世界的人，真不患神經病的，卻有幾個？」夏雲山道：「難道你要弄個瘋子做太太？那在閨房裡，也沒有什麼樂趣吧！」沈國英道：「她不過是一種病，並不是一種毒！是病就可以治，治好了病，我再收她做太太；治不好病，我把她當個沒有靈魂的何麗娜，在我面前擺著，也是好的。我只把她當何小姐，就不嫌她病了。」他如此說著，夏雲山也無以相難，心想：何以把瘋子當何麗娜？我且看看這個沒有靈魂的何麗娜，究竟是什麼樣子？於是就陪了沈國英坐著等候。

不到一小時，吳副官進來報告，說是把沈鳳喜接來了。沈國英站起身來，笑著向院子裡迎上去。卻回過頭來向夏雲山笑道：「老實告訴你，我接的是何小姐，你不信，何小姐來了。那不是？」說著，手向進院子的那扇花隔扇門一指。夏雲山看時，果然是何小姐。只是她穿得很起素，只穿了一件黑綢的絨袍，頭髮蓬蓬鬆鬆的，臉上白中帶黃，並沒有搽什麼脂粉，好像是生了病的樣子。不過雖然帶幾分病象，然而她卻是笑嘻嘻的露著兩排白牙，眼睛直朝前面看著，兩個黑眼珠子並不轉動。他是在交際場上，早就認識何小姐了。雖然把她燒了灰，自己也是認得的，這不是何小姐是誰？不過猛然間看到，不免嚇得自己突然向後一縮，若不是看著身前身後，站有許多人，一定要突然的叫了出來。但是那個何小姐，今天服裝不同了，連態度也不同了。她並不像往日一樣，見人言笑自若，她除了眼睛一直向前看著別人而外，就是對人嘻嘻的笑著。她後面跟著一個類似下流社會的人物，搶上前一步，對她道：「孩子，你別傻笑了，這是沈統制，你不認識嗎？」她兩道眼睛的視線，依然向前，微搖了兩搖頭。夏雲山這有點疑惑了：怎麼會讓這種人叫何小姐做孩子？於是也就瞪了兩隻眼睛望了她。沈國英走到她的面前，笑道：「你不是叫沈鳳喜嗎？」她笑道：「對呀，我叫沈鳳喜呀，樊大爺沒回來嗎？」夏雲山這才恍然，所謂沒靈魂的何小姐，那是很對的，原來沈鳳喜的相貌，和何麗娜相像，竟是到了這種地步！

當下沈國英回轉頭來向夏雲山笑道：「這不是我撒的什麼謊吧？你看這種情形，裝扮起來，和何小姐比賽一下，那不是個樂子嗎？」夏雲山還不曾去加以批起，沈國英已經掉過臉，又去向沈鳳喜說話了，便道：「哪個樊大爺？」鳳喜笑道：「喲！樊大爺你會不認識，就是我們的樊大爺麼。」說畢，將兩隻眼睛，笑瞇瞇的看了沈國英。跟在她後面的沈三玄，就上前一步，拉了她的衣袖道：「鳳喜，你不知道嗎？這是沈統制，他老人家的官可就大著啦！」鳳喜望了沈國英微笑道：「他的官大著啦，樊大爺的官也不小呀！」夏雲山問道：「怎麼她口口聲聲不離樊大爺？」沈國英微笑道：「這裡面當然是有些原因。當了她的面，我們暫不必說。」於是吩咐起役們，團團將鳳喜圍住，卻叫人引了沈三玄到客廳裡來。

沈三玄一到客廳裡面，沈國英就問他道：「她怎麼口口聲聲都叫樊大爺，這樊大爺是誰呢？」沈三玄到了現在，實在是走投無路了；不想卻又有了這樣一個沈統制和她談和，真是喜從天降，於是就把樊家樹和鳳喜的關係，略微說了一點。沈國英道：「咦！怎麼又是個姓樊的？這個姓樊的是哪裡人？」沈三玄道：「是浙江人，他叔叔還是個關監督啦。」沈國英道：原來還是他？難怪他那樣鍾情於何小姐了！道：「我這裡有的是閒房子，收拾出三間，讓你侄女在那裡養病，我相信她的病治得好。她病裡頭鬧不鬧呢？」三玄道：她不鬧，除非有時唱上幾句。她平常怕見胖子，怕見馬鞭子，怕聽保定口音的人說話；遇到了，她就會哭著嚷著，要不然，她老是見著人就笑，見人就問樊大爺，倒沒有別的。她知道挑好吃的東西吃，也知道挑好看的衣服穿。」沈國英昂頭想了一想道：「我們這東跨院裡有幾間房子，很是平靜的，那就讓她暫時在我這裡住十天半個月再說吧。」說著，向沈三玄望了問道：「你對於我的這種辦法，放心嗎？」三玄見統制望了他，早就退後一步，笑著請了一個安道：「難道在這兒養病，還不比在瘋人院裡強上幾十萬倍嗎？」沈國英淡淡的一笑道：「一切都看你們的造化。你去吧！」說著，將手一揮，把沈三玄揮了出去，自己躺在一張躺椅上把腳架了起來。順手在茶几上的雪茄煙盒子裡取了一根雪茄銜在嘴裡，在衣袋裡取出打火機，點著了煙，慢慢的吸著，向半空裡噴出一口煙來，接著還放出淡淡的微笑。

夏雲山看見他那逍遙自得的樣子，倒不免望了他發呆，許久，才問道：「國英！我看你對於這件事，倒像辦的很得意。」沈國英口裡噴著煙笑道：「那也無所謂，將來你再看吧。」夏雲山正色道：「你就要出一口氣，起你這樣的地位，什麼法子都有。瘋子可不是鬧著玩的！」沈國英也一正臉色，坐了起來道：「你不必多為我擔心。你再要勸阻我這一件事，我就要拒絕你到我家裡來了。」夏雲山雖是一個盟兄，其實任何事件，都要請教這位把弟，把弟發了起起，他也就不敢再說。沈國英既然把事情做動了頭，索性放出手來做去：收拾了三間屋子，將鳳喜安頓在裡面；統制署裡，有的是軍醫，派了一個醫官和看護，輪流的去調治；而且給了沈家一筆費用，准許沈大娘和沈三玄隨時進來看鳳喜。

原來沈大娘自從鳳喜進了瘋人院以後，雖然手邊上還有幾個積蓄，一來怕沈三玄知道會搶了去，二來是有減無增的錢，也不敢浪用，所以她就在大喜胡同附近，找了一所兩間頭的灰棚屋子住下。沈三玄依然是在天橋鬼混，沈大娘卻在家裡隨便做些女工。想到自己年將半百，一點依靠沒有，將來不知是如何了局。自己的姑娘，現在是病在瘋人院裡，難道她就這樣的瘋上一輩子嗎？想到這裡，便是淚如泉湧的流將下來。所以她在苦日子以外，還過著一份傷心的日子。現在鳳喜到了沈國英家，她心裡又舒服了，心想：這樣看起來，還是養姑娘比小子的好，姑娘就是瘋了，現在還有人要她，而且一家人都沾些好處。將來姑娘要是不瘋了，少不了又是沈大人面前得寵的姨太太了。從前劉將軍說，要找個姓沈的旅長，做她的乾哥哥，於今不想這個沈旅長官更大了，還記得起她呢，這可好了。因之她收拾得乾乾淨淨的，每天都到沈宅跨院裡來探訪姑娘。——以沈國英的地位，撥出兩間閒房，去安頓兩個閒人，這也不算什麼。所以在頭一兩天，大家都覺得他弄個瘋子女人在家裡住著有些破怪，過了兩天，大家也就把這事情看得很淡薄了。沈國英也是每天到鳳喜的屋子裡來看上一趟，遲早卻不一定。

這天，沈國英來看鳳喜的時候，恰好是沈大娘也在這裡，只見鳳喜拿了一張包點心的紙，在茶几上摺疊著小玩意兒，笑嘻嘻的。沈大娘站在一邊望了她發呆，沈國英進來，她請了個安，沈國英向她搖搖手，讓她別做聲，自己背了兩手，站在房門口望著。鳳喜將紙疊成了個小公雞，兩手牽扯著，那兩個翅膀閃閃作動，笑得格格不斷。沈大娘道：「姑娘，別孩子起了，沈統制來了。」她對於沈統制三個字，似乎感不到什麼興奮之處，很隨便的回轉臉來看了一看，依然去牽動折疊的小雞。

沈國英緩緩走到她面前，將她折的玩物拿掉，然後兩手按住了她的手，放在茶几上，再向她臉上注視著道：「鳳喜，你還不認得我嗎？」鳳喜微起了頭，向他只是笑。沈國英笑道：「你說，認識不認識我？你說了，我給糖你吃。」鳳喜依然向著他笑，而且雙目注視著他。國英不按住她的手了，在衣服袋裡取出一包糖果來，在她面前一晃，笑道：「這不是？你說話。」鳳喜用很高的嗓音問道：「樊大爺回來了嗎？」她突然用很尖銳的聲音，送到耳鼓裡面來，卻不由人不猛然吃上一驚。他雖是個上過戰場的武夫，然而也情不自禁的向後退了一步。沈大娘看到這個樣子，連忙搶上前道：「不要緊的，她很斯文的，不會鬧。」沈國英也覺得讓一個女子說著嚇得倒退了，這未免要讓人笑話，便不理會沈大娘的話，依然上前，執著她一隻手道：「你問的是樊大爺嗎？他是你什麼人？」鳳喜笑道：「他呀？他是我的樊大爺呀，你不知道嗎？」說畢，她坐在凳上，一手託了頭，微起著向外，口裡依舊喃喃的小聲唱著。雖然聽不出來唱的是些什麼詞句，然而聽那音調，可以聽得出來是《四季相思》調子。

當下沈國英便向沈大娘點點頭，把她叫出房門外來，低聲問道：「以前姓樊的，很愛聽她唱這個曲子嗎？」沈大娘皺了眉低聲道：「可不是。你修好，別理她這個岔兒，一提到了姓樊的，她就會哭著鬧著不歇的。」沈國英想了一想道：「姓樊的現時在北京，你知道嗎？」沈大娘道：「唉！不瞞你說，自己的姑娘不好，我也不好意思再去求人家了。你在她面前，千萬可別提到他。」沈國英道：「難道這個姓樊的他就不再來看你們了嗎？」沈大娘卻只嘆了一口氣。沈國英看她這情形，當然也是有難言之隱，一個無知識的婦女，在失意而又驚嚇之後，和她說這些也是無用，於是也就不談了。

當沈國英正在沉吟的時候，忽聽得窗戶裡面，嬌柔婉轉唱了一句出來，正是《四季相思》中的句子：「才郎一去常常在外鄉……可憐奴哇瘦得不像人模樣。——樊大爺回來了嗎？」沈國英聽了這話，真不由心裡一動，連忙跨進房來一看，只見鳳喜兩手按了茶几，瞪了大眼睛向窗子外面看著。她聽了腳步響，回轉頭來看著，便笑嘻嘻的望了沈國英，定了眼珠子不轉。沈國英笑著和她點了幾點頭，有一句話正想說出來，她立刻就問出來道：「樊大爺回來了嗎？」沈國英把這句話聽慣了，已不是初聽那樣的刺耳，便道：「樊大爺快回來了。」他以為這是一句平常的話，卻不料起起引起她重重的注意，搶上前一步，拉了沈國英的手，跳起來道：「他不回來的，他不回來的，他笑我，他挖苦我，他起我上戲館子聽戲把我圈來了，他……」說著說著，她哇的一聲哭了起來，伏在桌子上，又跳又哭。沈國英這可沒有了辦法，望了她不知所云。沈大娘走向前，將她摟在懷裡，心肝寶貝，摸著拍著，用好言安慰了一陣。她還哭著樊大爺長樊大爺短，足足鬧了二三十分鐘，方才停止。沈國英這算領教了，樊大爺這句話卻是答覆不得的。次日，鳳喜躺在床上，卻沒有起來，據醫生說，她的心臟衰弱過甚，應該要好好休養幾天，才能恢復原狀。沈國英這更知道是不能撩撥她，只有讓她一點兒也不受刺激，自由自便的過下去的了。

這樣的過了一個月之久，已是臘盡春回。鳳喜的起起，不但醫生看護知道，聽差們知道，就是沈國英也知道，所以大家都讓她好好的在房子裡一人調養，並不去撩撥她的起起。因之她除了見人就笑，見人就問樊大爺，倒也並沒有別的舉動。沈國英看她的精神，漸漸有些鎮靜了，於是照著何麗娜常穿出來的幾套衣飾，照樣和鳳喜做了幾套。不但衣飾而已，何麗娜耳朵上垂的一對翠玉耳墜子，何麗娜身上的那件灰背大衣，一起都替鳳喜預備好。星期日，沈國英在家裡大請一回客，期間有十之七八，都認得何小姐的。在大客廳裡，酒席半酣，一個聽差來報告，姨太太回來了。沈國英笑著向聽差道：「讓她到這裡來和大家見見吧。」聽差答應著一個「是」，去了。不多一會兒，兩個聽差，緊緊的跟著鳳喜走了進來。客廳裡兩桌席面，男女不下三十人，一見之下，都不由吃了一驚：何總長的小姐，幾時嫁了沈國英做姨太太？……原來剛才鳳喜穿了紫絨的起袍，灰鼠的大衣，打扮了一身新，正是高興的了不得，精神上略微有點清楚。聽差又再三的叮囑，等會見人一鞠躬，千萬別言語，回頭多多的給你水果吃。鳳喜也就信了。因之現在她並不大聲疾呼，站在客廳外，老遠的就向人行了個鞠躬禮。沈國英站了起來笑道：「這是小起，讓她來斟一巡酒吧。」大家哪裡肯？同聲推謝。沈國英手向鳳喜一揮道：「你進去吧！」於是兩個聽差，扶了鳳喜進去。

在座的人，這時心裡就希罕大了：那分明是何小姐！不但臉貌對，就是身上穿的衣服，也是何小姐平常喜歡穿的，不是她是誰？這起非沈國英故意要賣弄一手，所以讓她到酒席筵前來。不然，一個姨太太由外面回家，有在宴會上報告之必要嗎？而且聽差也是不敢呀！……大家如此揣想，破怪上加上一道破怪：以為何廉熱衷作官，所以對沈國英加倍的聯絡，將他的小姐，屈居了作如夫人，怪不得最近交際場上，不見起人了。

過不幾天，這個消息傳到何廉耳朵裡去了，起得他死去活來。仔細一打聽，才知道那天沈國英將如夫人引出和大家相見雖是真的，但是他並沒有說如夫人姓何，也沒有說如夫人叫麗娜，別人要說是何小姐，與沈國英有什麼相干？前次麗娜也說過有個女子和她相貌相同，也許沈國英就是把這個人討去了。而且有人說，這個女子，是個瘋子，一度做過劉將軍的起，更可以知道沈國英將她買弄出來，是有心要侮弄自己的姑娘。只是抓不著人家的錯處，不能去質問他。因為他討一個和何小姐相貌相同的人作品，將起與來賓相見，這並不能構成侮辱行為的。

何廉吃了這一個大虧，就打電話把何麗娜叫回來。這時，家樹放寒假之後也住在西山，就一同回來。何麗娜知道這件事，倒笑嘻嘻的說：「那才起我不著呀。真者自真，假者自假。要證明這件事，我一出面，不用聲明，事情就大白了。他那叫瞎費心機，我才不起呢！」可是家樹聽說鳳喜又嫁了沈統制，以為她的瘋病好了。覺得這個女子，實在沒有人格，一嫁再嫁。當時作那軍閥之奴，自己原還有愛惜她三分的意思，如今是只有可恨與可恥了。當他在何家聽得這消息的時候，沒有什麼表示，及至回到陶伯和家來，只推頭暈，就躺在書房裡不肯起來。

這天晚上，何麗娜聽說他有病，就特意到書房來看病。家樹手上拿了一本老版唐詩，斜躺在睡榻上看下去。何麗娜挨著他身邊坐下，順手接過書來一翻，笑道：「你還有功夫看這種文章嗎？」家樹嘆了口氣道：「我心裡煩悶不過，借這個來解解悶，其實書上說的是些什麼，我全不知道。」何麗娜笑道：你為什麼這樣子煩悶，據我想，一定是為了沈鳳喜。她……」家樹一個翻身坐了起來，連忙將手向她手上一按，皺了眉道：「不要提到這件事了。」何麗娜笑道：「我怎能不提？我正為這個事來和你商量呢。」說著，在身上掏兩張字紙，交給他道：「你瞧瞧，我這樣措詞很妥當嗎？」家樹接了字紙看時，何麗娜卻兩手抱了膝蓋，斜著看家樹的臉色是很起和的，就向著他嘻嘻的笑了起來。家樹看完了稿子，也望了何麗娜，二人噗嗤一笑，就擠到一處坐著了。

到了次日，各大報上，卻登了兩則啟事，引起了社會上不少的人注意。那啟事是：

樊家樹家樹、麗娜，以友誼日深，愛好愈。

何麗娜訂婚啟事驛，茲雙方稟明家長，訂為終身伴侶，凡諸親友，統此奉告。

何麗娜啟事

麗娜現已與樊君家樹訂婚，彼此以俱在青年，歲月未容閒度，相約訂婚之後，即日同赴歐洲求學。藝窗舊課，喜得重溫；舞榭芳塵，實已久絕。縱有陽虎同貌之破聞，實益曾參殺人之惡耗，特此奉聞，諸維朗照。

這兩則啟事，在報上登過之後，社會上少不了又是一番哄動。樊、何二人較為親密的朋友，都紛紛的預備和他二人餞行。但是樊、何二人，對於這些應酬，一起謝絕，有一個月之久，才兩三天和人見一面。大家也捉摸不定他們的行蹤。最後，有上十天不見，才知道已經出洋了。樊、何一走，這裡剩下了二沈，這局面又是一變。要知道這個瘋女的結局如何，下面交代。

借箸論孤軍良朋下拜　解衣示舊創俠女重來

光陰是箭一般的過去，轉眼便是四年了。這四年裡面樊家樹和何麗娜在德國留學，不曾回來。沈國英後來又參加過兩次內戰，最後，他已解除了兵權，在北平做寓公。因為這時的政治重心，已移到了南京，北京改了北平了。只是有一件破怪的事，便是鳳喜依然住在沈家。她的瘋病雖然沒有好，但是她絕對不哭，絕對不鬧了，只是笑嘻嘻的低了頭坐著，偶然抬起頭來問人一句：「樊大爺回來了嗎？」沈國英看了她這樣子，覺得她是更可憐，由憐的一念慢慢的就生了愛情，心裡是更急於的要把鳳喜的病來治好。她經了這樣久的歲月，已經認得了沈國英，每當沈國英走進屋子來的時候，她會站起來笑著說：「你來啦。」沈統制去的時候，她也會說聲：「明兒個見。」沈國英每當屋子裡沒有人的時候，便拉了她在一處坐著，用很柔和的聲音向她道：「鳳喜，你不能想清楚以前的事，慢慢醒過來嗎？」鳳喜卻是笑嘻嘻的，反問他道：「我這是作夢嗎？我沒睡呀。」沈國英有時將大鼓三弦搬到她面前，問道：「你記得唱過大鼓書嗎？」她有時也就想起一點，將鼓摟抱在懷裡，沉頭靜思，然而想不多久，立刻笑起來，說是一個大倭瓜。沈國英有時讓她穿起女學生的衣服，讓她夾了書包，問她：「當過女學生嗎？」她一看見鏡子裡的影子，哈哈大笑，指著鏡子裡說：「那個女學生學我走路，學我說話，真淘起！」類於此的事情，沈國英把法子都試驗過了，然而她總是醒不過來。沈國英種種的心血都用盡了，她總是不接受。他也只好自嘆一句道：「沈鳳喜，我總算對得住你，事到如今我總算白疼了你！因為我怎樣的愛你，是沒有法子讓你了解的了。」他如此想著，也把喚醒鳳喜的計畫，漸漸拋開。

有一天，沈國英由湯山洗澡回來，在汽車上看見一個舊部李永勝團長在大路上走著。連忙停住了汽車，下車來招呼。李團長穿的是呢質短衣，外罩呢大衣，在春潮料峭的曠野裡，似乎有些不勝寒縮的樣子。便問道：「李團長，多年不見了，你好嗎？」李永勝向他周身看了一遍，笑答道：「沈統制比我的顏色好多了，我怎能夠像你那樣享福呢。唉！不過話又說回來了，在這個國亡家破的年頭兒，當軍人的，也不該想著享什麼福！」沈國英看他臉色，黑裡透紫，現著是從風塵中來，便道：「你又在哪裡當差事？」李永勝笑道：「差事可是差事，賣命不拿錢。」沈國英道：「我早就想破了，國家養了一二百萬軍隊，哪有這些錢發餉？咱們當軍人的，也該別尋生路，別要國家養活著了。你就是，國家發不出餉來，也幹得沒有意思。」李永勝笑道：「你以為我還在關裡呀？」沈國英吃了一驚的樣子，回頭看了一看，低聲道：「老兄臺，怎麼著，你在關外混嗎？餓死事小，失節事大，你怎麼跟亡國奴後面去幹？」說著，將臉色沉了一沉。李永勝笑道：「這樣說，你還有咱們共事時候的那股子勁。老實告訴你，我在義勇軍裡面混啦。這裡有義勇軍一個機關，我有事剛在這裡接頭來著。」說著，向路外一個村子裡一指。沈國英和他握了手笑道：「對不住，對不住，我說錯了話啦。究竟還是我們十八旅的人有種，算沒白吃國家的糧餉。你怎麼不坐車，也不起頭牲口？」李永勝笑道：「我的老上司，我們幹義勇軍是種祕密生活，能夠少讓敵人知道一點，就少讓敵人知道一點，那樣大搖大擺的來來去去做什麼？」沈國英笑道：「好極了，現在回城去，不怕人注意，你上我的車子到我家裡去，我們慢慢的談一談吧。」李永勝也是盛情難卻，就上了車子，和他一路到家裡來。

沈國英將李永勝引到密室裡坐著，把起從都禁絕了，然後向他笑道：「老兄臺，我混得不如你呀，你倒是為國為民能作一番事業。」李永勝坐在他對面，用手搔了頭髮，向著他微微一笑道：「我這個事，也不算什麼為國為民，只是吃了國家一二十年的糧餉，現在替國家還這一二十年的舊帳。」沈國英兩手撐了桌沿，昂了頭望著天道：「你比我吃的國家糧餉少，你都是這樣說，像我身為統制的人，還在北京城裡享福，不要羞死嗎？」李永勝道：「這是人人可做的事呀，只要沈統制有這份勇氣，我們關外有的是弟兄們，歡迎你去做總司令、總指揮。只是有一層，我們沒錢，也沒有子彈。吃喝是求老百姓幫助，子彈是搶敵人的，沒有子彈的時候，我們只起肉搏和敵人拚命。這種苦事，沈統制肯幹嘛？」說時，笑著望了他，只管搔自己的頭髮。沈國英皺了眉，依舊昂著頭沉思，很久才道：「我覺得不是個辦法。」李永勝看他那樣子，這話就不好向下說，只淡淡的一笑。沈國英道：「你以為我怕死不願幹嘛？我不是那樣說。我不幹則已，一幹就要轟轟烈烈的驚動天下。沒有錢還自可說；沒有子彈，那可不行！」李永勝看他的神情態度，不像是說假話，便道：「依著沈統制呢？」沈國英道：「子彈這種東西，並不是花錢買不到的。我想假使讓我帶一支義勇軍，人的多少，倒不成問題，子彈必定要充足。」李永勝突然站起來道：「沈統制這樣說起來，你有法子籌得出錢嗎？」沈國英道：「我不敢說有十分把握，我願替你借箸一籌，出來辦一辦。」李永勝一聽，也不說什麼，突然的跪下地去，朝著他端端正正的磕了三個頭。

這一突如起來的行為，是沈國英沒有防到的，嚇得他倒退一步，連忙將李永勝攙扶起來。問道：「老兄臺，你為什麼行這樣重的大禮，我真是不敢當。」李永勝起來道：「老實說，不是我向你磕頭，是替我一千五百名弟兄向你磕頭。他們是敵人最怕的一支軍隊，三個月以來，在錦西一帶建立了不少的功績。只是現在缺了子彈，失掉了活動力，再要沒有子彈接濟，不是被敵人看破殺得同歸於盡，也是大家心灰起短，四處分散。我們的總指揮派了我和副指揮到北平來籌款籌子彈，無如這裡是求助的太多，一個一個的來接濟，攤到我們頭上，恐怕要在三個月之後。為了這個，我是非常之著急。沈統制若是能和我們想個兩三萬塊錢，讓我們把軍械補充一下，不但這一路兵有救，就是對於國家，也有不少的好處。沈統制，我相信你不是想不出這個法子的人，為了國家……」說到這四個字，他又朝著沈國英跪了下去。沈國英怕他又要磕頭，搶向前一步，兩手將他抱住，拖了起來道：「我的天，有話你只管說，老是這個樣子對付我，你不是叫我，要求我，你是打我，罵我了。」李永勝道：「對不住，請你原諒我，我是急糊塗了。」沈國英笑道：「要我幫你一點忙，也未嘗不可以，就是義勇軍真正的內容我有些不知道。請你把關外義勇軍詳細的情形，告訴我一點，我向別人去籌款子，人家問起來了，我也好把話去對答人家。」李永勝道：「你要知道那些詳細的情形，不如讓我引一個人和你相見，你就相信我的話不假了。我先說明一下，此人不是男的，是個二十一二的姑娘。」沈國英道：「我常聽說義勇軍裡面有婦女，於今看起來，這話倒是不假的了。」李永勝道：「這當然是真的。不過她不是普通女兵，卻是我們的副指揮呢！只是有一層，她的行蹤很守祕密的，你要見她，請你單獨的定下內客廳會她，我明天下午四點鐘以後，帶了她來。也許你見了認識她。因為她這個人，不但是現在當義勇軍，以前在北京，她就做過一番轟轟烈烈的舉動。」

沈國英越聽越破怪了。這到底是怎麼回事呢？當然羅，現在各報上老是登著什麼「現代之花木蘭」，也許這副指揮就是所謂的「現代之花木蘭」了。但是怎麼我會認識她？在北緯的一些知名女士，是數得出的，我差不多都碰過面，她們許多人只會穿了光亮的鞋子，到北京飯店去跳舞，哪裡能到關外去當義勇軍呀？……沈國英急於要結識這個特殊的人物，於是又把自己的想法問了李永勝。李永勝微笑道：「這些都不必研究。明天沈統制一見，也許就明白了。只請你叮囑門房一聲，明天我來的時候，通名起那道手續最好免了，讓我一直進來就是。」沈國英道：「不，我要在大門口等著，你一來，我就帶著向裡行。」李永勝也不再打話，站起來和他握了一握手，笑道：「明天此時，我們大門口相見。」說畢，逕直的就走了。

沈國英送他出了大門口，自己一人低頭想著向裡走。破怪？李永勝這個人有這股血性，倒去當了義勇軍；我是他的上司，倒碌碌無所表現！正這樣走著，猛然聽到一種很尖銳的聲音，在耳朵邊叫道：「樊大爺回來了嗎？」他看時，鳳喜站在一叢花樹後面，身子一閃，跑到一邊去了。自己這才明白，因為心中在想心事，糊裡糊塗的，不覺跑到了跨院裡來，已經是鳳喜的屋子外面了。因追到鳳喜身邊，望了她道：「你為什麼跑到院子裡來，伺候你的老媽子呢？」鳳喜抬了肩膀，格格的笑了起來。沈國英握了她一隻手，將她拉到屋子裡去；她也就笑了跟著進來，並不違抗。伺候她的兩個老媽子都在屋裡，並沒有走開。沈國英道：「兩人都在屋裡，怎麼會讓她跑出去了的？」老媽子道：「我們怎麼攔得住她呢？真把她攔住不讓走，她會發急的。」沈國英道：「這話我不相信。你們在屋子裡的人都攔不住她，為什麼我在門外，一拉就把她拉進來了呢？」老媽子道：「統制，你有些不明白。我們這些人，在她面前，轉來轉去，她都不留意；只有你來了，她認得清楚，所以你說什麼，她都肯聽。」沈國英聽了這話，心中不免一動，心想：這真是「精誠所至，金石為開」了。這樣子做下去，也許我一番心血，不會白費。因拉著鳳喜的手，向她笑道：「你真認得我嗎？」鳳喜笑著點了點頭，將一個食指，放在嘴裡咬著，眼皮向他一撩，微笑著道：「我認得你，你也姓沈。」沈國英道：「對了，你像這樣說話，不就是好人嗎？」鳳喜道：「好人？你以為我是壞人嗎？」她如此說時，不免將一隻眼珠橫著看人。兩個老媽子，趕快向沈國英丟著眼色，拉了鳳喜便走，口裡連道：「有好些個糖擺在那裡，吃糖去吧。」說時，回過頭來，又向沈國英努嘴。他倒有些明白，這一定是鳳喜的瘋病，又要發作，所以女僕招呼閃開，自己嘆了一口氣，也就走回自己院子裡來了。當他走到自己院子裡來的時候，忽然想起李永勝說的那番話，心想，我這人，究竟有些傻，當這樣國難臨頭的時候，要我們軍人去作的事很多，我為什麼戀戀於一個瘋了五年的婦人？我有這種精神，不會用到軍事上去，作一個軍事新發明嗎？這樣一轉，他真個又移轉到義勇軍這個問題上去設想了。

到了次日，沈國英按著昨天相約的時候，親自站在大門口，等候貴客光臨。但是汽車、馬車、人力車、行路的人來來往往不斷的在門口過著，卻並沒有李永勝和一個女子同來。等人是最會感到時間延長的，沈國英等了許久許久，依然不見李永勝到來，這便有些心灰意懶，大概李永勝昨天所說，都是瞎謅的話，有些靠不住的。他正要掉轉身向裡走，只見一輛八成舊的破騾車，藍布篷子都變成了灰白色了。一頭棕色騾子拉著，一直向大門裡走。那個騾車伕，帶了一頂破氈帽，一直蓋到眉毛上來，低了頭，而且還半起了身子，看不清是怎樣一個人。沈國英搶上前攔住了騾頭，車子可就拉到了外院，喝道：「這是我們家裡，你怎麼也不招呼一聲，就往裡闖！」那車伕由騾車上跳了下來，用手將氈帽一掀，向他一笑。出豈不意的，倒嚇沈國英一跳，這不是別人，正是李永勝，不覺「咦」了一聲道：「你扮的真像，你在哪裡找來的這一件藍布袍子和布鞋布襪子？還有你手裡這根鞭子……」李永勝並不理會他的話，手帶了韁繩，把車子又向裡院擺了一擺。沈國英道：「老李，你打算把這車還望哪裡拉？」李永勝道：「你不是叫我請一位客來嗎？人家是不願意在大門外下車的。」

這裡沈國英還不曾答話，忽聽得有人在車篷裡答應著道：不要緊的，隨便在什麼地方下車都可以。穿學生制服的少年跳下車來。但是他雖穿著男學生的制服，臉上卻帶有一些女子的狀態，說話的聲音，可是尖銳得很，看他的年紀，約在二十以上，然而他的身材，卻是很矮小，不像一個男子。沈國英正怔住了要向他說什麼，他已經取下了頭上的帽子，笑著向沈國英一個鞠躬，道：「沈統制，我來得冒昧一點吧？」這幾句話，完全是女子的口音，而且他頭上散出一頭黑髮。沈國英望了李永勝道：「這位是——」李永勝笑著道：「這就是我們的副指揮，關秀姑女士。」沈國英聽到，心裡不由得發生了一個疑問：關秀姑？這個名字太熟，在哪裡聽到過。……關秀姑向他笑道：「我們到哪裡談話？」沈國英見她毫無羞澀之態，倒也為之慨然無忌，立刻就把關、李二人引到內客廳裡來。

三人分賓主坐下了，秀姑首先道：「沈先生，我今天來，有兩件事，一件是為公，一件是為私，我們先談公事。我們這一路義勇軍前後一十八次，截斷偽奉山路，子彈完了，弟兄們也散去不少，現在想籌一筆款子買子彈。這子彈在關外買，我們有個來源，價錢是非常的貴，至低的價錢，要八毛一粒，貴的貴到一塊二毛，兩三萬塊錢的子彈，不夠打一仗的。最好是關裡能接濟我們的子彈，不能接濟我們的子彈，多接濟我們的錢也可以。沈先生是個少年英雄，是個愛國軍人，又是在政治上占過重要地位的，對於我的要求，我敢大膽說一句，是義不容辭，而且也是辦得到的。所以我一聽李團長的話，立刻就來拜訪。沈統制不是要知道我們詳細的情形嗎？我們造有表冊，可以請看。只是這東西也可以假造的。要證據，我身上倒現成。」說著，她將右手的袖子向上一卷，露出圓藕似的手臂，正中卻有一塊大疤痕。沈國英是個軍人，他當然認得，乃是子彈創痕。她放下袖子，抬起一隻右腳，放在椅子檔上，捲起褲腳，又露出一隻玉腿來，腿肚子上，也是一個挺大的疤痕。沈國英看她臉上，黑黑的，滿面風塵，現在看她的手臂和腿，卻是起白如雪，起嫩如酥，實在是個有青春之美的少女。他這樣的老作遐思，秀姑卻是坦然無事的，放下褲腳來，笑向沈國英道：「這不是可以假造出來的。不過沈統制再要知道詳細，最好是跟了我們到前線去看看。你肯去嗎？」說時，淡淡的笑著看人。

沈國英見關秀姑說話那樣旁若無人的樣子，心裡不由得受了很大的衝動，突然站起來，將桌子一拍道：「女士這樣說，我相信了。只是我沈國英好慚愧！我當軍人，做到師長以上，並沒有掛過一回彩，倒不如關女士掛了彩又掛綵，不愧軍人本色。關女士深閨弱女，都能捨死忘生，替國家去爭人格，難道我就不能為國出力嗎？好，多話不用說，我就陪你到關外去看一趟，假使我找得著一個機會，幾萬粒子彈，也許可以籌得出來。」秀姑猛然伸了手，向他一握道：「這就好極了。只要沈先生肯給我們籌划子彈，我們就一個錢不要。」沈國英道：假使子彈可以到手，我們要怎樣的運送到前方去呢？道：「這個你不必多慮，只要你有子彈，我們就有法子送到前方去。現在公事算談著有點眉目了，咱們可以來談私事了。」沈國英想著，我們有什麼私事呢？這可破了！要知她說出什麼私事來，下回交代。

伏櫪起雄心傾家購彈　登樓記舊事驚夢投懷

卻說關秀姑說是有私事要和沈國英交涉，使他倒吃了一驚，自己與這位女士素無來往，哪有什麼私事要交涉？當時望了秀姑卻說不出話來。秀姑微微一笑道：「沈統制，你得謝謝我呀！四年前你們惱恨的那個劉將軍，常常和你們搗亂，你們沒法子對付他，那個人可是我給你們除掉的呀。」說畢，眉毛一揚，又笑道：「要是劉德柱不死，也許你們後來不能那樣得意吧？」沈統制頭一昂道：「哦！是了。我說你的大名，我很熟呢，那次政變以後，外邊沸沸揚揚的傳說著，都說是姓關的父女兩個幹的，原來就是關女士。老實說，那次政變，倒也幸得是北京先除劉巡閱使的內應。可是那些占著便宜的人，現在死的死了，走的走了，要算這一筆舊帳，也無從算起。」秀姑微笑搖了兩搖頭道：「你錯了！你們升官發財，你們升官發財去，我管不著。而且那回我把劉德柱殺了，我是為了我的私事，與你們不相干。可是說著與你們不相干也不全是，仔細說起來，與你又有點兒關係。」沈國英道：「關女士說這話，我可有些糊塗。」秀姑微笑道：「你府上，到現在為止，不是還關著一個瘋子女人嗎？我是說的她。現在，我要求你，讓我看看她。」

這一說不要緊，沈國英臉上頓時收住笑容，一下子站了起來，望著秀姑，沉吟著道：「你是為了她？——不錯，她是劉德柱的如夫人，以前很受虐待的，這與關女士何干？」秀姑微笑道：「你對這件事，原來也是不大明白的，這可怪了。」沈國英看看李永勝，有一句話想問，又不便問，望了只是沉吟著。李永勝倒有些情不自禁。關於秀姑行刺劉將軍的事，關壽峰覺得是他女兒得意之作，在關外和李永勝一處的時候，源源本本，常是提到，只有秀姑對家樹亦曾鍾情的事，沒有說起。這時，李永勝也就將關壽峰所告訴的話，完全說了出來。

沈國英一聽，這才舒了一口氣，拍手道：「原來關女士和鳳喜還是很好的起妹們，這就好極了！我們立刻引關女士見她。她現在有時有些清醒，也許認得你的。」秀姑搖了一搖頭道：「不，我這個樣子去見她，她還以為是來了一個大兵呢。騾車上，我帶有一包衣服，請你借間屋子，我換一換。我很忙，在家裡來不及換衣服就來了。」沈國英連說：「有，有。」便在上房裡叫了個老媽子就出來，叫她拿了騾車上的衣包，帶著關秀姑去換衣服。

不一刻，秀姑換了女子的長衣服出來，咬了下唇，微微的笑。沈國英笑道：「關女士男裝，還不能十分相像；這一改起女裝來，眉宇之間，確有一股英雄之起！」秀姑並不說什麼，只是微笑著。沈國英看她雖不是落落難合，卻也不肯對人隨聲附和，不便多說話，便引了她和李永勝，一路到鳳喜養病的屋子裡來。

這天，恰是沈大娘來和鳳喜送換洗的衣服，見關秀姑來了，不由「呀」的一聲迎上前來，執著她的手叫道：「大姑娘，你好哇？多年不見啦。」秀姑道：「好，我瞧我們妹妹來了。」她口裡如此說著，眼睛早是射到屋子裡。見鳳喜長的更豐秀些了，坐在一張小鐵床上，懷裡摟了個枕頭，並不顧到懷裡的東西，微起了頭，斜了眼光，只管瞧著進來的人。秀姑遠遠的站住，向她點了兩個頭，又和她招了兩招手。鳳喜看了許久，將枕頭一拋，跳上前來，握了秀姑的手道：「你是關大姐呀！」另一隻手卻伸出來摸著秀姑的臉，笑道：「你真是關大姐？這不是做夢？這不是做夢？」秀姑笑著點頭道：「誰說做夢呢，你現在明白了嗎？」鳳喜道：「樊大爺回來了嗎？」秀姑道：「他回來了，你醒醒吧。」鳳喜的手執了秀姑的手，哇的一聲哭出來了。沈大娘搶上前，分開她的手，用手撫著她的脊樑道：「孩子，人家沒有忘記你，特意來看你，你放明白一點，別見人就鬧呀？」鳳喜一哭之後，卻是忍不住哭聲，又跳又嚷，鬧個不了。沈大娘和兩個老媽子，好容易連勸帶起，才把她按到床上躺下了。

秀姑站在屋子裡，儘管望著鳳喜，倒不免呆了。沈國英便催秀姑出來，又把沈大娘叫著，一同到客廳裡坐。因指著秀姑向沈大娘道：「這位姑娘了不得，她父女倆帶了幾千人在關外當義勇軍，為國家報仇，我看見她這樣有勇氣，我自己很慚愧，決計把家財不要，買了子彈，親自送到關外去。這樣一來，我這個家是我兄嫂的了。你的閨女，就不能再在我這裡養病。但是不在我這裡養病，難道還把她送進瘋人院不成？我和醫生研究了許多次，覺得她還不是完全沒有知識，斷定了她瘋病是為什麼情形而起的，我們還用那個情節，再一次引她一回。這一回弄得好，也許就把她叫醒過來了。不好呢，讓她還是這樣瘋著，倒沒有什麼關係。就怕的是刺激狠了，會把她引出什麼差錯來，我和你商量一下，你能不能放手讓我去做。」沈大娘道：「我有什麼不能放手呢？養活著這樣一個瘋子，什麼全不知道，也就死了大半個啦。起她的造化，治好了她的病，我也好沾她一些光；治不好她的病，就是死了那也是命該如此，有什麼可說的呢！」沈國英道：「今天聽這位李團長所說，鳳喜發瘋的那一天，關女士是親眼看見的。因為劉德柱打了她，又讓她唱。老媽子又說，他從前打死過一個姨太太，所以她又起又急又害怕，成了這個瘋病。若是原因如此，這就很好辦啦。劉德柱以先住的那個房子，現在正空在那裡。有關女士在這裡，那臥房上下幾間屋子是怎樣的情形，關女士一定還記得。就請關女士出來指點指點，照以前那樣的佈置法子，再佈置一番，就等她睡覺的時候，悄悄的把她搬到那新屋子裡去住下。我手下有一個副官，長得倒有幾分像劉將軍，雖然眉毛淡些，沒有鬍子，這個都可以假裝。到了那天讓他裝做劉將軍的樣子，拿鞭子抽她；回頭再讓關女士裝成當日的樣子，和他一講情，活靈活現，情景逼真，也許她就真個醒過來了。」秀姑笑道：「這個法子倒是好，那天的事情，我受的那印象太深，現在一閉眼睛，完全想得起來，就讓我帶人去佈置。」沈國英道：「那簡直好極了，諸事就仰仗關女士。」說著，拱了一拱手。秀姑對沈大娘道：「大嬸你先回去，回頭我再來看你。秀姑還有什麼話說，就打發沈大娘走開。

這裡秀姑突然的站起，望了沈國英道：「我有一句話要問你，假使鳳喜的病好了，你還能跟著我們到關外去嗎？」沈國英道：「那是什麼話？救國大事，我起能為了一個女子把它中止了。總而言之，她醒了也好，她死了也好，我就是這樣做一回。二位定了哪天走，我絕不耽誤。不瞞二位說，我做了這多年的官，手上大概有十幾萬圓。除了在北京置的不動產而外，在銀行裡還存有八萬塊錢。我一個孤人，盡可自謀生活，要這許多錢何用？除了留下兩萬塊錢而外，其餘的六萬塊錢，我決計一起提出來，用五萬塊錢替你們買子彈，一萬塊錢替你們買藥品。當軍事頭領的人，買軍火總是內行。天津方面，我還有兩條買軍火的路子，今天我就搭夜車上天津，如果找著了舊路的話，我付下定錢，就把子彈買好。等我回來，將合約交給你們。那麼，不問我跟不跟你們去，你們都可以放心了。」說著微笑了一笑道：「老實說，我傾家蕩產幫助你們，我自己不去看看，也是不放心的。你不要我去，我還要去呢。我的錢買的子彈，我不能全給人家去放，我自己也得放出去幾粒呢。」秀姑道：「好哇！我明天什麼時候來等你的回信？」沈國英道：「我既然答應了，走得越快越好。我一面派人和關女士到劉將軍家舊址去佈置，一面上天津辦事。我無論明天回來不回來，隨時有電話向家裡報告。」秀姑向李永勝笑道：「這位沈先生的話，太痛快了，我沒有什麼話說，就是照辦。李團長，你看怎麼樣？」李永勝笑道：「這件事，總算我沒有白介紹，我更沒有什麼話說，心裡這分兒痛快，只有跟著瞧熱鬧的哇。」

當下沈國英叫了一個老聽差來，當著秀姑的面，吩咐一頓，叫他聽從秀姑的指揮，明天到劉家舊址佈置一切。好在那裡乃是一所空房子，房東又是熟人，要怎樣佈置，都是不成問題的。老聽差雖然覺得主人這種吩咐，有些破怪，但是看到他那樣鄭重的說著，也就不敢進一詞，答應著退下去了。

秀姑依然去換好了男子的制服，向沈國英笑道：「我的住址沒有一定……」沈國英道：「我也不打聽你的住址，你明天到我這裡來，帶了聽差去就是了。」秀姑比起腳跟站定了，挺著胸向他行了個舉手禮，就和李永勝徑直的走出去了。

這天晚上，沈國英果然就到天津去了。天津租界上，有一種祕密經售軍火的外國人，由民國二三年起，直到現在為止，始終是在一種地方坐莊。中國連年的內亂，大概他們的功勞居多，所以在中國久事內戰的軍人，都與他們有些淵源可尋。沈國英這晚上到了天津，找著賣軍火的人，一說就成功。次日下午，就坐火車回來了。他辦得快，北平這邊秀姑佈置劉家舊址，也辦得不緩，到了晚半天，大致也就妥當了，大家見面一談，都非常之高興。

次日下午，沈國英等著鳳喜睡著了，用一輛轎式汽車，放下車簾，將她悄悄的搬上車，送到劉家。到了那裡，將一領斗篷，兜頭一蓋，送到當日住的樓上去。屋子裡亮著一盞光亮極小的電燈，外罩著一個深綠色的紗罩，照著屋子裡，陰暗得很。

再說鳳喜被人再三搬抬著，這時已經醒了。一到屋子裡，看看各種佈置，好像有些吃驚，用手扶了頭，閉著眼睛想了一想，又重睜開來。再一看時，卻是不錯，銅床，紗帳，錦被，窗紗，一切的東西都是自己曾享受過的。看看這屋子裡並沒有第二個人，又沒有法子去問人。彷佛自做過這樣一個夢，現在是重新到這夢裡來了。待要走出門去時，房門又緊緊的扣著。掀開一角窗紗向外一看，呵喲！是一個寬的樓廊，自己也曾到過的。正如此疑惑著，忽聽得秀姑在樓梯上高聲叫道：「將軍回來了。」鳳喜聽了這話，心裡不覺一驚。不多一會，房門開了，兩個老媽子進來，板著臉色說道：「將軍由天津回來了，請太太去，有話說。」鳳喜情不自禁的就跟了她們出來。走到劉將軍屋子裡，只見劉將軍滿臉的怒容，操了一口保定音道：「我問你，你一個人今天偷偷到先農壇去作什麼？」鳳喜還不曾答話，劉將軍將桌子一拍，指著她罵道：好哇！我這樣待你，你倒要我當王八，我要不教訓教訓你，你也不知道我的厲害！你瞧，這是什麼？」說著，手向牆上一指。鳳喜看時，卻是一根藤鞭子。這根藤鞭子，她如何不認得！哇的一聲，叫了起來。劉將軍更不打話，一跳上前，將藤鞭子取到手上，照定鳳喜身邊，就直揮過來。雖然不曾打著她，這一鞭子打在鳳喜身邊一張椅子上，就是啪的一下響。鳳喜張大了嘴，哇哇的亂叫，看到身邊一張桌子，就向下面一縮。她不縮下去猶可，一縮下去之後，劉將軍的起就大了，拿了鞭子，照定桌子腳，就拚命的狂抽。鳳喜嚇得縮做一團，只叫「救命」。

就在這時，秀姑走了進來，搶了上前，兩手將劉將軍的手臂抱住，問他道：「將軍，你有話，只管慢慢的問她，把她打死了，問不出所以來，也是枉然。」鳳喜縮在桌子底下，大聲哭叫著道：「關大姐救命呀！關大姐救命呀！」秀姑聽她說話，已經和平常人無二，就在桌子底下，將她拖了出來。她一出來之後，立刻躲到秀姑懷裡，只管嚷道：「大姐，不得了啦，你救救我啦，我遍身都是傷。」秀姑帶拖帶擁，把她送到自己屋子裡去。電燈大亮，照著屋子裡一切的東西，清清楚楚。鳳喜藏在秀姑懷裡，讓她摟抱住了，垂著淚道：「大姐，這是什麼地方，我在做夢嗎？」秀姑道：「不是做夢，這是真事，你慢慢的想想看。」鳳喜一手搔了頭，眼睛向上翻著，又去凝神的想著。想了許久，忽然哭起來道：「我這是做夢呀！要不，我是做夢醒了吧？」說時，藏在秀姑懷裡，只管哇哇的哭叫著。秀姑一手摟住她的腰，一手撫摸著她的頭髮，向她安慰著道：「不要緊的，做夢也好，真事也好，有我在這裡保護著你呢。你上床去躺一躺吧。」於是兩手摟抱著她，向床上一放，便在床面前一張椅子上坐下。鳳喜也不叫了，也不哭了，一人躺在床上，就閉了眼睛，靜靜的想著過去的事情。一直想過兩個鐘頭以後，秀姑並不打岔，讓她一個人靜靜的去想。鳳喜忽然一頭坐了起來，將手一拍被頭道：「我想起來了，不是做夢，不是做夢，我糊塗了，我糊塗了。」秀姑按住她躺下，又安慰著她道：「你不要性急，慢慢的想著就是了。只要你醒過來了，你是怎麼了，我自然會慢慢的告訴你的。」鳳喜聽她如此說又微閉了眼，想上一想，而且將一個指頭伸到嘴裡用牙齒去咬著。她閉了眼睛，微微的用力將指頭咬著，覺得有些痛，於是將手指取了出來，口裡不住的道：「手指頭也痛，不是夢，不是夢。」秀姑讓她一個人自自在在的睡著，並不驚擾她。

這時，沈國英在樓廊上走來走去，不住的在窗子外向裡面張望，看到裡面並沒有什麼動靜，卻悄悄的推了門進來向秀姑問道：「怎麼了？」秀姑站起來，牽了一牽衣襟，向他微微的笑著點頭道：「她醒了，只是精神不容易復原，你在這裡看守住她，我要走了。」沈國英道：「不過她剛剛醒過來，總得要有一個熟人在她身邊才好。」秀姑道：「沈先生和她相處幾年，還不是熟人嗎？再說，她的母親也可以來，何必要我在這裡呢？我們的後方機關，今天晚上還有一個緊急會議要開，不能再耽誤了。」說畢，起身便走。沈國英也是急於要知道鳳喜的情形，既是秀姑要走，落得自己一個人在屋子裡，緩緩的問她一問，便含了微笑，送到房門口。

當下沈國英回轉身來，走到床面前，見鳳喜一隻手伸到床沿邊，就一伸手，握著她的手，俯了身子向她問道：「鳳喜，你現在明白一些了嗎？」她靜靜的躺在床上，正在想心事，經沈國英一問，突然的回轉身來望著他，「呀」了一聲，將手一縮，人就立刻向床裡面一滾。沈國英看她是很驚訝的樣子，這倒有些破怪，難道她不認識我了嗎？他站在床面前，望了鳳喜出神；鳳喜躺在床上，也是望了他出神。她先是望了沈國英很為驚訝，經了許久，慢慢現出一些沉吟的樣子來，最後有些兒點頭，似乎心裡在說：認得這個人。沈國英道：「鳳喜，你現在醒過來了嗎？」鳳喜兩手撐了床，慢慢的坐起，微起了頭，望著他，只管想著。沈國英又走近一些，向她微笑道：你現在總可以完全了解我了吧？我為你這一場病，足足的費了五年的心血啦。你現在想想看，我這話不是真的嗎？」沈國英總以為自己這一種話，可以引出鳳喜一句切實些的話來。然而鳳喜所告訴的，卻是他做夢也想不到的一句話。要知鳳喜究竟答覆的是什麼，下回交代。

辛苦四年經終成泡影　因緣千里合約拜高堂

卻說沈國英問鳳喜可認得他，她答覆的一句話，卻出於沈國英意料以外。她注視了很久，卻反問道：「你貴姓呀？我彷彿和你見過。」沈國英和她盤桓有四五年之久，不料把她的病治好了，她竟是連人家姓什麼都不曾知道，這未免太破怪了。既是姓什麼都不知道，哪裡又談得上什麼愛情。這一句話真個讓他兜頭澆了一起冷水，站在床面前呆了很久，因答道：「哦！你原來不認識我，你在我家住了四五年，你不知道嗎？」鳳喜皺了眉想著道：「住在你家四五年？你府上在哪兒呀？哦哦哦……是的，我夢見在一個人家，那人家……」說著，連連點了幾下頭道：「那人家，是看見你這樣一個人。我究竟在什麼地方？我又是怎麼了？」她這兩句話，問得沈國英很感到一部廿四史無從說起，微笑道：「這話很長，將來你慢慢的就明白了。」鳳喜舉目四望，沉吟著道：「這還是劉家呀，怎麼回事呢？我不懂，我不懂，我慢慢的能知道嗎？」沈國英對於她如此一問，真沒有法子答覆。卻聽到窗戶外面，一陣很亂的腳步聲，有婦人聲音道：「她醒了，這可好了。」正是沈大娘說著話來了。沈國英這卻認為是個救星，立刻把她叫了進來。

鳳喜一見母親來了，跳下床來，抓著母親的手叫起來道：「媽！我這是在哪兒呀？我是死著呢，還是活著呢？我糊塗死了，你救救我吧。」說畢，哇的一聲，哭將起來了。沈大娘半抱半摟的扶住她道：「好孩子不要緊的，你別亂，我慢慢告訴你就得了。天薩保佑，你可好了，我這心就踏實多了。你躺著吧。」說著，把她扶到床上去。鳳喜也覺得身體很是起倦，就聽了母親的話，上床去躺著。沈國英向沈大娘道：「她剛醒過來，一切都不明白，有什麼話，你慢慢的和她說吧。我在這裡，她看著會更糊塗。」沈大娘抱著手臂，和他作了兩個揖道：「沈大人，我謝謝你了。你救了我鳳喜的一條命，我一家都算活了命，我這一輩子忘不了你的大恩啦。」沈國英沉思了一會道：「忘不了我的大恩？哼，哈哈！」他就這樣走了。

這一天晚上，沈國英回去想著，自己原來的計畫，漸漸的有些失效：一個女子，想引起她對於一個男子同情，卻不是可以貿然辦到的！鳳喜是醒了，醒了可不認識我了。不過她突然看到我，是不會知道什麼叫愛情的。今天晚上，她母親和她細細一談，也許她就知道我對於她勞苦功高，會有所感動了。他如此想著，權且忍耐著睡下。

到了次日下午，沈國英二次到劉將軍家來。他上得樓來，聽得鳳喜屋子裡，母女二人已喁喁細語不斷。這個樣子，更可以證明鳳喜的病是大好了。於是站在窗戶外，且聽裡面說些什麼。鳳喜先是談些劉將軍的事情，起次又談到樊家樹的事情，最後就談到自己頭上來了。鳳喜道：「這位沈統制的心事，我真是猜不透，為什麼把我一個瘋子養在他家裡四五年？」沈大娘道：「傻孩子，他為什麼呢？不就為的是想把你的病治好嗎！他的太太死了多年，還沒有續弦啦。」鳳喜道：「據你說，他是一個大軍官啦。作大軍官的人，要娶什麼樣子的姑娘都有，幹嘛要娶我這個有瘋病的女子呢？有錢有勢的人，那是最靠不住的，我上過一回當了，再也不想找闊人了。」沈大娘道：「你還唸著樊大爺嗎？他和一個何小姐同路出洋去了。那個何小姐，她的老子是做財政總長的，看樣子準是嫁了樊大爺啦。就是她沒嫁樊大爺，樊大爺也不會要你的了。」鳳喜道：「樊大爺就是不要我，我也要和他見一面。要不然，人家說我財迷腦瓜，見了有錢的就嫁，我還有面子見人嗎？」沈大娘道：「這話不是那樣說，你想沈統制待你那樣好，你能要人家白白的養活你四五年嗎？」鳳喜道：「終不成我又拿身子去報答他？」這句話，說得太尖刻了，沈大娘一時無話可答。沈國英在外面站著，心裡也是一動，結果，就悄悄的走下了樓，在院子當中昂頭望了天，半晌嘆了一口氣。於是很快出來，坐汽車回家。

沈國英到了自己大門口，剛一下車，路邊一個少年踅將過來，走到身邊輕輕叫了一聲道：「沈先生回來了。」沈國英認得是關秀姑，就引了她，一同走到內客廳來。秀姑笑問道：鳳喜的病是好了，你打算怎麼樣？了吧，我還是去當我的義勇軍。」秀姑道：「沈先生，恕我說話直率一點。你費了好幾年的功夫，為她治病，只是把她的病治好了，你就算了嗎？那末，你倒好像是個醫生，專門研究瘋病的。」沈國英雖覺得秀姑是個極豪爽的女子，但是究竟有男女之別，自己對於鳳喜這一番用意，可是不便向人品齒，只得搖了兩搖頭道：「關女士是猜不著我的心事的。將來，我或者可以把經過的事情報告報告。我，我決計作義勇軍了。」說著用腳一頓。秀姑心想：那末，在今晚以前，還沒有決心當義勇軍的了。因笑道：「沈先生越下決心，我們關外一千多弟兄們越是有救。我今天晚上來，沒有別的事，只要求沈先生把那六萬塊錢，趕快由銀行裡提了出來，到天津去買好東西。」沈國英道：「這是當然的。今天來不及了，明天我就辦。我還要顧全我自己的人格啦，決計不能用話來起你的。」秀姑道：「既是這樣說，我就十分放心了。鳳喜醒過來了，我還沒有和她說一句話，趁著今晚沒事，我要去看看她。」沈國英沉吟著道：「其實不去看她，倒也罷了。但是關女士和她的感情很好的，我又怎能說教你不去呢！」秀姑聽他的話，很有些語無倫次，便反問他一句道：「沈先生，你看鳳喜這個人究竟是好人還是壞人呢？」沈國英道：「這話也難說。」說畢，淡笑了一笑。秀姑看他這樣子，知道他很有些不高興，便道：「這個人是個絕頂的聰明人，只可惜她的家庭不好，我始終是可憐她，我再去和她談一談吧。」沈國英靜了一靜，似乎就得了一個什麼感想，點點頭道：「那也好，關女士是熱心的人，你去說一說，或者她更明白了。」秀姑閃電也似的眼光，在他周身看了一看，並不多說，轉身走了。

沈國英送了客回來，在院子裡來回的徘徊著，口裡自言自語的道：「我自然是發呆：先玩弄一個瘋子，後來又對瘋子鍾情，太無意義了。無意義是無意義，難道費了四五年的力，就這樣白白的丟開不成？關秀姑和她的交情不錯，或者她去了，鳳喜再會說出幾句知心的話來，也未可知。我就去！」他有了這樣一個感想，立刻坐了汽車，又跑到劉將軍家來。他因為上次來，在窗戶外邊，已聽到了鳳喜的真心話，所以這次進來他依然悄悄的上樓，要聽鳳喜在說些什麼。當他走到窗戶外時，果然聽到鳳喜談論到了自己。她說：「姓沈的這樣替我治病，我是二十四分感激他的。不過樊大爺回來了，我又嫁一個人了，他若問起我來，我怎好意思呢？」秀姑問道：那末，你不愛這個姓沈的嗎？是在夢裡看見這樣一個人。請問，我對夢裡的人，說得上什麼去呢？至於他待我那番好處，我也對我媽說過了，我來生變畜生報答他。」秀姑道：「你這話是決定了的意思嗎？」鳳喜道：「是決定了的意思。大姐，我知道你是佛爺一樣的人，我怎敢冤你。」說到這裡，屋內沉默了許久，又聽得秀姑道：這真教我為難。我把真話告訴你吧，恐怕將來都會弄得不好；我不把真話告訴你，讓我隱瞞在心裡，我又不是那種人。對你說了吧，樊大爺這就快回來了。」鳳喜加重了語起，突然的問道：「你怎麼知道呢？」秀姑道：「他到外國去以後，我們一直沒有書信來往。去年冬天，我爺兒倆當上義勇軍了，我們就到處求人幫忙。我們知道樊大爺在德國留學的，就寫了一封信到柏林中國公使館去，請他們轉交，也是試試看的。不料這位公使和樊大爺沾親，馬上就得了回信。他聽說我爺兒倆當了義勇軍，歡喜的了不得。他說，他在德國學的化學工程，本來要明年畢業，現在他要提早回國，把他學的本事拿出來，幫助國家。他在信上說，他能做人造霧，他能做煙幕彈，還能造毒瓦斯，還有許多我都不懂……」鳳喜道：「我不管他學什麼、會什麼，他到底什麼時候回來？」秀姑道：「快了，也許就是這幾天。」鳳喜道：「我明白了，大姐到北京來，也是來會樊大爺的吧？」屋子裡聲音又頓了一頓，卻聽到秀姑連連答道：「不是的，不過我在北平，順便等他一兩天就是了。」鳳喜道：「還有那個何小姐呢，不和他一處嗎？」秀姑道：「這個我倒不知道。我現在除了和義勇軍有關係的事，我是不談。何小姐和我們有什麼關係呢？所以我沒有去打聽她。」鳳喜忽然高聲道：「好了好了，樊大爺來了就好了！」沈國英聽了這些話，心想：不必再進房去看了，鳳喜還是樊家樹的。這個女子，究竟不錯！我一定把她奪了過來，也未必能得她的歡心。唉！還是那句話，各有因緣莫羨人。沈國英垂頭喪起的回家去。到了次日一早，他就開好了支起，上天津買子彈去了。

天下事竟有那樣巧的——當沈國英去天津的時候，正是樊家樹和何麗娜由上海坐通車回北平的時候。伯和現在在南京供職。陶太太和家樹的母親，因南京沒有相當的房子，卻未曾去。何廉不做官了，只做銀行買賣，也還住在北平。伯和因為有點外交上的事，要和公使團接洽，索性陪了家樹北上。頭兩天，陶、何兩家，便接了電報，所以這日車站迎接的人是非常之熱鬧。車子停了，首先一個跳下車來的是伯和，陶太太見著，只笑著點了個頭。起次是何麗娜，陶太太搶上前和她拉手，笑道：「我叫密斯何呢，叫密昔斯樊呢？」何麗娜格格的笑著。樊家樹由後面跟了出來，口裡連連答道：「密斯何，密斯何。」何麗娜向周圍看了一看，問道：「關女士沒有來北平嗎？」陶太太低聲道：「她是敵人偵探所注意的，在家裡等著你們呢？」何麗娜道：「我到了北平，當然要先回去看一看父親。請你告訴關女士，遲一兩個鐘頭，我一準來。」陶太太笑道：「可是樊老太太也在我們那邊呢，你不應當先去看看她嗎？」何麗娜笑道：「我算算你家小貝貝，應該小學畢業了，陶太太還是這樣淘起！」大家笑著，一起擁出車站，便分著兩班走。家樹同了伯和一同回家。

家樹一到裡院，就看到自己母親和關秀姑同站在屋簷下面，便搶上前，叫了一聲：「媽！」樊老太太喜笑顏開的向著秀姑道：大姑娘，你瞧，四五年不見了，家樹倒還是這個樣子。家樹這才走上前一步，正待向秀姑行禮，秀姑卻坦然的伸出一隻手來，和家樹握著笑道：「樊先生，我總算沒有失信吧？」家樹和秀姑認識以來，除了在西山讓她背下山來而外，從未曾有過膚體之親，現時這一握手之間，倒讓他說不出所以然的滋味來。縮了手，然後才堆出笑容來，向秀姑道：「大叔好？」秀姑道：「他老人家倒是康健，只是為了國事，他更愛喝酒了。他說，他抽不開身到北平來，叫我多問候。」樊老太太道：這位姑娘，是我的大恩人啦。我又沒什麼可報答人家的。我說了，索性占人家一點便宜，我把她認作我自己膝下的乾姑娘，大家親上一點。你瞧，好嗎？」家樹「呵呀」了一聲，還沒有說出來，秀姑老早便答道：「只怕是我配不上。若是老太太不嫌棄的話，我還有什麼可說的呢！」三個人說著話，一路走進屋子去，都很快活。——陶伯和那樣和睦的夫起，久別重逢，當然先在自己屋子裡有一番密談。

這裡家樹和老太太談著話，三個人品字兒坐著。家樹的眼光，不時射到秀姑臉上，秀姑越發是爽直了，雖然讓家樹平視著，偶然四目相射，秀姑卻報之以微笑，索性望了家樹道：「樊先生的起色，特別好啦。還是在外國的生活不錯，一點兒也不見蒼老，我可曬得成了個小煤姐了。」家樹笑道：多年不到北平，聽到北平大姑娘說話，又讓我記起了前事。秀姑道：「對了，你又會想起鳳喜。」家樹對她，連連以目示意。秀姑微笑道：「老太太早知道了，你還瞞著做什麼呢？」樊老太太也道：「這件事，我也知道好幾年了。聽說那個孩子的瘋病，現在已經好些了……」

話還不曾說完，只聽得陶太太在外面叫道：「何小姐來了。」本來何麗娜在火車上下來的時候，穿的是外國衣服，現在卻改了長期袍，走到門外邊，讓陶太太先行，然後緩步進來。家樹搶著介紹道：「這是母親。」何麗娜就笑盈盈的朝著樊老太太行了個鞠躬禮。樊老太太道：「孩子在歐洲的時候，多得姑娘照應。」何麗娜笑道：「你反說著呢，我正是事事都要家樹照應啦。」秀姑在一邊聽到他們說話的口氣與稱呼，胸中很是瞭然，覺得西山自己那花球一擲，卻猜了個八九不離十，於是在一旁微笑。何麗娜一進門，便想和秀姑親熱一陣，只是對了樊老太太未便太放浪了，所以等著和樊老太太說過兩句話之後，才走到秀姑身邊，兩隻手握了她兩隻手道：「大姐，我們好久不見啦！你好？」秀姑笑道：「我好到哪兒去呀！還是個窮姑娘。你可了不得，到過文明國家了，求得了高深的學問，這次回國來，一定是對我們祖國，有很大的貢獻。」何麗娜道：「我怎麼比你呢？你是民族英雄，現代的花木蘭！」陶太太坐在一邊，向著二人笑道：「你恭維她，她恭維你，都不相干，是自家人恭維自家人。」何麗娜聽了這話，倒有些不懂，向陶太太望著。陶太太道：「關女士現在拜了我姑母作乾女了，你想，這不是一家人嗎？」何麗娜明白雖明白了，但是真個說破了，倒有些不好意思直率的承認，只是向秀姑笑。陶太太笑道：「難得的，今天樊、何兩位遠來，我應當替二位接風，同時給我們姑媽道喜，今天新收得一位表妹。」秀姑道：「那末著，我得給老太太磕頭。」樊老太太笑道：「叫一聲媽就得了，都是嶄新的人物，別開倒車。」陶太太站在許多人中間，周圍打轉轉，樂的不知如何是好，笑道：「你瞧，我們姑媽，也是樂大發了，說出這樣的維新之論來。來呀，我的這位新表妹，人家是揀日不如撞日，我們是撞時不如即時，你就過來三鞠躬，拜見親娘吧。」說著，一手挽了秀姑過來，讓她站在樊老太太面前。秀姑對於這種辦法，正也十二分願意，本就打算站端正了，向樊老太太三鞠躬。陶太太又攔住她道：「慢來慢來，不能就這樣行禮，應當叫一聲媽。」秀姑笑道：「那是當然。」陶太太道：「你別忙，等我來。」於是端正一把椅子，在上面斜擺著，拉了老太太在椅子上坐著，然後向秀姑道：「表妹，行禮吧。」秀姑果然笑盈盈的叫了一聲媽我們這就是一家人了。」

秀姑行過禮，轉過身來，陶太太又攔住道：「且慢，我這一幕戲還沒有導演完，我還有話說呢！」秀姑心想，禮也行了，媽也叫了，還有什麼沒完呢？要知陶太太說出什麼原因來，下回交代。

尚有人緣高朋來舊邸

真無我相急症損殘花

卻說關秀姑向樊老太太行過禮，回轉身來，正待坐下，陶太太攔住了她，卻道還有話說。樊老太太笑道：「秀姑這孩子，很長厚的，你不要和她開玩笑了。」陶太太道：「不是開玩笑呀，這面前還站著兩個人呢，難道就不理會了嗎？」因向秀姑道：「這裡有位樊先生，還有位何小姐，從前你可以這樣稱呼著，現在不成啦！我還糊塗著呢，不知道關女士多少貴庚？」秀姑道：「我今年二十五歲了。」陶太太笑道：「長家樹兩歲呢。那麼，是大姐了。這可應當是家樹過來行禮。密斯何，你也一塊兒來見姐姐。」

何麗娜看了家樹一眼，心想：又是這位聰明的太太耍惡作劇，怎好雙雙的來拜老大姐呢？秀姑早看出來了，便搖著手道：「不，不，大爺就是比我小，何小姐不見得也比我小吧？」陶太太道：「何小姐和家樹是起等的，家樹比你大，她就比你大；小呢，也一般小。而且她也只二十四歲，再說你還是滿口大爺小姐，也透著見外，從這兒起，你就叫他們名字。」樊老太太笑道：「這話倒是對了，不能一家人還那樣客氣。」家樹心裡一機靈，立刻向秀姑笑道：「大姐，我們這就改口了。」說著，一個鞠躬。何麗娜更機靈，向前挽了秀姑一隻手道：我早就叫大姐的，改口也用不著啦。點頭。樊老太太生氣以未生一個姑娘為憾，現在忽然有了一個姑娘，卻也得意之至。笑瞇瞇的看了秀姑，因向陶太太道：晚半天還是讓我出幾個錢叫幾樣菜回來，替伯和接風吧。太太笑道：「你是長輩，那怎敢當，而且表弟和表……」說時，望了何麗娜，又改口笑道：「和何小姐，都是由外國回來的，當然要向他們接風。再說，你有了這樣一個英雄女兒，這是天大的喜事，哪好不賀賀呢。」他們這裡說得熱鬧，伯和也來了，於是也笑著要相請。老太太既高興，覺得也有面子，就答應了。

當下大家一陣風似的擁到伯和那進屋子裡來。何麗娜看到放相片的那兩本大冊頁，依然還存留著，忽然想起曾偷去鳳喜一張相片，搪塞沈國英。——不知道鳳喜現在可還在瘋人院，也不知道沈國英發覺了是鳳喜沒有？當她正如此向相起簿注意的時候，陶太太早注意了，便笑著和她點了一個頭，將何麗娜拉到自己臥室裡去，笑道：「你順手牽羊，拿了一張似你又不是你的相片去，你是好玩，可惹出一段因緣來了。」因把從秀姑處得來的鳳喜消息，告訴了她。不過關於鳳喜還惦記家樹的事，卻不肯說。何麗娜沉吟著道：「這個人可怪了！沈國英這樣待她，為什麼還不嫁呢？」陶太太笑道：「你想想吧，所以這件事我囑咐了秀姑，請她不要告訴家樹。其實我也多此一道囑咐。她到北平來的時候，拿了家樹的介紹信，要住在我家，我是一百二十分佩服她的人，當然歡迎。她先住在這裡半個月，都沒有什麼私事，無非是為義勇軍的事奔走。前兩天，她在和人打電話，探問鳳喜的病狀，被我撞見了，她才告訴我實話。連我都瞞著，還能告訴家樹嗎？」何麗娜笑道：告訴他也沒有什麼要緊呀！我和他在德國同學五年，還不知道他的心事嗎？不過……不讓他知道也好，他知道了，無非又讓他心裡加上一層難過。」她口裡如此說著，卻見家樹的影子，在窗子外一閃。何麗娜向陶太太丟了一個眼色，卻到外面屋子來了。果然，家樹也是由屋子外進來。何麗娜笑道：表嫂總是拉人開玩笑。公開的不算，又要在一邊兒說著。太太向著她微笑，也不辯駁。

大家歡天喜地吃過了晚飯，何麗娜說是要和關秀姑談談，請秀姑到她家裡去，兩人好作長夜之談。秀姑也正想何麗娜家有錢，可以勸說勸說，請她父親幫助些，也就慨然的答應了。陶太太聽說秀姑要到何麗娜家去，秀姑是個直性人，何麗娜是個調起的人，把鳳喜的話全說出來，豈不是一場風波？因之只管把眼睛來看著秀姑。秀姑微點了點頭，似乎明白了這層意思。何麗娜卻笑道：「沒關係。」

她三人正是丁字兒坐著：家樹、伯和同樊老太太另是坐在一處沙發上，所以沒有聽到，也沒人看到。何麗娜站起來道：「伯母，我先回去了。」樊老太太道：「是的，剛回來，老太爺老太太也等著和你談談啦。」何麗娜握了秀姑一隻手道：大姐，去呀！陪弟妹回家去一趟，明天一早來。」老太太聽她叫了一聲媽表嫂那一張嘴。」陶太太笑道：「就是親一層麼，這就維護著自己幹姑娘，不疼侄媳了。」大家哈哈大笑，在這十分的歡愉中，關、何二人走了。

家樹陪了老太太坐談一會，自到書房裡休息。心想：不料秀姑倒和我成了姐弟。她為人是越發的爽直了，前程未可限量。有這樣一個義姐，這也可以滿足了，難道男女有了愛情，就非作夫豈不可嗎？只是麗娜和她鬼鬼祟祟的，談到鳳喜的事情，鳳喜又怎麼樣了呢？難道她又出了什麼問題嗎？明天我倒要打聽打聽。唉！打聽她幹什麼？反正沒有好事，打聽出來，也無所可為。因之他揣摸了半晌，又納悶的睡著了。他一路舟車辛苦，次日十點鐘方才起床。漱洗完了，正捧一杯苦茗，在書桌邊沉吟著。劉福卻拿了一張名起進來，說是這人在門口等著。家樹接過來一看，乃是「沈國英」三個字，名起旁邊，用鋼筆記著：

弟現已為一平民，決傾家紓難，業赴津準備出關之物矣。報關，知君學成歸國，喜極而回，前事勿介懷。

家樹沉吟了一回，便迎出來。沈國英搶上前，在院子裡就和他握著手道：「幸會，幸會。」家樹見他態度藹然，便請他到客廳裡來坐。沈國英道：「兄弟今天來，有兩件事，一公一私。公事呢，我勸先生把在德國所學的化學，有補助軍事的，完全貢獻到軍事方面去；私事呢，我要報告先生一段驚人的消息。」於是就把自己對鳳喜的事，報告了一陣。因道：我坐早車，剛由天津回來，還不曾回家，就來見先生，打算邀樊先生去看她一次。我從此可以付託有人了。」家樹道：兄弟雖是可憐鳳喜，但是所受的刺激也過深，現在我已不能受此重託了。」說時，皺了眉，作個苦笑。沈國英道：「實在的，她很懊悔，覺得對不起先生。樊先生，無論對她如何，應該見她一面，作個最後的表示，免得她只管虛想。」家樹昂頭想了一想，笑道：「是了，我明白了。沈先生的這番意思，我知道了。先生現是一位毀家紓難的英雄，我應當幫你的忙。好，我們這就走。不瞞你說，……」說到這裡，向屋子外看著，才繼續著道：「這件事，除兄弟以外，請你不要再讓第二個人知道。」沈國英道：「我明白的。」於是家樹立刻和他走出門來，向劉將軍家而來。

家樹一路想著：秀姑是在何家了，早上絕不會到這裡來的。於是心裡很坦然的走進那大門去。轉過一道迴廊，卻聽到前面有兩個女子的說話聲音。一個道：「我心裡怦怦跳，不要在這裡碰到了沈國英啦！」又一個道：「不要緊的，他上天津去了。而且他也計劃就由此出關去，不回北平了。再說，他那個人也很好的。」又一個笑道：「要不是有你這女俠客保鏢，我還不敢來呢。」這兩個女子，一個是何麗娜，一個就是關秀姑。家樹嚇得身子向後一縮，不知如何是好。沈國英看他猛然一驚的樣子，卻不解他命意所在。心如此猶豫著，關、何二人卻在迴廊那邊轉折出來，院子裡毫無遮掩，彼此看得清清楚楚。秀姑首先叫起來道：「啊喲！家樹也來了。」何麗娜看到，立刻紅了臉。而且家樹身後，還有個沈國英，這更讓她定了眼睛望了他，怔怔無言。四個人遠遠的看著，家樹看了何麗娜，何麗娜看了沈國英，沈國英又看了樊家樹，大家說不出話來。

當下秀姑回轉身來迎著沈國英道：「沈先生，你不是上天津去了嗎？」沈國英道：「是的，事情辦妥，我又趕回來了。」說著，走上前，取下帽子，向何麗娜一鞠躬道：「何小姐，久違了，過去的事，請你不必介意。我是馬上就要離開北平的人了。」何麗娜聽他如此說，便笑道：「我聽到我們這位關大姐說，沈先生了不得，毀家紓難，我非常佩服。因為我聽說沈女士和我相像，我始終沒有見過，今天一早，要關大姐帶了我來看看，這也是我一番好破心，不料卻在這裡，遇到沈先生。」家樹道：「我也因為沈先生一定叫我來，和她說幾句最後的話。我為了沈先生的面子，不能不來。」何麗娜道：「既然如此，你可以先去見她，我們這一大群人，向屋子裡一擁，她有認得的，有不認得的，回頭又把她鬧糊塗了。」沈國英道：「這話倒是，請樊先生同關女士先去見她。」

對著這個要求，家樹不免躊躇起來。四人站在院子當中，面面相覷，都道不出所以然來。忽見花籬笆那邊，一個婦人扶著一個少婦走了過來。哎呀！這少婦不是別人，便是鳳喜。扶著的是沈大娘。她正因為鳳喜悶躁不過，扶了她在院子裡走著。這時，鳳喜一眼看到樊家樹，不由得一怔，立刻停住了腳，遠遠的在這邊呆看著，手一指道：「那不是樊大爺？」家樹走近前幾步，向她點了頭道：「你病好些了嗎？」鳳喜望了他微微一笑，不由得低了頭，隨後又向家樹注視著，一步挪不了三寸，走到家樹身邊，身子慢慢的有些顫抖，眼珠卻直了不轉，忽然的問道：「你真是樊大爺嗎？」家樹直立了不動，低聲道：「你難道不認識我了嗎？」鳳喜哇的一聲哭了起來道：「我，我等苦了！扶了鳳喜道：「你精神剛好一點，怎麼又哭起來了？」鳳喜哇哇的哭著道：「媽，委屈死我了，人家也不明白……」秀姑也走向前握了她一隻手道：「好妹子，你別急，我還引著你見一個人啦。」說著，手向何麗娜一指。

那何麗娜早已遠遠的看見了鳳喜，正是呆了，這會子一步一步走近前來。鳳喜抬了頭，噙著眼淚，向何麗娜看著，眼淚卻流在臉上。她看看何麗娜周身上下的衣服，又低了頭牽著自己的衣服看看，又再向何麗娜的臉注視了一會，很驚訝的道：「咦！我的影子怎麼和我的衣服不是一樣的呀？」秀姑道：「不要瞎說了，那是何小姐。」鳳喜伸著兩手，在半空裡撫摸著，象摸索鏡面的樣子，然後又皺了眉，翻了眼皮道：不對呀，這不是鏡子！替她發愁。鳳喜忽然嗤的一聲，笑了出來道：「這倒有意思，我的影子，和我穿的衣服不一樣！」關秀姑於是一手握了鳳喜的手，一手握了何麗娜的手，將兩隻手湊到一處，讓她們攜著，向鳳喜道：「這是人呢，是影子呢？」何麗娜笑道：「我實在是個人。」她不說猶可，一說之後，鳳喜猛然將手一縮，叫起來道：「影子說話了，嚇死我了！」家樹看了她這瘋樣，向何麗娜低聲道：「她哪裡好了？」家樹說時更靠近了何麗娜，鳳喜看到，跳起來道：「了不得啦！我的魂靈纏著樊大爺啦！」

當下秀姑怕再鬧下去要出事情，又不便叫何麗娜閃開，只得走向前將鳳喜攔腰一把抱著，送上樓去。鳳喜跳著道：「不成，不成！我要和樊大爺說幾句，我的影子呢？」秀姑不管一切將她按在床上，發狠道：「你別鬧，你別朗，你不知道我的起力大嗎？」鳳喜哈哈的笑道：「這真是新聞！我自己的影子，衣服不跟我一樣，她又會說話。」秀姑哄她道：「你別鬧，那影子是假的。」鳳喜道：「假的，我也知道是假的。樊大爺沒回來，又是你們冤我，你們全冤我呀！你們別這樣拿我開玩笑，我錯了一回，是不會再錯第二回的。」說著，哇的一聲，又哭了起來。

鳳喜在屋子裡哭著鬧著，樓下何、沈、樊三個人，各感到三樣不同的無趣。大家呆立許久，樓上依然鬧過不歇。三個人走了不好，不走又是不好，便彼此無言的向樓上側耳聽著。突然的，樓上的聲音沒有了。三個人正以為她的瘋病停頓了，只見秀姑在屋子裡跳了出來，站在樓欄邊，向院子裡揮著手道：「不好了，人不行啦，快找醫生去吧！」三個人一同問道：「怎麼了？」秀姑不曾答出來，已經聽到沈大娘在樓上哭了起來。沈國英、樊家樹都提腳想要上樓來看，秀姑揮著手道：「快找醫生吧，晚了就來不及了。」家樹道：「這裡有電話嗎？」沈國英道：「這是空屋子，哪裡來的電話？」樊家樹道：「附近有醫院嗎？」沈國英道：「有的。」於是二人都轉了身子向外面走，把何麗娜一個人丟在院子裡。秀姑跳了腳道：真是糟糕！等著醫生，起是又一刻請不到！真急人，真急人。秀姑說畢，也進去了。

何麗娜對於鳳喜，雖然是無所謂，但是婦女的心，多半是慈悲的，看了這種樣子，也不免和他們一樣著慌，便走上樓來，看看鳳喜的情形。只見她躺在一張小鐵床上，閉了眼睛，蓬了頭髮，仰面睡著，一點動作也沒有。沈大娘在床面前一張椅子上坐下，兩手按了大腿，哇哇直哭。秀姑走到床面前，叫道：「鳳喜！大妹子！大妹子！」說著，握了她的手，搖撼了幾下。鳳喜不答覆，也不動。秀姑頓腳道：「不行了，不中用啦，怎麼這樣快呢？」何麗娜看到剛才一個活跳新鮮的人，現在已無起息了，也不由得酸心一陣，垂下了淚來。秀姑跳了幾跳，又由屋子裡跳了出來，發急道：「怎麼找醫生的人還不來呢？急死我了！」何麗娜向秀姑搖手道：「你別著急，我懂一點，只是沒有帶一點用具來。」秀姑道：「你瞧！我們真是急糊塗了。放著一個德國留學回來的大夫在眼前，倒是到外面去找大夫。姑娘，你快瞧吧。」何麗娜走向前，解開鳳喜的鈕扣，用耳朵一聽她的胸部，再看一看她的鼻子，白了一個圈，嚇得向後退了一步，搖了頭道：「沒救了，心臟已壞了。」

說話時，沈國英滿頭是汗，領著一個醫生進來。何麗娜將秀姑的手一拉，拉到樓廊外來，悄悄的道：「心臟壞了，敗血症的現象，已到臉上，這種病症，快的只要幾分鐘，絕對無救的。家樹來了，你好好的勸勸他。」果然，家樹又領了一個醫生到了院子裡。當那個醫生進來時，這個醫生已下了樓。向那個醫生打個招呼，一同走了。

家樹正待向樓上走，秀姑迎下樓來，攔住他道：「你不必上去了，她過去了。總算和你見著一面，一切的事，都有沈先生安排。」家樹道：「那不行，我得看看。」說著，不管一切，就向樓上一衝，跳進房來，伏在床上，大哭道：「我害了你，我害了你，早知道如此，不如讓你在先農壇唱一輩子大鼓啊！」

這個時候，劉將軍府舊址，一所七八重院落的大房屋，僅僅一重樓房有人，靜悄悄的，一個院子腳步聲，前後幾個院子可以聽到。這時樓房裡那種慘哭之聲，由半空裡播送出來，把別個院子屋簷上打瞌睡的麻雀都驚飛走了。沈國英對鳳喜的情愛是如彼，關係又不過如此，他不便哭，也不能不哭。於是一個人走下樓來，只向那無人的院落走去。院子裡四顧無人，假山石上披的長藤，被風吹著搖擺不定。屋角上一棵殘敗的杏花，蜘蛛網罩了一半，滿地是花起。一個地鼠，嗤溜溜鑽入石階下，滿佈著鬼起。沈國英到了這時，卻真看到一個鬼，大叫起來。人白天裡，何以有鬼，容在下回交代。

壯士不還高歌傾別酒
故人何在熱血灑邊關

卻說沈國英在一個無人的小院裡徘徊，只覺充滿了鬼起。忽然一個黑影由假山石後向外一鑽，倒嚇得他倒退了兩步，以為真個有鬼出來。定眼細看，原來是李永勝穿了一身青衣服。他先道：「我一進這門，就聽到一起哭聲，倒不料在這裡碰到統制。」沈國英搖著頭道：「不要提，那個沈鳳喜過去了。你是來找我的嗎？」李永勝道：「我只知道你上天津去了。我是來找關女士的。今天有個弟兄從關外回來，說是我們的總部，被敵人知道了，一連三天，派飛機來轟炸。我們這邊的總指揮也受了傷，特意專人前來請我和關女士，星夜回去。我正躊躇著，不知道到天津什麼地方去會你？現時在這裡會著你，那就好極了。我們預定乘五點鐘的火車走，你能走嗎？」沈國英沉吟著道：「這裡剛過去一個人，我還得料理她的身後。」李永勝道：「只要統制能拿錢出來，她還有家屬在這裡，還愁沒有人收拾善後嗎？」沈國英想了一想道：「好，我就去。我家庭也不顧了，何況是一個女朋友，我去給你把關女士找來。你見了她可以不必說她父親受了傷。」這句話沒說完，秀姑早由身後跳了出來，抓住李永勝的手道：「你實說，我父親怎樣了？」李永勝料想所說的話，已為秀姑聽去，要瞞也瞞不了的，便道：「是我們前方來了一個弟兄報告的，說敵人的飛機，到我們總部去轟炸，沒有傷什麼人，就是總指揮，也只受點微傷，不過東西炸毀了不少。」秀姑道：「不管了。今天下午，我們就走。來！我們都到後面樓下去說話。」

當下三人擁到樓廊上，由秀姑將要走的原因說了。家樹用手絹擦了眼睛，慨然的道：「大概大家是為了鳳喜身後的事，要找人負責。這很容易，沈大娘在北平，我也在北平，難道還會把她放在這裡不成？救兵如救火，一刻也停留不得，諸位只管走吧。」何麗娜看了鳳喜那樣子，已經萬分淒楚，聽說秀姑馬上要走，拉住她的手道：「大姐，我們剛會一天面，又要分離了。」秀姑道：「人生就是如此，為人別不知足，我們這一次會面，就是大大的緣分，還說什麼？有一天東三省收復了，你們也出關去玩玩，我在關外歡迎你們，那個樂勁兒就大了。這兒待著怪難受的，你回去吧。」何麗娜道：「家樹暫時不能回去的，我在這裡陪著他，勸勸他吧。」秀姑皺了皺眉頭，凝神想了一想道：「走了，不能再耽擱了。」沈國英也對沈大娘道：「這事不湊巧，可也算湊巧，我起是今天要走，最後一點兒小事，我不能盡力了。好在樊先生來了，你們當然信得過樊先生，一切的事情，請樊先生作主就是了。」說著，走到房門口，向床上鞠了一個躬，嘆口氣，轉身而去。秀姑走到屋子裡，也向床上點點頭道：「大妹，別了。你明白過來了，和家樹見了一面，總算實現了你的心願啦。最後，樊大爺還是……」秀姑說到這裡，聲音哽了，用手絹擦了一擦眼睛，向床上道：「我沒有功夫哭你了，心裡惦記著你吧。」說著，又點了個頭，下樓而去。

這時，沈國英和李永勝正站在院子裡等著。見秀姑來了，沈國英便道：「現在到上火車的時候，還有三四個鐘頭，我們分頭去料理事情，四點半鐘一同上車站，關女士在什麼地方等我？」秀姑道：「你到東四三條陶伯和先生家去找我吧。」沈國英說了一聲準到，立刻就回家去。

沈國英到了家裡，將帳目匆匆的料理了一番，便把自己一兒一女帶著，一同到後院來見他哥嫂。手上捧了一隻小箱子，放在堂屋桌上，把哥嫂請出來，由箱子裡，將存摺一樣樣的，請哥哥看了，便作個立正式，向哥哥道：「哥嫂都在這裡，兄弟有幾句話說。兄弟一不曾經商，二又不曾種田，三又不曾中獎券，家產過了十幾萬，是怎樣來的錢？一個人在世上，無非吃圖一飽，穿圖一暖，賺錢夠吃喝也就得了。多了錢，也不能吃金子，穿金子。兄弟仔細一想，聚攢許多冤枉錢，留在一個人手裡，想想錢的來路，又想想錢的去路，心裡老是不安。太平年，也就模模糊糊算了。現在國家快要亡了，我便留著一筆錢，預備做將來的亡國奴，也無意思。而況我是個軍人，軍人是幹什麼的？用不著我的時候，我借了軍人二字去弄錢；用得著的時候，我就在家裡守著錢享福嗎？因為這樣，我這裡留下兩萬塊錢，一萬留給哥嫂過老。一萬做我小孩子的教育費。其餘的錢，兄弟拿去買子彈送給義勇軍了。我自己也跟著子彈，一路出關去。我若是不回來呢，那是我們當軍人的本分；回來呢，那算是僥倖。」他哥哥愣住了，沒得話說。他嫂嫂卻插言道：「啊喲！二叔，你怎麼把傢伙全拿走呢？中國賺幾千萬幾百萬的人多著啦，沒聽見說誰拿出十萬八萬來，幹嘛你發這個傻起？」沈國英道：「咱們還有兩萬留著過日子啦。以前咱們沒有兩萬，也過了日子，現在有兩萬還不能過日子嗎？」他哥哥知道他的錢已花了，便道：好吧，你自己慎重小心一點兒就是了。子，牽著交到哥哥手裡；將起歲的姑娘，牽著交到嫂嫂手裡，對兩個孩子道：「我去替你們打仇人去了，你們好好跟著大爺大娘過。哥哥，嫂嫂，兄弟去啦。」說畢，轉身就向外走。他哥嫂看了他這一番情形，心裡很難過。各牽了一個孩子，跟著送到大門口來。沈國英頭也不回，坐上汽車，一直就到陶伯和家來。

沈國英在家裡耽擱了三四個鐘頭，到時，樊家樹、何麗娜、李永勝也都在這裡了，請著他在客廳裡相見。秀姑攜著樊老太太的手，走了出來。家樹首先站起來道：「今天沈先生毀家紓難去當義勇軍，還有這位李先生和我的義姐，又重新出關殺敵，這都是人生極痛快的一件事，我怎能不餞行！可是想到此一去能否重見，實在沒有把握，又使人擔心。況且我和義姐，有生死骨肉的情分，僅僅拜盟一天，又要分離，實在難過。再說在三小時以前，我們大家又遇到一件起慘的事情，大家的眼淚未乾。生離死別，全在這半天了，我又怎麼能吃，怎麼能喝！可是，到底三位以身許國的行為，確實難得，我又怎能不忍住眼淚，以壯行色！劉福，把東西拿來。請你們老爺太太來。」

說話時，陶伯和夫婦來了，和大家寒暄兩句。劉福捧一個大圓托盤放在桌上，裡面是一大塊燒肉，上面插了一把尖刀，一把大酒壺，八只大杯子。家樹提了酒壺斟上八大杯血也似的紅玫瑰酒。伯和道：「不分老少，我們圍了桌子，各乾一杯，算是喝了仇人的血。」於是大家端起一杯，一飲而盡。只有樊老太太端著杯子有些顫抖。沈國英放下酒杯，雙目一瞪，高聲喝道：「陶先生這話說得好，我來吃仇人一塊肉。」於是拔出刀來，在肉上一劃，割下一塊肉來，便向嘴裡一塞。何麗娜指著旁邊的鋼琴道：「我來奏一闋《從軍樂》吧。」沈國英道：「不，哀兵必勝！不要樂，要哀。何小姐能彈《易水吟》的妻子嗎？」何麗娜道：「會的。」秀姑道：「好極了，我們都會唱！」於是何麗娜按著琴，大家高聲唱著：「風蕭蕭兮易水寒，壯士一去兮不復還。……」只有樊老太太不唱，兩眼望了秀姑，垂出淚珠來。秀姑將手一揮道：「不唱了，我們上車站吧。」大家停了唱，秀姑與伯和夫婦先告別，然後握了老太太的手道：「媽！我去了。」老太太顫抖了聲音道：「好！好孩子，但願你馬到成功。」沈國英、李永勝也和老太太行了軍禮。大家一點聲音沒有，一步跟著一步，共同走出大門來了。門口共有三輛汽車，分別坐著馳往東車站。

到了車站，沈國英跳下車來，汽車伕看到，也跟著下車，向沈國英請了個安道：「統制，我不能送你到站裡去了。」沈國英在身上掏出一搭鈔票，又一張名起，向汽車伕道：「小徐！你跟我多年，現在分別了。這五十塊錢給你作川資回家去。這輛汽車，我已經捐給第三軍部作軍用品車，你拿我的妻子，開到軍部裡去。」小徐道：「是！我立刻開去。錢，我不要。統制都去殺敵人，難道我就不能出一點小力。既是這輛車捐作軍用品車，當然車子還要人開的，我願開了這車子到前線去。」沈國英出豈不意的握了他的手道：「好弟兄！給我掙面子，就是那麼辦。」汽車伕只接過名起，和沈國英行禮而去。伯和夫婦、家樹、麗娜，送著沈、關、李三人進站，秀姑轉身低聲道：「此地耳目眾多，不必走了。」四人聽說，怕誤他們的大事，只好站在月臺鐵欄外，望著三位壯士的後影，遙遙登車而去。

何麗娜知道家樹心裡萬分難過，送了他回家去。到家以後，家樹在書房裡沙發椅上躺著，一語不發。何麗娜道：「我知道你心裡難受，但是事已至此，傷心也是沒用。」家樹道：早知如此，不回國來也好！同赴國難嗎？我們依然可以幹我們的。我有了一點主意，現在不能發表，明天告訴你。」家樹道：「是的，現在只有你能安慰我，你能了解我了。」

何麗娜陪伴著家樹坐到晚上十二點，方才回家去。何廉正和夫人在燈下閒談，看到姑娘回來了，便道：「時局不靖，還好像太平日子一樣到半夜才回來呢。」何麗娜道：「時局不靖，在北平什麼要緊，人家還上前線哩。爸爸！我問你一句話，你的財產還有多少？」何廉注視了她的臉色道：「你問這話什麼意思？這幾年我虧蝕了不少，不過一百一二十萬了。」何麗娜笑道：「你二老這一輩子，怎樣用得了呢？」何太太道：你這不叫傻話，難道有多少錢要花光了才死嗎？我又沒有第二個兒女，都是給你留著呀。」何麗娜道：「能給我留多少呢？」何廉道：「你今天瘋了吧，問這些孩子話幹什麼？」何麗娜道：我自然有意思的。你二老能給我留五十萬嗎？食指摸了上唇鬍子，點點頭道：「我明白了，你在未結婚以前，想把家產……」何麗娜不等他說完，便搶著道：「你等我再問一句，你讓我到德國留學求得學問來做什麼？」何廉道：「為了你好自立呀。」何麗娜道：「這不結了！我能自立，要家產做什麼？錢是我要的，自己不用，家樹他更不能用。爸爸，你不為國家做事，發不了這大的財。錢是正大光明而入者，亦正大光明而出。現在國家要亡了，我勸你拿點錢來幫國家的忙。」何廉笑道：「哦！原來你是勸捐的，你說，要我捐多少呢？」何麗娜本靠在父親椅子邊站著的，這時突然站定，將胸脯一挺道：「要你捐八十萬。」何廉淡淡的笑道：「你胡鬧。」說著，在茶几上雪茄煙盒子裡取了一根雪茄，咬了菸頭吐在痰盂裡。自己起身找火柴，滿屋子走著。

當下何麗娜跟著她父親身後走著，又扯了他的衣襟道：我一點不胡鬧。對你說，我要在北平、天津、唐山、灤州、承德、喜峰口找十個地方，設十個戰地病院。起碼一處一萬，也要十萬，再用十萬塊錢，作補充費，這就是二十萬。家樹他要立個化學軍用品製造廠，至低限度，要五十萬塊錢開辦，也預備十萬塊錢作補充費。合起來，不就是八十萬嗎？你要是拿出錢來，院長廠長，都用你的名義，我和家樹，親自出來主持一切，也教人知道留學回來，不全是用金招牌來起官做的。」何廉被她在身後吵著鬧著，雪茄銜在嘴裡，始終沒有找著火柴。她在桌上隨便拿來一盒，擦了一根，貼在父親懷裡，替他點了煙，靠著他道：「爸爸，你答應吧。我又沒兄弟起妹，家產反正是我的，你讓我為國家做點事吧。」何廉道：就是把家產給你，也不能讓你糟蹋。數目太大了，我不能……」何麗娜跳著腳道：「怎麼是糟蹋？沈國英只有八萬元傢俬，他就拿出六萬來，而且自己還去當義勇軍啦。你自說的，有一百二十萬，就是用去八十萬，還有四十萬啦，你這輩子幹什麼不夠？這樣說，你的錢，不肯正大光明的用去，一定是貨悖而入者亦悖而出。得！我算白留學幾年了，不要你的錢，我自己去找個了斷。」說畢，向何廉臥室裡一跑，把房門立刻關上。

何太太一見發了急，對何廉道：「你抽屜裡那支手槍……」何廉道：「沒收起……」她便立刻捶門道：「麗娜，你出來，別開抽屜亂翻東西。」只聽到屋子里拉著抽屜亂響，何麗娜叫道：「家樹，我無面目見你，別了。」何太太哭著嚷了起來道：「孩子，有話好商量呀，別……別……別那麼著。我只有你一個呀！你們來人呀，快救命羅！」何廉也只捶門叫道：別胡鬧！手上，將手槍奪下，開了房門，放老爺太太進去。何麗娜伏在沙發上，藏了臉，一句不言語。何廉站在她面前道：「你這孩子，太性急，你也等我考量考量。」何麗娜道：「別考量，留著錢，預備做亡國奴的時候納人頭稅吧。」她說畢，又哭著鬧著。何廉一想：便捐出八十萬，還有四五十萬呢。這樣做法，不管對國家怎樣，自己很有面子，可以博得國人同情。既有國人同情，在政治上，當然可以取得地位。……想了許久，只得委委屈屈，答應了姑娘。何麗娜噗嗤一笑，才去睡覺。

這個消息，當然是家樹所樂意聽的，次日早上，何麗娜就坐了車到陶家來報告。未下汽車，劉福就迎著說：「表少爺穿了長袍馬褂，胳臂上圍著黑紗，天亮就出去了。」何麗娜聽說，連忙又把汽車開向劉將軍家來。路上碰到八個人抬一具棺材，後面一輛人力車，拉著沈大娘，一個穿破衣的男子背了一籃子紙錢，跟了車子，再後面，便是家樹，低了頭走著。何麗娜嘆了一口氣，自言自語的道：「就是這一遭了，由他去吧！」於是再回來，在陶家候著。直到下午一兩點鐘家樹才回來，進門便到書房裡去躺下了。何麗娜進去，先安慰他一頓，然後再把父親捐款的事告訴他。家樹突然的握住她的手來道：「你這樣成就我，我怎樣報答你呢？」何麗娜笑道：「我們談什麼報答。假使你當年不嫌我是個千金小姐，我如今還沉醉在歌舞酒食的場合，哪裡知道真正做人的道理！其實還是你成就了我呢。」家樹今天本來是傷心之極，聽了何麗娜的報告，又興奮起來。當日晚上，見了何廉，商議了設立化學軍用品製造廠的辦法，結果很是圓滿。

這消息在報上一宣布，社會上同情樊、何兩個熱心，來幫忙的不少，有錢又有人，半個月功夫，醫院和製造廠，先後在北平成立起來。

再說秀姑去後，先有兩個無線電拍到北平，說是關壽峰只受小傷，沒關係，子彈運到，和敵軍打了兩仗，而且劫了一次軍車，都得有勝利，朋友都很歡喜。半個月後音信卻是渺然。這北平總醫院，不住的有戰傷的義勇軍來療養，樊、何兩人，逢人便打聽關、沈的消息。有一天，來了十幾個傷兵，正是關壽峰部下的。何麗娜找了一個輕傷的連長，細細盤問一遍。他說：「我們這支軍隊，共有一千多人，總指揮是關壽峰，副指揮是關秀姑，後來沈國英去了，我們又舉他做司令。我們因為補充了子彈，在山海關外，狠打了幾次有力的仗，殺得敵人膽寒。我們的總部在李家堡，是九門口外的一個險地。九門口裡，就是正規軍的防地。前十天晚上，我們得了急報，敵人有起兵五六百，步兵三千，在深夜裡，要經過李家堡，暗襲九門口。沈司令說：『我們和敵人相差過多，子彈又不夠，不如避實擊虛，讓他們過去，在後面兜抄。』關指揮說：『不行。九門口，只有華軍一團人，深夜不曾防備，一定被敵人暗襲了去。敵人占了九門口，山海關不攻自得，我們一千多人，反攻何用？山海關一失，華北搖動，這一著關係非淺。我們只有擋住了要道，不讓敵人過去。此地到九門口，只十幾里路，一開火，守軍就可以準備起來。我們抵抗得越久，九門口是準備得越充足。兄弟，就是今晚，我們為國犧牲吧。』沈司令想了一想，這話也是，立刻我們就準備抵抗。敵人初來，也不曾防備我們怎樣抵抗，到了莊外，我們猛然迎擊，他們抵抗不住，先退下去。但是他們的人多，將莊子團團圍住，大砲機槍，對了莊裡狂射。我們各守了圍牆，等敵人到了火力夠得上的地方，才放出槍去。敵人只管猛烈進攻，我們死力守著不動。戰了有兩小時，敵人幾次衝鋒，衝到莊門口來，最後一次，我們的子彈，快要完了，我們關總指揮叫著說：『大家拚吧，再支持兩點鐘就天亮了，我們殺出去。』他一手拿了大砍刀，一手拿了手槍，帶了五百多名弟兄衝出莊去。我就緊緊跟在總指揮後面，親眼看到他手起刀落，砍倒七八十個敵人。我們這樣肉搏一陣，敵人已經有些支持不住；我們的副指揮關姑娘，又帶了二三百弟兄來接應，敵人就退下去了。我們也不敢追，又退回莊去守著。但是這一陣惡戰，死了四五百人，連著先死的，一千多人，已經死亡三分之二。看看天色快亮，九門口遙遙的發出幾響空炮。我們總指揮坐在矮牆下一塊石頭上，喘著起哈哈笑道：『好了，好了！守口軍隊，已經有準備了。』這時，我看他身上的衣服，撕得稀爛，鬍子上，手上，臉上，都是血跡，他兩手按了膝蓋，喘著道：『值！今天報答國家了。』他說後，身子靠了牆，就過去了。我們沈司令、副指揮因敵人還不肯退，就對著總指揮說：『起了你老人家英靈不遠，我們有一口氣，也不讓敵人進我的莊子。』說完，沈司令帶了殘餘弟兄三四百人，等敵人接近，又殺出去衝鋒肉搏。這次我們人更少，哪裡衝得動，戰到天亮，全軍覆沒了。沈司令、李團長都沒回來。不過天色一亮，敵人就不敢再攻九門口，自己退走了。關姑娘數數村子裡的活人，只剩二百多，戰得真是悲壯，不但九門口沒事，李家堡也守住了。可是敵人上了這次當，這日下午，就派了四架飛機來轟炸李家堡。我們副指揮戰了一晚，又去收殮沈司令和總指揮，人太累了，就睡了一場午覺。不料就是這時候，這飛機來到，臨時驚醒躲避，已經來不及，就殉難了。」何麗娜只聽到這裡，已經不能再向下問他們怎樣逃進關的，兩眼淚汪汪，慟哭起來。——這日晚上，何麗娜向家樹提起這事，家樹也是禁不住淚如雨下。

到了次日，正是清明，家樹本來要到西便門外，去吊鳳喜的新墳，就索性對何麗娜道：「古人有禁煙時節，舉行野祭的，我們就在今天，在鳳喜墳邊，另外燒些紙帛，奠些酒漿，祭奠幾位故人，你看好嗎？」何麗娜說是很好，就吩咐傭人預備祭禮，帶了兩個傭人，共坐一輛汽車，到西便門外來。車停下，見兩棵新柳，一樹野桃花下，有三尺新墳，墳前立了一塊碑，上書：「故未婚沈鳳喜女士之墓，杭縣樊家樹立。」何麗娜看著，點了一點頭。傭人將祭禮分著兩份：一份陳設在鳳喜墳前；一份離開墳，在起起上，向東北陳設著。家樹拿了酒壺，向地上澆著，口裡喊道：「沈國英先生，李永勝先生，我的好朋友。關大叔，秀姑我的好姐姐。你們果然一去不返了。故人！你們哪裡去了？英靈不遠，受我一番敬禮。」說著，脫下帽來，遙遙向東北三鞠躬。回轉身來，看了鳳喜的墳，叫了一聲：「鳳喜！」又墜下淚來。何麗娜卻向了東北，哭著叫關大姐。兩個傭人，分途燒著紙錢。平原沉沉地，沒有一點聲音，越顯得樊、何二人的嗚咽聲，更是酸楚。忽然一陣風來，將燒的紙灰，捲著打起胡旋，飛入半天。半樹野桃花的花起，灑雨一般的造成人身上來。何麗娜正自愕然，那風又加緊了兩陣，將滿樹的殘花，吹了個乾淨。家樹道：「麗娜，人生都是如此，不要把爛漫的春光虛度了。我們至少要學沈國英，有一種最後的振作呀！」何麗娜道：「是的，你不用傷心，還有我呢。我始終能了解你呀！」家樹萬分難過之餘，覺得還有這樣一個知己，握了她的手，就也破涕為笑了。

啼笑因緣 —— 紅絲誤繫，移花彌缺憾

作　　者：張恨水
發 行 人：黃振庭
出 版 者：複刻文化事業有限公司
發 行 者：複刻文化事業有限公司
E-mail：sonbookservice@gmail.com
粉 絲 頁：https://www.facebook.com/sonbookss/
網　　址：https://sonbook.net/
地　　址：台北市中正區重慶南路一段六十一號八樓 815 室
Rm. 815, 8F., No.61, Sec. 1, Chongqing S. Rd., Zhongzheng Dist., Taipei City 100, Taiwan
電　　話：(02)2370-3310
傳　　真：(02)2388-1990
印　　刷：京峯數位服務有限公司
律師顧問：廣華律師事務所 張珮琦律師
定　　價：320 元
發行日期：2023 年 12 月第一版
◎本書以 POD 印製

國家圖書館出版品預行編目資料

啼笑因緣 —— 紅絲誤繫，移花彌缺憾 / 張恨水 著 . -- 第一版 . -- 臺北市：複刻文化事業有限公司，2023.12
面；　公分
POD 版
ISBN 978-626-7403-62-4(平裝)
857.7　　112020023

電子書購買

臉書

爽讀 APP